— 九
色
鹿 —

# 慧超的旅行

Hyecho's Journey

〔美〕唐纳德·洛佩兹 (Donald S. Lopez Jr.) 著

冯立君 译

社会科学文献出版社
SOCIAL SCIENCES ACADEMIC PRESS (CHINA)

本书翻译获得

陕西师范大学中央高校基本科研业务费专项资金课题

「唐代《往五天竺国传》研究」（20SZYB04）

西安市社会科学规划基金重点课题

「慧超行记研究：丝绸之路与长安密教」（1S06）

资助支持

本书为陕西师范大学历史文化学院、国际长安学研究院译著成果之一

薩中猶聲聞後喻一闡提如十二部蛀蝗多
羅中微妙之義我先已為諸菩薩說淺近之
義為聲聞說世間之義我先為一闡提五逆罪說
現在世中雖无利益以憐愍故為後世諸
善種子善男子如三種田一者渠流便易无
諸沙鹵凡石棘刺種一得百二者渠流无沙鹵
凡石棘刺渠流難嶮收實減半三者棗草故
難多諸沙鹵凡石棘刺種一得一為棗草故
善男子農夫春月先種何田世尊先種初田
次第二田後及第三初猶菩薩中猶聲聞後
喻一闡提善男子辟如三甁一者完二者漏
應用完者次用漏者後及破者其完淨者猶
菩薩僧漏喻聲聞破喻一闡提善男子如三
病人俱至醫所一者易治二者難治三者不
可治善男子醫若治者當先治誰世尊應先
治易次及第二後及第三何以故為親屬故

應後師眠臥余時善星以我久生心生惡念
時王舍城小男小女若啼不止父母則語汝
若不止當將汝付薄俱羅鬼余時善星反被
拘執而語我言速入禪室薄拘羅來我言癡
人汝常不聞如来世尊先所畏也余時帝釋
即語我言世尊如是人等尒復待入佛法中
耶我即語言憍尸迦如是人者得入佛法二
有佛性當得阿耨多羅三藐三菩提我為是
善星說法而彼都无信受之心善男子我於
一時在迦尸國尸婆富羅城善星比丘為我
給使我時欲入彼城乞食无量衆主虛心
渴仰欲見我蹤善星比丘尋隨我後而覆滅之
既不能滅而令衆生不善心我入城已於
酒家舍見一尼乾乹踌蹲地㳊食酒糟善星
比丘見已而言世尊世間若有阿羅漢者是
人㝫勝何以故是人所說无因无果我言癡
人汝常不聞阿羅漢者不飲酒不言人不𮥕

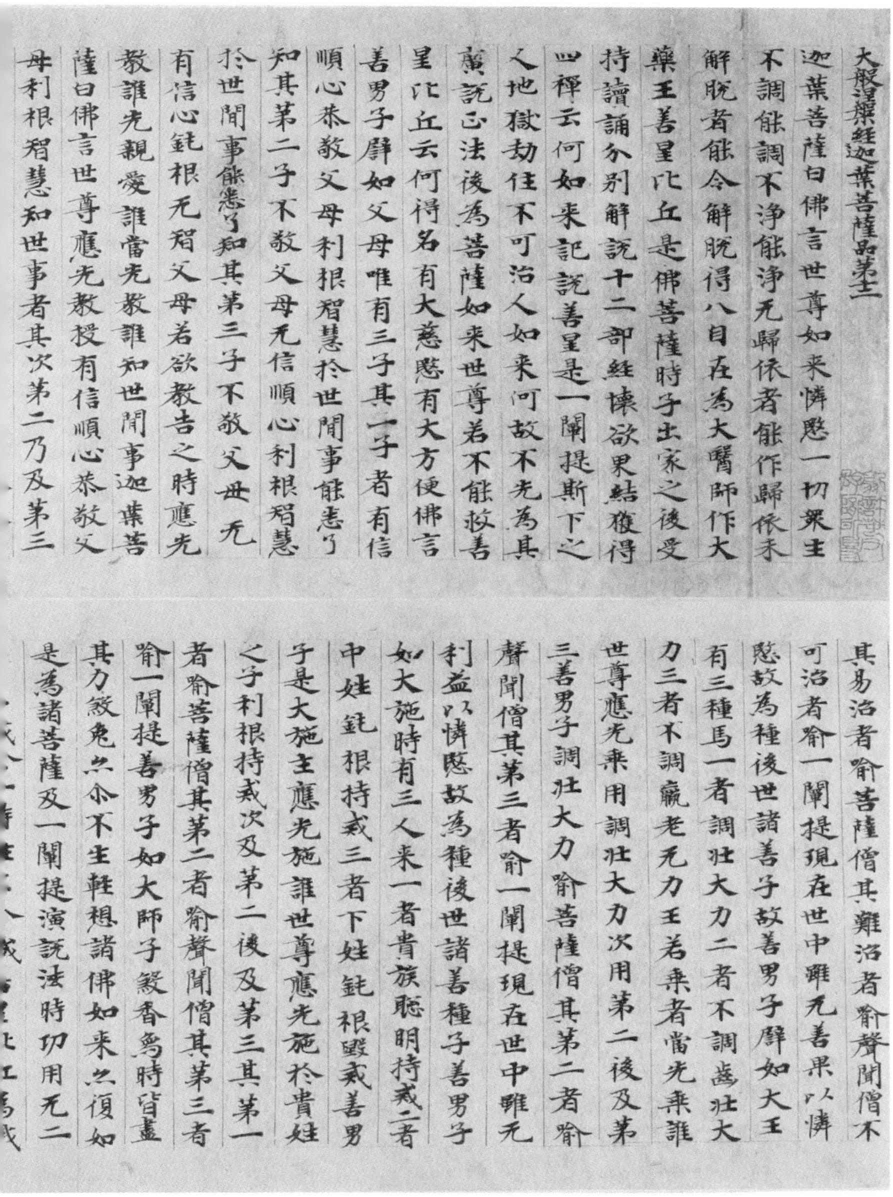

大般涅槃經迦葉菩薩品第十二
迦葉菩薩白佛言世尊如来憐愍一切衆生
不調能調不淨能淨无歸依者能作歸依未
解脫者能令解脫得八自在為大醫師作大
藥王善星比丘是佛菩薩時子出家之後受
持讀誦分别解說十二部經壞欲界結獲得
四禪云何如来記說善星是一闡提斯下之
人地獄劫住不可治人如来何故不先為其
廣說正法後為菩薩如来世尊若不能救善
星比丘云何得名有大慈愍有大方便佛言
善男子譬如父母唯有三子其一子者有信
順心恭敬父母利根智慧於世間事能悉了
知其第二子不敬父母无信順心利根智慧
於世間事能悉了知其第三子不敬父母无
有信心鈍根无智父母若欲教告之時應先
教誰先親愛誰當先教誰知世間事迦葉菩
薩白佛言世尊應先教授有信順心恭敬父
母利根智慧知世事者其次第二乃及第三
其易治者喻菩薩僧其難治者喻聲聞僧不
可治者喻一闡提現在世中雖无善果以憐
愍故為種後世諸善子故善男子譬如大王
有三種馬一者調壯大力二者不調齒壯大
力三者不調羸老无力王若乘者當先乘誰
世尊應先乘用調壯大力次用第二後及第
三善男子調壯大力喻菩薩僧其第二者喻
聲聞僧其第三者喻一闡提現在世中雖无
利益以憐愍故為種後世諸善種子善男子
如大施時有三人来一者貴族聰明持戒二者
中姓鈍根持戒三者下姓鈍根毁戒善男
子是大施主應先施誰世尊應先施於貴姓
之子利根持戒次及第二後及第三其第一
者喻菩薩僧其第二者喻聲聞僧其第三者
喻一闡提善男子如大師子殺香象時皆盡
其力殺兔亦尔不生輕想諸佛如来亦復如
是為諸菩薩及一闡提演說法時功用无二

图二 《大般涅槃经》的一页，隋代（581—618），中国敦煌
纸本墨画，8 1/4 × 149 3/4 英寸

购买——查尔斯 · 朗 · 佛利尔（Charles Lang Freer）捐赠，佛利尔美术馆藏（F1982.2）

图四　新罗佛首，统一新罗（8 世纪），朝鲜半岛。青铜，$2^{1/6} \times 1^{5/8}$ 英寸

图三（左）地藏菩萨，北宋（10 世纪末至 11 世纪初），
绢本墨画，设色，施金，$41^{15/16} \times 22^{7/8}$ 英寸

图六　佛首，山帝（Śailendra）王朝时期（8—9世纪），爪哇，印度尼西亚。
火山岩（安山岩），12$^{5/8}$×8$^{11/16}$×9$^{5/8}$英寸

图五（左）水月观音，高丽晚期（14世纪中叶），朝鲜半岛。
绢本墨画，设色，施金，38$^{11/16}$×18$^{3/4}$英寸

图七 药师佛，印度尼西亚（8—9 世纪）。
高锡青铜，$12^{1/4} \times 7^{1/16} \times 7^{3/16}$ 英寸

图八（右）佛陀涅槃，镰仓时代（14 世纪初），日本。
帛本施墨、彩、金、银，$77^{1/16} \times 74^{7/16}$ 英寸

图九　佛塔崇拜，帕鲁德（公元前 2 世纪初），印度中央邦。
砂岩，$18^{11/16} \times 20^{7/16} \times 3^{1/8}$ 英寸

图十 双佛并肩坐，隋代（609 年），中国。镀金青铜，
8$^{9/16}$ × 5$^{9/16}$ × 2$^{3/16}$ 英寸

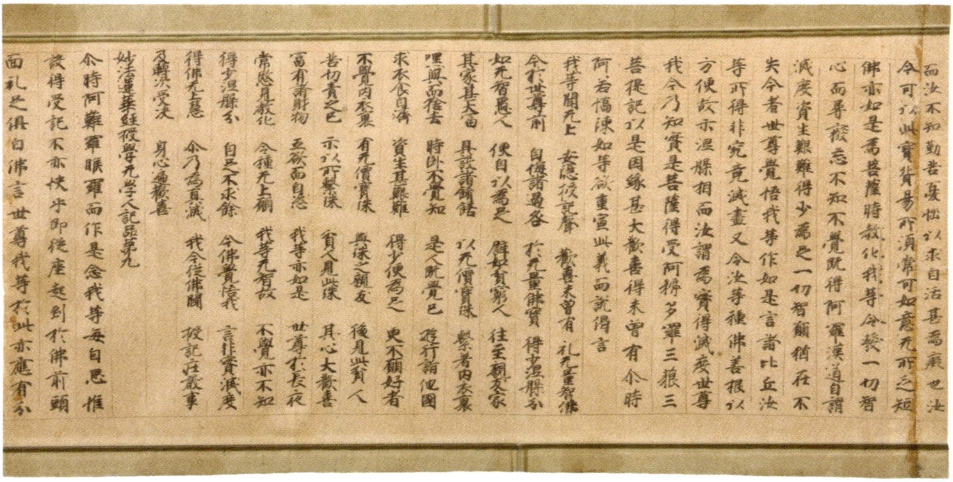

图十一 《法华经》的一页，唐代（8 世纪末），中国。
纸上用墨与彩，9 13/16 × 18 11/16 英寸

阿瑟 · M. 赛克勒美术馆保罗 · 辛格博士（Dr. Paul Singer）的中国艺术收藏，华盛顿特区史密森学会。阿瑟 · M. 赛克勒基金会，保罗 · 辛格，AMS 基金会艺术、科学和人文科学基金，阿瑟 · M. 赛克勒的子女（RLS197.48.4698）

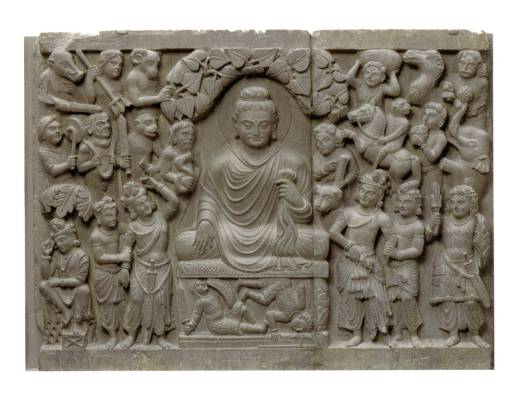

图十二 降服魔罗,贵霜王朝（2—3 世纪）,巴基斯坦或阿富汗（局部）。
石材，26³⁄₈ × 114¹⁄₈ × 3⁷⁄₈ 英寸

图十三　菩提叶画伏虎罗汉，清代（1644—1911），中国。
叶上用墨，$5^{7/8}$ × $4^{5/16}$ 英寸

图十四 佛陀诞生，贵霜王朝（2—3世纪），巴基斯坦或阿富汗（局部）。
石材，$26^{3/8} \times 114^{1/8} \times 3^{7/8}$ 英寸

图十五　幼年佛陀，飞鸟时代（7世纪），日本。
鎏金铜像，$4^{5/8} \times 2^{1/16}$ 英寸

西林·巴内特（Sylvan Barnet）与威廉·伯托（William Burto）为纪念 Yanagi Takashi
而赠送，佛利尔美术馆藏（F2005.9a-b）

图十六 法轮崇拜，帕鲁德（公元前 2 世纪），印度中央邦。砂岩，$18^{7/8} \times 20^{13/16} \times 3^{1/2}$ 英寸

购买——查尔斯·朗·佛利尔捐赠，佛利尔美术馆藏（F1932.25）

图十七 克孜尔千佛洞壁画残片（第 224 窟），
龟兹（6 世纪末至 7 世纪初），中国新疆维吾尔自治区。
带颜料的灰泥，33$^{1/2}$ × 30 英寸

图十八　秣菟罗立佛，笈多王朝，秣菟罗，印度（320—485）。
斑点红砂岩，53×23×11$^{15/16}$ 英寸

购买——查尔斯·朗·佛利尔捐赠，佛利尔美术馆藏（F1994.17）

图十九 佛陀下凡，西藏中部（18 世纪末至 19 世纪中期）。
定尺棉布，矿物颜料和金箔，26 × 17$^{1/2}$ 英寸

图二十 犍陀罗佛首，
巴基斯坦或阿富汗（2世纪）。
结晶岩，残留着金箔痕迹，
$12^{5/8} \times 7^{9/16} \times 9^{7/16}$ 英寸

购买——查尔斯·朗·佛利尔捐赠，佛利尔美术馆藏（F1998.299a-b）

图二十一 犍陀罗菩萨首，
阿富汗（3—5世纪）。
灰泥，残留着颜料痕迹，
$20^{7/8} \times 14^{1/2} \times 13^{1/4}$ 英寸

阿瑟·M.赛克勒赠品，阿瑟·M.赛克勒美术馆藏（S1987.951）

图二十二 波斯壶，装饰有女性形象，
萨珊波斯王朝（6—7世纪），伊朗。银和镀金，
$12^{13/16} \times 6 \times 4^{13/16}$ 英寸

阿瑟·M.赛克勒赠品，阿瑟·M.赛克勒美术馆藏（S1987.118a-b）

图二十三 《古兰经》的一页，第三十九章，第一节，
阿拔斯王朝（8—9世纪），北非或伊拉克。
羊皮纸（背面）上的墨水、彩色和黄金，$9^{7/16} \times 13^{1/4}$ 英寸

图二十四（右） 文殊菩萨骑狮，镰仓时代（13世纪），日本。
丝绸上施彩、金，$51 \times 22^{5/16}$ 英寸

图二十五　乾隆皇帝文殊菩萨，大内造办制；郎世宁（1688—1766）绘制皇帝的面部；清代（乾隆年间），中国（18世纪中叶）。丝绸上施墨、彩、金，$44^{3/4} \times 25^{5/16}$ 英寸

购买——查尔斯·朗·佛利尔捐赠，并且由一位匿名捐款人提供资金，佛利尔美术馆藏（F2000.4）

唐纳德·洛佩兹（Donald S. Lopez Jr.）及瑞贝卡·布鲁姆（Rebecca Bloom）、凯文·卡尔（Kevin Carr）、陈春娃（Chun Wa Chan）、河努俊（Ha Nul Jun）、卡拉·西诺波利（Carla Sinopoli）、横田惠子（Keiko Yokota-Carter）

君恨西蕃远，
余嗟东路长。
道荒宏雪岭，
险涧贼途倡。
鸟飞惊峭巘，
人去偏梁□。
虽平生不扪泪，
今日洒千行。
　　——慧超

# 目 录

# 关于本书

历史学家因此只能通过把感动和误导他们的"他者"与　xiii
只能通过虚构来表述的真实相结合来写作。

——米歇尔·德·塞尔托（Michel de Certeau）

　　这是一部关于佛教的与众不同的书：它的范畴，它的内容，它的方法，以及它如何写成。大多数试图表现佛教世界的作品都遵循一种编年史的方法，从历史上的佛陀和他的神话以及他的历史生涯开始——他大约生于公元前 500 年——继而是佛教在他死后的几个世纪里在他的祖国印度的发展历程，追溯佛教在亚洲各地的运动，用汉传佛教、日本佛教、藏传佛教等地理性名词，或小乘、密宗、禅宗等术语来描述佛教的各种形式，甚至以诸如十四世达赖喇嘛等人物和诸如美国的"正念"（mindfulness）等现代形式延伸至当下。读者在下面的段落将会发现一种相当迥异的方法。

　　任何关于佛教传统的表述都面临着两种挑战：时间问题和空间问题。时间问题不仅仅是传统的 2500 年范围；如果不是不可能的话，很难按照一种编年史顺序连贯地叙述佛教　xiv
的发展。我们想要追寻北传佛教，自印度到中国、朝鲜以及日本，我们想要追寻南传佛教，自印度到斯里兰卡、缅甸、泰国以及柬埔寨，但它根本未按此路线发生过。佛教在中国确立并且繁荣很久之后，它在印度出现了非常重要的变化。

尽管西藏地方与印度和尼泊尔的边界很长，但在传播到西藏之前，佛教在日本已经很成熟。在今天众所周知的小乘佛教成为该地区各个王国的国家正统之前，许多大乘佛教和密宗的元素已在东南亚传播。因此，无法绘制出从 A 直接移动到 B 的时间线。相反，这条线有各种分岔、曲折、螺旋以及断点。

空间问题是另一个挑战。必须要提醒的是，今天我们在课程题目、学术职位广告以及博物馆展厅里如此频繁使用的术语，从未在 20 世纪以前的佛教世界里出现过，这些词语有"中国佛教"、"泰国佛教"、"朝鲜佛教"、"藏传佛教"甚至"小乘佛教"。[1] 反之，我们可以找到中文里的"佛教"，日语里的"仏教"，藏语里的 nang pa sangsrgyas pa'i chos，巴利语里的 sāsana。我们注意到，这些术语中没有一个包含地理名称。我们还注意到，通常只用一个英文单词 Buddhism（佛教）来翻译所有这些术语，相当粗率。

随着过去 30 年佛教研究的扩展，它进入历史时期，进入地理区域，并进入以前没有研究过的语言，一些学者认为将我们研究的称为复数的"佛教们"（Buddhisms）——而不是"佛教"——更为准确。然而，知识的扩展也可能导致相反的结论：在各个朝代、各个地区以及各种语言中发现的学说、实践、制度、典故、惯例、故事、修辞形式、困扰，证明了使用"佛教"这个词是正确的，并且不必加形容词。问题是如何传达这一点。

一种方法是利用古老的佛教实践，这种实践可以说比禅定更重要、更普及。这个方案的中心不在于没有自我和心灵的哲学学说，不在于关于专心一意的深度禅定状态，不在于他们的曼荼罗（maṇḍalas）中的密宗神可视化。所有这些都是佛教精英的领域。相反，它考虑一种更普遍的佛教形式：朝圣。它不关注著名的传统大师的佛教文学杰作，而是关注一个年轻的而且显然是名不见经传的僧侣旅行记录的片段。他的名字是慧超。他出生于新罗，大约在 724 年从中国启程经海路到达印度，三年后取道陆路回到中国。三年之中，他比近代以前的任何佛教朝圣者走得都远。

佛教的故事一直被讲述成一种历史叙事。从佛陀开始，然后从这一单一源头分支出来，在其发展的每一步，无论是在空间上还是在时间上，都代表着一种远离古代印度起源而趋向一个遥远的边缘的运动，这一过程超过 25 个世纪。我们的故事迥然不同，通过一位僧人的眼睛，看到佛教在其最朝气蓬勃的时期展现为一种国际性的传统。它并非沿着一条垂直轨迹，从过去到现在，而是提供一个水平的视角，在一个时期——8 世纪——从地平线到地平线，从东方的朝鲜半岛到西方的阿拉伯半岛，踏查佛教世界。佛教被描绘成一个单一的物理和概念世界，一个跨越国家和文化边界的交错的传统之网，一个没有单一中心但有许多相互联系的枢纽的系统。本书的范畴因此与其他的佛教介绍大相径庭。并非涵盖 2500 年，而是聚焦于短短三年：公元 724—727 年。本书的范畴由此在编年史上有限而在地理上扩展。它旨在描述单一的佛教传统，因为它在一个历史时期内存在于广阔的地理范围内。

所以这本书想象了一个佛教世界，一个不仅由大海和高山界定，而且由共同的佛教想象塑造的，有着自己的版图和自己的人口的世界；一个不仅包括现在的人，还包括他们过去和未来生活的世界；一个包括各种超人，既险恶又神圣的世界；一个充满了在看似平凡的地方和不平凡的往昔所发生的事件的故事景观。

这本书在关于佛教的内容上也不同凡响。正如我们在"导语"中所讨论的那样，慧超没有在任何地方待到足够长的时间以掌握当地语言这一事实，意味着他在旅行中并不是通过言语和经文与那些人和那些地方相遇。他依靠的是他的眼睛和记忆。慧超在如此短暂的时间里行走得如此之远，以至于他在佛教世界的许多地区与佛教的邂逅基本上是可视的：他通过艺术、建筑和民族志领悟佛教。佛教并非他在佛经中读到的世界，而是他在实地看到的世界。

　　然而，同数世纪以来的诸多旅行者一样——人们想起弗洛伊德第一次去罗马时的思考——慧超在他抵达印度很久之前早已知晓那里。他知道佛陀诞生于蓝毗尼（Lumbinī）的故事，涅槃于拘尸那（Kuśinagara）的故事。他知道佛陀在灵鹫山（Vulture Peak）上口述过的经文，在舍卫城（Śrāvastī）演示过的奇迹。他知道尸毗王（King Śibi）很久以前在他的王国犍陀罗（Gandhāra）割肉救鸽的故事。[2] 在慧超到访的许多地方，他的到来将引发一种记忆、一种联想。完全不同于先于他的诸多中国和朝鲜的朝圣者，慧超并没有驻足学习；他既没有誊抄经文，也未将经文放入行囊。他仿佛是轻装旅行，他的愿景激发了对圣地的记忆，并非因为它们当时是，而是因为它们曾经是。

　　为了在一本小书的篇幅中捕捉到这一点，我们在很大程度上避免了历史叙事，而是聚焦于两个因素——故事和艺术。这两个因素对于如何传达佛教传统以及如何在其悠久的历史中实践它至关重要。每一章的题目是慧超在他的旅程中到达的一个地方。每一章讲述一个慧超会知道的关于那个地方的故事。每一章包含与该地及其故事配适的佛教艺术作品。在整个过程中，我们遵循慧超的指引，回顾他的行记[3]中保存的路线；我们按照他到访的顺序描述他所访问之地，即使这样做违反了佛陀的人生编年。慧超在巡礼佛陀诞生地之前参拜了佛陀的涅槃地。

　　慧超对其旅程的记录只留存于残本中；他到过比他行记现存抄本中描述的更多的地方。行记的开头和结尾——二者体量可能都不小——完全散佚了。这一事实反映在本书的内容上。没有试图展示他访问过的所有地方——包括文本中提到的那些地方和那些可能出现在他的行记散失部分的地方——我们从他的经行路线中撷取了 12 个地方，一些他描述过，一些他只是顺便提及。慧超述说他去往印度见到了"八塔"。我们的 12 章包括其中的 6 个，再加上他的旅途经行的 6 个地方，包括他的出生地——古代朝鲜的新罗王国，以及他的圆寂地——中国的圣山五台山。

慧超的行记描述了一种佛教朝圣，但他在很多情况下对这些地方的解说只不过是笔记。实际上，一些学者推测，幸存下来的文本只是一组笔记，用于从未编写过的更大篇幅的作品，或是没有留存下来的作品。尽管我们必须假设这是一种精神信仰上的驱动，使其完成抵至印度的危险的海上之旅，但他所记载的主要是世俗的。除了几处明显的例外，我们对他所经过的许多地区的佛教生活几乎一无所知，除了当地国王和他的臣民是否尊重三宝，该地区是否有佛寺，这些寺院是小乘（Hīnayāna）抑或大乘（Mahāyāna）。其实，他关心的似乎主要是民族志方面的，描述当地的动物驯养和服饰与饮食，特别是人们是否吃肉、葱和韭菜。譬如，我们了解到吐蕃人（Tibetans）喜欢吃虱子。在所有方面，比如慧超行记的历史作用远不如声名更隆的朝圣者玄奘的记录，但是将一位 20 多岁的僧人的著作与佛教历史上的一位巨人的著作进行比较肯定是不公平的。

然而慧超对于历史叙事上缺少的，在想象中予以弥补。但这种想象并不是一种幻想的放飞。对于他经行路线 12 个地方中的 5 个［菩提伽耶（Bodh Gayā）、迦毗罗（Kapilavastu）、拘尸那、僧伽施（Sāṃkāśya），以及犍陀罗］，慧超的评论清晰地表明他知晓我们参考的文本和传记。例如，在犍陀罗的案例中，我们重述了他特别指出的佛本生（jātaka）故事。

xvii

这些案例，以及整个行记的其他提示，提供了强有力的证据，表明慧超知晓我们讲述的故事。他对一些地方所作的描述足以使我们想象出他对其他地方所作的描述是什么。

有人可能会认为，慧超的生活太微不足道了，他的行记太缺乏实质性，无法保证将其作为本书的支撑。然而，选择慧超正是因为对他的了解甚少，因为他的记录是如此零碎。当绘制出中国朝圣者前往亚洲的标准地图时，我们使用不同种类的线条来标记不同朝圣者的路线，经常能够发现法显、玄奘、义净，也包括慧超的旅程。前三位以自己的能力成为中国佛教史上的巅峰人物，他们的三种行记为我们提供了关于中古（medieval）印度佛教的知识。第四条路线，即慧超的，在地理上比其他三条路线拓展得更加遥远，并且完成得更为快速。仅这个原因，慧超就应该成为一本书的主题。在他的旅途时光里，他是一个渺不足道的来自新罗的青年僧侣，这让他更加迷人。

## 关于艺术

这本书是作为一项独立研究而撰写的，但它也打算作为史密森学会的亚洲艺术馆——华盛顿特区的佛利尔与赛克勒美术馆（Freer and Sackler Galleries）为期三年的突破性佛教艺术展览的补充。这一展览于 2017 年 10 月拉开帷幕，被命名为"遇见佛陀：跨越亚洲的艺术与实践"。顾名思义，这次展览试图将佛教艺术作品作为亚洲佛教世界佛教实践的成果和对象加以展示。展览中展示的一项实践是朝圣，以慧超的旅行为代表。

本书所展示的 24 件艺术品，每一件都是从佛利尔与赛克勒美术馆的收藏品中选取的；许多是展览期间的陈列。将这本书与展览紧密联系起来的决定，使我们能够选择世界上最伟大的亚洲艺术收藏之一的作品，这些作品收藏在一个单独的机构中，在那里本书的读者能够看到这些作品。在一个向参观者展示的世界里，这次展览反过来也得益于让慧超——典型的朝圣者，一个现实生活的实践者——在一个具体的历史时刻，压轴佛教的艺术和实践。他扮演了一个化身的角色，通过这个化身，观览者可以更深入地了解佛教的基本实践和艺术与建筑在这一实践努力中的中心性（centrality）。

将这本书与佛利尔与赛克勒美术馆的展览和藏品联系起来的决定也带有一些局限性。例如，这意味着，本书中的艺术作品并非都来自 8 世纪，也就是慧超生活的时代。这里所讨论的艺术品亦非都来自慧超到访过的地方。然而，这些作品并不是随意选取的。正如我们在接下来反复提到的，本书最初是一个精心控制的想象的摸索（exercise）。因此，作品的挑选意在唤起对慧超到访地的记忆。譬如，西藏绘制的一幅画作被用于印度城市僧伽施那一章，据说佛陀在此城自宝梯降临到尘世。为了展示印度朝圣地在佛教世界中的辐射方式，我们选择这幅画作为封面（英文原版——译者注）。

因为我们意识到佛教的图像和意象在多个世纪之间回荡（用佛教术语说是"历经劫难"），这些时代错位完全是有意为之。佛教的图像不仅在时间上反弹，而且在空间和各地区之间回响，将佛教亚洲联结在一起。古代的犍陀罗地区（在现代的巴基斯坦和阿富汗）是佛教艺术的发祥地之一，那里的雕像是用该地区常见的灰色结晶岩以希腊风格刻就。然而，这种艺术的影响在佛教世界随处可见。事实上，所有的佛教艺术作品都是由许多不同的文化要素组成的，其物理生产标记的地点只是它们的发源地之一。

不仅佛教的意象在亚洲传播，图像本身亦然。在佛教朝圣者从旅行中带回的宝藏中，不仅有文字，还有实物。在中国僧人玄奘从印度带回的宝藏目录中，我们发现不仅有梵文

xix

论著的标题，而且他还列出了"刻檀佛像一躯，通光座高二尺九寸，拟劫比他国如来自天宫降履宝阶像"。为了表达艺术品也去朝圣的重要意义，我们已经将一些便携式绘画和雕塑囊括，朝圣者带着这些作品去祈福，或者带回到他们的出生地，把佛请到他的新家。

只有中国的作品用于中国的遗址，印度的作品用于印度的遗址，才符合传统的佛教史学，从而确认艺术史与民族主义之间的联系。然而，慧超的旅行引导他背离了标准的时间年表和地理路线，从东到西旅行，从某种意义上说是时光逆转，从当日新罗回到往日天竺。他的朝圣让我们对佛教世界有了更为错综复杂和引人入胜的印象。我们选择这些艺术作品是为了描绘那个世界。

慧超参访或提到了本书的艺术作品源出的所有国家，但有一个重要的例外——日本。我们的书中收录日本作品有若干原因。首先，不把日本囊括在内就不可能代表 8 世纪的佛教世界。那是奈良时代的佛教哲学和物质文化繁盛期，奈良时代在 794 年随着平安时代的到来而结束，平安时代是一个与空海（774—835）的密教（esoteric Buddhism）相联系的时代，而密教是慧超在他生命的最后几十年践行的传统。其次，近几个世纪以来，朝鲜和日本之间的竞争和抵牾掩盖了一种更为古老的历史上迥然不同的关系。在 7 世纪时，并且一直延续到 8 世纪，日本和朝鲜文化之间的区别——特别是在信奉佛教的精英中——是难以维持的。最后，我们收入日本作品还因为它们都是最令人惊叹的佛利尔与赛克勒美术馆藏品。

## 关于作者

读者可能已经注意到在这几页中连续使用了复数代词"我们"。这不是装模作样，而是对作者身份的准确表述。为了改变人文学者在霉气熏天的故纸堆里独自哆哆嗦嗦地秉烛夜读的典型形象，或者至少是刻板印象，密歇根大学于2015 xx 年宣布了人文合作计划，该计划将一个学者团队——教师、员工和学生——聚集在一起，致力于一个独立项目。本书是该项目的第一项成果。我们的团队在校园里以"慧超团队"著称，包括首席研究员唐纳德·洛佩兹，以及（按姓氏字母顺序排列）南亚与西藏艺术史研究专家瑞贝卡·布鲁姆（Rebecca Bloom），日本艺术史研究专家凯文·卡尔（Kevin Carr），东亚佛教艺术史研究专家陈春娃（Chun Wa Chan），韩国佛教学者河努俊（Ha Nul Jun），南亚考古学家卡拉·西诺波利（Carla Sinopoli），以及亚洲图书管理员横田惠子（Keiko Yokota-Carter）。团队中的每个成员都来自不同的学科，修习不同的语言，在不同的地区工作，或者专注于不同的历史时期。我们发现这些多重视角——每个人都有一个截然不同的敏锐角度——对项目至关重要。

在亚洲人文学科中，文献学者很少使用图像，艺术史家很少使用文献；只有在近几代人中，亚洲艺术学者才不负众望地能够阅读他们所研究文化的语言。只有在近几代人中，文献学者才不仅仅只阅读雕像底座上或绘画背面的题记。这个项目——涉及佛教世界的整个地理范围，中国、日本和朝鲜的原始文献与研究成果，以及来自多个地区和时期的艺术作品——不可能由一个学者来承担。它需要一个团队的工作，团队成员汇集了一系列的专业训练和知识。因为慧超的行记是如此零碎，像这样的项目也需要很多的想象。因此，这本书不仅是合作研究的产物，也是一部具有合作想象力的作品，是团队所有成员在连续7个月的时间内紧密合作及其专业知识、努力和创造力的结晶。唐纳德·洛佩兹的名字出现在封面上，就像1000多年前慧超做的那样，他只是一名抄录者（笔受）。

在其漫长的历史过程中，佛教用传统的语言、罗汉（*arhat*）、菩萨（*bodhisattva*）、大成就者（*mahāsiddha*）、班智达（*paṇḍita*）来颂扬圣徒和学者。中国佛教中有一类作品专门致力于"高僧传"。这种对精通的关注，反映在佛教的学术研究（学术界出版和翻译了最有影响力的经典）、佛教艺术的杰作以及某一传统的各种大师的生活和作品中。佛教学者大多没有做出像娜塔莉·戴维斯（Natalie Davis）和卡洛·金兹堡（Carlo Ginzburg）这样的作家在1980年代所引领的那种历史转向，在他们那里，普通的、平民的和常见的成为学术的焦点。佛教史学家鲜少记录普通人甚至普通僧尼的生活。此项目在这一方向上尝试性转向，选择慧超作为英雄主角和试金标准，一位不折不扣的僧人，一个相对模糊的形象，因为他那以令人无法想象的原因所经历的旅程而被铭记。然而我们拥有的全部只是慧超的残本，开始于他的旅程早已开启之后，结束于他的旅程尚未完结之前。慧超团队的任务曾经是想象他以及他所邂逅的人物和地方。慧超为我们——作者和读者——的梦想提供了一幅地图。我们的灵感之一就是伊塔洛·卡尔维诺（Italo Calvino）的《看不见的城市》（*Invisible Cities*）。[4]

## 如何阅读本书

因为所有这些缘由，这并不是一部传统的学术专著。这是一部非常规的甚至是实验性的作品。这不是一个连续的叙述，读者可以用许多不同的方式阅读它。对于那些希望了解我们所知道的关于慧超的一切——他的生活、他的宗派信仰、他的旅行路线，以及他晚年的秘密——的人来说，"导语"借鉴自韩国、日本和中国学者令人印象深刻的工作，旨在从幸存的那些原始文献中获取一切可能的信息。

　　"导语"描述了他从新罗到唐朝，到天竺，到西域，再回到唐朝的路线。这也为他所熟知的佛教教义提供了一些背景。然而，读者可以跳过"导语"，而不会有特别的危险。这 12 章中的每一章都是关于慧超旅行路线上的一处地点，按照他参访的顺序呈现。每章分为三个部分。首先是一个关于该地点的故事，这个故事源自大量的佛教传说，在几乎所有情况下慧超都会知晓这个故事。故事之后是解说，试图以佛教学者的视角来看待故事，注意到潜在的主题，有时还有隐藏的议程。接下来，描述两件艺术品，每件作品都以某种方式与慧超参访的地方有关。在这里，佛教研究和艺术史的洞察帮助读者看到那些不总是一目了然的东西。在每一章的结尾处是这两幅作品的图版（中文版以彩插的形式置于正文之前——译者注）。

　　每一章都是以独立篇目撰写的。没有一章假定知道其他章节中所出现的任何内容（各章节中偶尔出现的冗余内容填补了所需的背景），尽管对其他章节的引用是提供给那些希望建立联系的人的。因此，虽然这些章节遵循慧超的路线顺序——发端于新罗而终止于大唐——但它们不需要按照这个次序或其他任何次序阅读。每一处都是旅途中的独特停留地。我们邀请读者现在就开始。

xxii

# 关于地图

　　这里有三张地图。地图一展现慧超从他的故乡朝鲜半
岛，穿越海洋到达印度，经由中亚和阿拉伯半岛，再度返归
中国的路线。地图二和地图三是这张大地图的细部。这些地
图是地形图，标示了山脉和主要河流。现代的国名和边界用
浅色字体为读者标出。

　　主地图，即地图一，包含两个插图，以展开形式显示为
地图二和地图三。地图二，"佛教的发祥地"，展现慧超在印
度访问的与佛陀生活相关的主要朝圣地点。地图三，"慧超
穿越中亚的路线"，描绘了他经常迁回通过该地区的路线。

　　慧超行记中描述的路线部分在地图上用实线表示。借助
其他来源重建的部分用虚线表示。

　　地图中显示两类地点的位置。慧超说他去过的地方用紫
色的圆点标出。他提及但可能没有去的地方用绿色圆点标
出。这些地点的位置是利用了现有的关于慧超的研究成果以
及全球定位系统（GPS）计算确定的。黑色字体标出的位置
名称，如"南天竺"和"大食"，是出现在慧超著作中他所
确定的位置，而不是其实际的地理位置。地图上的一些点，
如"大拂临国"（拜占庭帝国）等，是地区而不是特定的
地点。

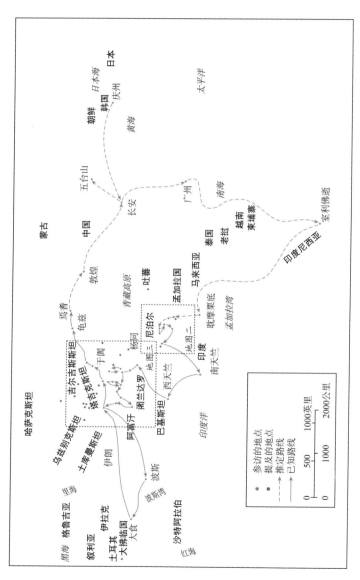

地图一 慧超的旅行，724—727年

**地图二　佛教的发祥地**

**地图三　慧超穿越中亚的路线**

# 导　语

## 追寻慧超的足迹

80 岁的佛陀，卧于临终之榻之上，准备涅槃，他的忠实侍者、堂弟阿难，询问了一系列的问题，这些问题是阿难向这位觉悟者求取教诲的最后机会。其中一个问题是，广大僧尼和善男信女们在佛陀入寂以后应该如何尊佛。阿难追忆说，多年来，在每年的雨季过后——即季风之后 3 个月，僧人们需要在雨季期间停在一地——僧人们全都来瞻视佛陀，并会晤其他来敬佛的僧侣。僧人们从这一修行中获得莫大恩惠。阿难哀叹，佛陀涅槃之后，僧众再也见不到他了。佛陀的答复是，推荐一个替代方案：

> 尔时如来告阿难言："若比丘、比丘尼、优婆塞、优婆夷，于我灭后，能故发心，往我四处，所获功德不可称计，所生之处，常在人天，受乐果报，无有穷尽。何等为四？一者如来为菩萨时，在迦比罗旆兜国蓝毗尼园所生之处；二者于摩竭提国，我初坐于菩提树下，得成阿耨多罗三藐三菩提处；三者波罗㮈国鹿野苑中仙人所住转法轮处；四者鸠尸那国力士生地熙连河侧娑罗林中双树之间般涅盘处，是为四处。若比丘、比丘尼、优婆塞、优婆夷，并及余人外道徒众，发心欲往到彼礼

拜，所获功德，悉如上说。"[5]

这里被翻译成"礼拜"（pilgrimage，朝圣）的术语在原始巴利文中是 cetiyacārika，意为"漫游到圣地"。在梵文中经常被译为"圣地"的词语是 caitya（巴利文中的 cetiya）。它与在印度吠陀中被用来指为建造火坛而堆放砖块的 citi 和 cayana 这两个词有关。与佛陀有关的一个术语是 citā，它指的是为一个火葬堆而堆积木柴。因此，这个术语被翻译成"神龛"，并且通过引申，这个词被翻译成"朝圣"，源于古印度把土丘作为墓碑的做法。

佛陀列举了他漫长一生中的 4 个决定性事件的地点：他出生于蓝毗尼园（Lumbinī Garden）；他在菩提伽耶的菩提树下觉悟；他在邻近波罗奈（Vārāṇasī）的鹿野苑（Sarnath）初转法轮，其时向"五比丘"阐述了中道、四谛、八正道；以及他在拘尸那——即将发生的事情——的涅槃。为了遵守佛陀临终前的指示，佛教徒礼拜了这些地方以及与佛陀生活相关的其他地方。因此，佛陀自己也推荐朝圣的做法，他还向那些随着时间推移将会逝去的人们许诺了天堂重生的回报。

学者们推测佛陀可能没有这样说，关于朝圣的段落可能在他寂灭许久之后被植入到佛陀最后几天的记事里，当时四处朝圣地点已经确立，以此来鼓励虔诚的人前去礼拜。譬如，我们知道，在佛陀涅槃以后大约 150 年，在阿育王统治着今天的印度、巴基斯坦和阿富汗的大部分地区时（他的统治时间为公元前 268—前 232 年），四大朝圣地因他在这些地方树立有纪念碑而闻名于世。根据后来的传说，在年老的高僧优波掘多（Upagupta）的引导下，这位帝王亲自前往这些地点礼敬崇拜。

可以确定的是，这段经文激励了许多人踏上旅程，不只是那些生活在印度的人，还有随着佛教在亚洲的广泛传播，许多从信仰佛教的其他地区前来的人。这本书就是关于这样一位朝圣者的故事。他的名字叫慧超。他不是第一位从中国前往印度游历的僧人，也不是最后一位。他不是最负盛名的。其实他是那些籍籍无名的人之一。还有更多人已经被遗忘了。

　　慧超不如第一位伟大的中国朝圣者法显那样有名，法显在公元399年从中国启程，413年时携带着他收集的经文返回中国。他的《佛国记》是最早翻译成欧洲语言的佛教文献之一，在1836年时被译成法文。慧超也不像玄奘那样出名，玄奘于627年离开中国，645年带着600多部佛教抄卷回国，余生致力于译经。慧超更不如义净名气大，后者于671年从中国出发，695年归国。义净在苏门答腊驻停多年，将大量的佛教律典翻译成中文，曾在689年短暂归国，以获取更多纸墨。

　　那么，我们为什么选择慧超作为故事的主人公呢？他不是撰写名著的伟大学者。我们所拥有的全部，只是一本行记的残本，题为《往五天竺国传》（英文译名为 *Memoir of a Pilgrimage to the Five Kingdoms of India*，韩文译名为《왕오천축국전》）。这不是一位老练作家的作品。这本行记在词汇和语法上都有些口语化，以奇怪的词序和对某些动词形式的一贯误用为特征，这是一个典型的会说汉语但还没有写得好的人。[6]慧超行记中出现的五首诗质量较高，大多符合唐代规范诗的惯例。

　　慧超不是作为一位翻译家而为人所铭记。虽然他似乎参与了密宗经文的翻译，但他只被列为笔受或"翻译记录者"。我们不知道他为何前往天竺，我们不确定他在何时抑或经由什么路线抵达那里，我们对他归国以后的漫长生活知之甚少。中国僧侣完成印度朝圣的最普遍的动机是求取梵文经卷。事实上，中文词语"取经"（字面意思是"取回经卷"）

成为"朝圣"的代名词。中国僧侣旅行记录的一个标准特征是他们从印度带回的经卷的标题。

玄奘的朝圣是一项声名赫赫的壮举，近千年后，它被虚构为《西游记》，成为中国文学中最受喜爱的作品之一。玄奘是其中一位主角的原型——善良但怯懦的三藏和尚，被孙悟空从一系列五花八门的灾难中救出。即使在这本书里，也胪列了一份三藏及杂牌信徒取自佛陀那里的经文清单。然而，慧超似乎两手空空地回来了。

当时印度佛教的最高学府是那烂陀寺，离慧超参访的灵鹫山不远。玄奘和义净以及几位朝鲜僧侣，都在那里学习了多年。慧超没有提到那烂陀寺。在他的生命旅程中，他可能比任何传统历史上的其他僧侣所目睹的佛教世界都更为广阔。他却没有在书中留下痕迹。他的籍籍无名——他不是著名的翻译家、伟大的学者或帝王导师，他不是"高僧"——这些事实是某种魅力的来源。

大约在 721 年的某个时候，这位 18 岁的佛教僧侣离开他的祖国新罗（当时朝鲜半岛业已由新罗主导统一）前往中国。稍后，他从中国南方的广州出海，在今天印度尼西亚的苏门答腊岛停留了一段时间，并于 724 年抵达印度。他的朝圣之旅使他履至诸多佛教圣地，或许一直持续向西到达阿拉伯半岛。折而复东行，他沿着丝绸之路在 727 年回到中国境内。在他的余生里，慧超一直留在中国，协助翻译密教经典，并为朝廷举行仪式。在唐朝时期前往印度的 50 余位中国和朝鲜朝圣者中，他的旅行是迄今为止最为袤远者。然而，我们仅仅是从他的行记的残卷中来认识他，1908 年法国东方学家伯希和（Paul Pelliot）在敦煌藏经洞的数以万计的文献中发现了这些残章（图一）。

从中国发端，慧超随后到达越南、印度尼西亚，甚至可能还有缅甸（这里使用当今地名）。然后他来到印度，巡礼佛教的发源地，佛陀曾在那里生活和死亡。转而向南，他看到了在坚硬的岩石上开凿的巨大的石窟寺。离开印度后，他周游了今天的巴基斯坦、阿富汗和伊朗，在那里，在伊斯兰教兴起之前，佛教是一个强大的存在。他还目击了一些最早的穆斯林入侵印度西北部。慧超沿着丝绸之路返回中国，在敦煌宏大的石窟寺建筑群驻足停留。

慧超看到的印度和中亚的部分佛教世界正处于文化巅峰。他看到佛教世界的其他地区正处于大变革的临界点。他看到其他的在衰败；有些业已遭抛弃。佛教在 7 世纪被引入吐蕃宫廷，但直到 797 年才建立第一座寺院。佛教复兴即将从孟加拉开始，波罗（Pāla）王朝大约于 750 年建立，而其在 800 年前后建造了宏伟的寺院——超戒寺（Vikramaśīla）。在爪哇，婆罗浮屠（Borobudur）——也许是世界上最伟大的佛教纪念碑，正在山帝（Śailendra）王朝的资助下兴建。在越南，大乘佛教正在扎根。

慧超在印度见证了佛教的一个时代，在这个时代，无论是主流学派（即非大乘的，non-Mahāyāna）还是大乘学派，伟大哲学学派全都蓬勃发展，像那烂陀那样的伟大的僧侣大学正在崛起，并且发生了一些新鲜的事情：佛教密宗的兴起，这在很大程度上被中国朝圣者们忽视了。

在郑重地开始慧超的旅程之前，我们将简要地描述三位最著名的僧侣前往佛陀诞生地进行的危险的朝圣之旅。慧超和他的《往五天竺国传》与三位著名的中国朝圣者相形见绌，他们的记录讲述了各自的旅行：法显、玄奘和义净，每一位都先于他来到印度。法显（337—422）是最早的一位，399 年离开中国，413 年回国。记录其旅行的《佛国记》（英译 *Record of the Buddhist Kingdoms*，亦以《法显传》《历游天竺记传》著称），是一部相对短小精悍的作品，讲述他对印度许多重要的朝圣地点的巡礼。他取道陆路从中国来到印

7

度，然后经由海路归国，他不仅描述他访问的地方，还讲述
与之相关的佛教故事。3 个多世纪后，慧超仅是偶尔提到与
佛教名胜有关的故事和事件，也许是假设这些已为他的读者
所知晓。

中国最著名的赴印度朝圣者是玄奘（600—664）。他在
南亚的逗留——627 年出发，645 年返回——是佛教历史上
影响至为深远的一次旅行，一部分原因是他带回数百部经文
用于翻译，另一部分原因是他详细的旅行记录，题为《大唐
西域记》（英译 *Great Tang Record of the Western Regions*）。

玄奘旅行到印度并从陆路返回，访问了许多后来慧超也
造访过的地方；这两部行记提供了一种对于相同地点相隔百
年的重要的比较。然而，玄奘提供了更多的细节。他似乎与
许多人有过实质性的互动，包括他在旅行中遇到的平民和国
王。他详细介绍地理、语言、气候和当地习俗，同时也对各
地区的佛教状况作细致描述。他时而发现一地佛法昌盛，时
而发现另一地严重衰退。

慧超的第三位先驱是高僧和翻译家义净（635—713）。
他在 671 年出发经由海上前往印度，并于 695 年渡海回国。
他的旅行记录名为《南海寄归内法传》（英译 *Tales of Retur-
ning from the South Seas with the Inner Dharma*）。与玄奘相比，
义净对民族风俗学的兴趣要小得多，他尤为留心观察和记录
他所访问地区的僧众日常仪轨的得体展现。他居留海外许
久，足以学到很多，在那烂陀寺度过了 10 年，在苏门答腊
又度过了 10 年，他把苏门答腊描述为一个欣欣向荣的佛教
中心。正是在苏门答腊，他才开始翻译长篇的《根本说一切
有部毗奈耶》（*Mūlasarvāstivāda vinaya*），这是佛教的一部主
要律典。义净不仅记载了自己的印度之行，而且还编纂巡礼
高僧的传记，这部作品被称为《大唐西域求法高僧传》（英译
*Great Tang Biographies of Eminent Monks Who Sought the Dharma*

8

*in the Western Regions*）。据说那里有 56 位高僧大德，49 位是中国人，7 位是朝鲜人。[7]

慧超的行记与这些作品相比黯然失色。与它们不同的是，它只能以断章残卷的形式留存；已经不可能知道他的完整作品在规模上如何与它们比较。除了篇幅之外，慧超的叙述也极少涉及佛教；当他描述一个地方时，他倾向于关注当地人的风俗习惯（尤其是衣着、饮食和是否实行死刑），经常对任一佛教存在进行敷衍的和相当程式化的描述，注意国王及其臣民是否崇敬三宝，僧众是大乘抑或小乘。

慧超在其旅程中使用"大乘"和"小乘"来描述沿途见到的僧众和佛寺的宗派。值得注意的是，他没有使用"密宗"一词或其任何同义词。在物理意义上穿越慧超的世界之前，让我们简要地思考一下这些对他的概念世界非常重要，也因此而对我们理解慧超同样重要的术语。

## 慧超的佛教

正如刚刚提到的，慧超描述他所参访之处的标准要素包括那里是否信奉佛教，如果是，那么是哪一宗派。在这些通常很简短的笔记中，他并没有使用"佛教"这个词。他以其他词代称："王及首领百姓等，极敬信三宝。"三宝是佛、法、僧。佛教的标准信仰理念说："我向佛陀寻求庇护。我向佛法寻求庇护。我向僧人寻求庇护。"[8] 就像其他宗教的信仰理念一样，这三个微言大义的句子是许多复杂经疏的主题。然而，简单来说，庇护所的概念是指避免遭受苦难的地方，特别是未来生活中的苦难。佛教的观点认为，只有三宝而不是其他神或受崇拜者才能提供这种保护（尽管在实践中，佛教徒继续供奉当地的神灵，因为他们的帮助没有重生和解脱那么虚幻）。佛、法、僧也全都是扩展性经疏的主题，特别是在佛陀三身教义的背景之下。然而，人们普遍认为"佛"是一处庇护所，因为他是唯一一位摒弃一切过失、获得一切美德的导师。在这种背景下，"法"一般意味着佛的教导，但有时也特指涅槃本身，最终脱离苦海。"僧"一词在梵文中语义简单，意为"团体"，在通行的说法中，它指的是受戒的僧尼团体（在现代佛教的方言中，指的是佛教寺院或"佛法中心"）。然而，在庇护惯用语的语境中，它也有一个特定的含义，仅指觉悟者群体，即那些已经获得四正道的人。佛、法、僧被称为"宝"，据说，因为它们和珍宝一样世所罕见，而一旦被发现将价值连城。因此，当慧超说某一地区的人们崇信三宝时，他指的是他们是佛教徒，在大多数时间和地点，这意味着他们通过自己的供养来支持僧尼群体，并参拜佛教圣物，譬如佛像和佛塔。

在那些人们敬信三宝的地区，慧超通常会提供进一步的描述，譬如"大小乘俱行"。这些词时常会被误解，需要一点解释。尤其是"大乘"一词，慧超总是将其放在前面，在某种程度上在大乘和小乘这两个词语中相对易于理解。它的意思是"广大的车乘"，最初是印度的一个或多个新经文的信奉者的自称，这些经文在佛陀涅槃大约 400 年后才开始出现，即所谓大乘经典（《摩诃衍经》，*Mahāyāna Sūtras*）。这些经文对佛教教义提出许多革新或修正，特别是关于佛陀本人和成佛之道。然而，应该说，在多数情况下，与先前传统的偏差比通常所表现的要小。迄至慧超成行时，著名的大乘经典——例如《法华经》《金刚经》《华严经》《维摩诘经》《八千颂般若经》（英译分别为 *Lotus Sūtra*, *Diamond Sūtra*, *Flower Garland Sūtra*, *Vimalakīrti Sūtra*, *Perfection of Wisdom in Eight Thousand Stanzas*）——业已形成，并且发展了经疏学派，从它们全然不同的宣讲中衍生出教义体系。两个主要的学派，自称唯识学派〔"瑜伽行派"（Yogācārā），也以唯识学（Cittamātra）为人所知〕和中观学派（Madhyamaka，"中道追随者"）。

后来被称作大乘佛教（在佛陀寂灭许久之后创造出的一个术语）的信奉者们所面临的一个挑战，是如何指称佛教之前的各种传统。这一挑战目前仍然存在。大乘佛教经文的作者必须为他们的存在辩护，捍卫他们的经文乃是佛陀真言这一宣示；他们的反对者认为这些经文是伪经。正如宗教论战中频频出现的情况一样，大乘佛教信奉者试图贬低他们的批评者，创造了一个贬义词来称呼他们〔让人想起英语中的"Quaker"（贵格会教徒）[9]和"Shaker"（震颤派教徒）[10]〕。这个词就是"小乘"。这个词在英语中常被翻译成"较小的车乘"，甚至是"单人的车乘"，但这是对原文的歪曲。当人们在梵文字典中查阅 hīna 时，其语义包括"熟练的"、"有缺陷的"、"贫穷的"、"卑鄙的"和"低贱的"。显然，那些拒绝大乘佛教的人从来没有用这个词来形容自己，而其实慧超用它来标识自己是大乘拥护者。

几个世纪以来，无论是佛门的僧人学者还是欧洲的学院学者，都用大量篇幅试图准确地诠释什么是大乘以及它与小乘有何不同。而其中一个最明确的解释，也是一个最简洁的解释，来自义净（上文已提及），他写道："若礼菩萨，读大乘经，名之为大；不行斯事，号之为小。"[11]

那么，应该如何称呼早在大乘佛教崛起之前就已经存在的佛教传统及其从未接受大乘经典作为佛陀真言的信奉者呢？在现代佛教语言里，这些佛教徒经常被称为上座部（Theravāda，"长老们的说法"），指的是斯里兰卡和东南亚国家——缅甸、泰国、柬埔寨、老挝以及一部分越南的佛教传统。然而，"上座部佛教"一词不适于描述慧超时代的佛教；它是由一位英国皈依者创造的，直到 20 世纪才被用来指佛教自发的支脉。有时，前大乘宗派（pre-Mahāyāna

10

schools）也被称为"尼柯耶佛教"（Nikāya Buddhism），因为其中包含许多流派（称为"尼柯耶"或"群"）。在这里我们将用佛教的话语"主流"（mainstream schools）指称那些不接受大乘经典的诸多佛教流派。

释迦牟尼涅槃之后的若干世纪里，许多此类教派得以发展，有些沿着地区界线发展。尽管他们在教义观点上有一些差异，但他们主要是在僧人行为准则（vinaya，戒律）部分有所不同，一些观点对于现代读者而言相当微末，例如僧人的坐垫是否有边缘，僧人晌午之前必须完成的每日饮食是否可以更改为在过午的日晷两指宽时完成。这些不同的教派——列入传统名单的是其中的 18 个，但事实上还有更多——倾向于接受源自神圣经藏的同一真经（canon）。然而，在这一背景下，"真经"这个词是有误导性的，因为在佛陀寂灭之后的数百年里，他的教义主要是口头保存的，在同一座寺院里，不同的僧人负责记忆和背诵真经的不同部分。

在印度佛教的历史长河中——包括慧超时代——许多此类教派都延续下来。他们继续坚持早期的真经，并拒绝承认大乘经典是佛陀真言。在一些大乘经典中，也发现了他们持续抵抗的证据。譬如，在《法华经》中，佛陀（如经文作者所描绘的）反复赞美那些接受《法华经》为他的真言的人，描述等待他们的奇迹，并且谴责那些拒绝接受该经的人，描述他们注定难逃的地狱的恐怖景象。大乘佛教的大师们——从龙树（Nāgārjuna）开始一直持续到印度佛教消泯的1000 多年后——通常在他们的论典中包含了对大乘经典乃是佛陀真言的辩护。

大乘佛教在印度本土的未卜命运——它可能和佛教其他流派一样，仍然是一个少数派别的运动，并且最终消失——并没有反映在超越佛教的运动中。由于一系列历史因素，大乘佛教成为中国、朝鲜、日本、西藏地方和蒙古佛教的主要形式，"小乘"变成一个和学术范畴没什么区别，没有师父和弟子的学派。只有在南部，首先是斯里兰卡，其次是东南亚，早期流派的余脉才得以幸存，并在后来勃兴，这就是今天所说的上座部佛教（"长老的说法"），一个非常晚近的词语。

由于地区差异微小，所有僧人的共同点——不管他们是否接受大乘经典——是僧人戒律。这一点使得"小乘"和"大乘"僧人能够住在同一座寺院里，正如慧超观察到的，这很可能令他惊讶，因为大乘是他在新罗或唐朝所知道的唯一佛教。

如前所述，还有一个佛教范畴需要讨论，这是一个用于传统以及现代学者的范畴——密宗。启程前往印度之前，慧超来到中国南方的广州，在那里，719 年时，他可能遇到了从印度走海路前往唐朝都城长安的金刚智（Vajrabodhi）和不空（Amoghavajra）。慧超与 716 年从中亚陆路抵达长安的印度学者善无畏（Śubhakarasiṃha）一道，长期以来被视为向中国乃至东亚介绍密宗的中心人物。这就引发了令人烦恼的问题，何为密宗？这是印度佛教学者持续争议的一个问题，这个问题在中国到了一个更为复杂的层次。

佛教中的密宗修行通常是以仪式为中心，通过祈求诸神（包括佛陀和菩萨），绘制曼荼罗，念诵咒语以及更长的被称为陀罗尼（dhāraṇī）的咒语，力图带来特定的恩惠，通常是"世俗"的恩惠。在西方，性爱意象无疑经常与密教联系在一起，但它只代表一个更大传统的领域，一个在中国汉地从未变得诸如藏地那样重要的领域。事实上，印度佛教晚期（乃至在藏传佛教中）的密宗修行代表着形成了一个独立的"乘"——金刚乘（Vajrayāna），并且在日本创造出一个独立支派——真言宗，它将自己视为密宗教义（mikkyō）的特殊领域，这可能掩盖了密宗在慧超生活时代的印度和中国较

12

不自主的地位。

不少学者认为密宗很大程度上是对佛教中长期存在的元素的融合和仪式化。各种所谓"咒语"和陀罗尼——一般被看作密宗的规定元素——出现在佛教的真经中。在巴利文经文中，有许多被称为"救护咒"（paritta，"保护"）的作品，是佛陀开出的用以防止毒蛇、蝎子、邪魔和各种疾病的处方。《陀罗尼经》的一章是包括诸如《法华经》等著名作品在内的大乘经典的一个标准章节。

因此，并非所有标题中带有"修多罗"（sūtra，又译契经）或"密"（tantra）字样的文献都与从轮回中解脱和成佛有关。为获得悉提（siddhi）的密宗作品——悉提指"成就"或"力量"——密宗的经疏学者还区分出"世俗成就"（包括各种各样的法力）和佛果（buddhahood）单独的"超世俗成就"。大多数被归类为"密宗的"文献都与前者有关。

如果密教不是佛教中一个基本独立的传统，那它是什么？金刚智、不空等大师带到中国的作品涉及占星学、卜筮、天灾预防、驱邪、佑护国家、帝王延寿等论题。初来乍到的印度大师们将这些文字翻译成中文来进行启蒙，建造精美的祭坛来演示繁缛的仪式，为皇室成员灌顶（initiations），并训练中国僧人自己举行这些仪式。他们的典礼显然很有说服力，因为在中国的岁月里他们一直在被要求为朝廷效力。他们自己似乎并没有将佛教描绘成任何新事物，或者一个独立的流派、世系或"乘"。他们的中国东道主也没有那样看待他们；在印度大师到来之前很久，咒语、陀罗尼以及一切形式的驱邪仪式就已然成为中国佛教修行的一部分。事实上，他们在唐廷的成功可能不是因为他们的法力不同，而是因为他们的法力更佳。他们所提供给中国皇帝的那种服务，数百年来一直是由道士呈上的。[12]

因此，无论慧超在广州启航前往印度之前是否遇见了金刚智和不空，通过多种方式阅读他的行记，其中都没有任何可能被认为是密宗的东西。其中一种方法能得出这样的结论——就像他返归后将要学习的印度大师们的教诲一样——他在印度遇到的，于他，只是佛教而已。

## 慧　超

我们对慧超知之甚少。"高僧传"是始于 6 世纪慧皎（497—554）撰写的著名文献并且此后持续了数世纪的一种体裁，在数种"高僧传"版本中，没有任何一部提到过慧超。释门赞宁（919—1001）的《宋高僧传》（英译 *Song Biographies of Eminent Monks*），包含 500 多位僧人的传记。慧超未在其中。纵然如此，从印度归来后，慧超似乎在印度著名的密宗大师不空的指导下参与翻译事业，但他并没有被列入构成中国佛教经典的数以千计的文献的千余位著作者、翻译家和编纂者的名单中。

慧超可能生于 700—704 年；一般认为他卒于 780 年前后。他引人注目的旅行得以完成的动机不明。朝鲜半岛僧人在隋唐时代到中国求法并在此度过一生并不寻常。与此同时，人数亦不多；慧超是 8 世纪前往中国的已知 41 位朝鲜半岛僧人之一，来自佛僧人数众多的新罗。[13] 因此，他自新罗游历到唐朝的事实本身只是值得关注而已。他到印度的旅程——特别是在如此年轻的时候——却备受瞩目。公元 500—800 年，有 14 位朝鲜半岛的高僧踏上前往印度的旅程。他们之中，仅有两位回到新罗。[14]

由于慧超从印度返归时已经是印度密宗大师金刚智的弟子，一些学者推测他在离开印度之前就已成为他的徒弟了。据记载，金刚智和不空自印度渡海而来［沿途经停室利佛逝（Śrīvijaya）］，前往唐朝京城时于 719 年驻留广州。有人推测

14

慧超在那里遇见了他们，在他们的指导下或者受到他们的激励，经过同一条路线奔赴印度，要么修习密宗佛教，要么取回密教经文。然而，慧超行记的残卷没有提到密宗佛教，而且，与许多到印度的中国朝圣者不同，他似乎没有带回任何密宗或其他佛教传统的经文。

关于慧超抵达印度的日期和他在印度逗留的时间也有猜测。他述说，他是在 727 年的农历十二月到达龟兹的安西都护府，那是唐帝国最西端的前沿基地。因为他总是提供从一地到另一地的旅行时间，所以能够估算出他在 724 年的某个时间点到达了拘尸那——佛陀的涅槃之地以及残卷完整描述的首个地点。

除了慧琳和尚（详见第一章讨论）的经典文字音义著作《一切经音义》（英译 *Pronunciations and Meanings of All the Scriptures*）中的术语外，我们在诸多中国佛教文献中找不到关于慧超在其他地方旅行的记载。

## 慧超的动机

我们不知道慧超的准确生年。我们不知道他何时剃度为僧。我们不知道他缘何前往中国。而且，我们对慧超完成他到印度巡礼的动机，以及他如何选择路线也所知不多。行记残卷遗存的五首诗，都表达了悲伤和思乡之情，那是羁旅天涯的人所写的汉语诗歌中的共同情感——无论是出于自愿、不可避免，还是迫于帝王敕命。只有一首诗包含了佛教的典故，因而提供了一些关于这位年轻的僧人动身踏上旅途动机的深层认识：

> 不虑菩提远，焉将鹿苑遥。
> 只愁悬路险，非意业风飘。

八塔诚难见，参者经劫烧。

何其人愿满，目睹在今朝。[15]

　　前两句将慧超的精神与肉体之旅对照。第一句译作 bud-
dhahood 的词语在汉语中是"菩提"，在梵文中是"bodhi"。
通常被翻译为"觉悟"，这里指的是佛陀的觉悟，这是大乘
信僧慧超发愿要达到的。渴望成佛的菩萨之路是漫长的，包
括无数的前世和劫数。如果慧超誓愿要成佛，并且历经漫漫
长路以获觉悟，那他为什么要忧虑从菩提伽耶到鹿野苑——
佛陀初转法轮之地——只有160英里的路程？他的行记表明
他已经踏上旅程，他已经从鹿野苑巡礼至菩提伽耶。在接下
来的一句，他再次对照精神和肉体，他说他不关心因果报应
的逆风——他自己过往负面行为的后果——这将阻滞他的觉
悟进程。他担忧的是更为紧迫的：山路上潜伏着许多危险，
他必须穿行而过，才能从一处圣地前往下一处圣地。

　　难以想象一位年轻的新罗僧人，大约20岁年纪，在724
年前后抵达印度东北海岸时，会面临什么状况。他是孑身一
人，还是有其他朝圣旅伴？他没有说。他有地图吗？如果没
有，他是如何在圣地之间行走的？一定存在一条固定的佛教
朝圣路线，但他如何找到呢？他在何处落脚，他又吃什么食
物？再者，他是如何远远地偏离了佛教圣地而以阿拉伯半岛
收尾，最终折返东方回归中国的？他没有说。

　　然而，慧超所穿越的世界显然不仅仅是一个佛教世界。
这是一个拥有许多陌生的国王、民族、语言、美食和物产的
世界。在他短暂的印度之行期间，慧超本不知道在8世纪时
塑造了该地区的政治和军事冲突之深。不过，他并不是一个
不善观察的人。在他的匆匆一瞥间，他记下重要的朝圣中心
附近的废弃城市，早期的权力中心的荒芜遗迹，以及已经取
代了这些城市的西部的强大城市曲女城（Kānyakubja）。他

记录了军队的规模（以大象为单位）和国王们的实力，以及经济上的主要目标和税收制度。

16 　　除了在多位国王治下的土地上旅行之外，慧超对佛陀生活中的"八塔"的朝圣之旅也带他穿越了其他地区，那里的居民信奉——并且他们的统治者赞助——迥然不同的宗教传统和修行，崇拜印度教神祇和本地诸神明，还有佛陀。这是在一个充满变数的时代之下错综复杂的世界。

　　无论他们是来自中国汉地、藏地还是朝鲜半岛，这些佛教朝圣者记述的永恒的主题之一，就是前往印度旅行的危险性。许多人启程上路，许多人再未归来。中国僧人义净建议朝圣者先在苏门答腊停留以学习梵文，然后再启程奔赴印度。慧超的船很可能曾在那里靠岸，但不清楚他待了多长时间，以及如果可以的话，他在短暂停留期间会学到多少梵文。不管怎样，当他抵达孟加拉的时候，梵文知识对他来说毫无用武之地，因为他当时对印度的几种方言俚语一无所知。中国和亚洲其他地区的朝圣者面临着他们无法理解的语言、他们无法识别的食物、他们不曾见过的季节性气候以及不时充满敌意的当地民众。这其中最危险的是夺走了许多人生命的各种各样的毒蛇、昆虫和疾病。

　　朝圣者也很容易成为盗匪的猎物，盗匪们会夺走他们的财产——包括黄金，许多人带上它以献给他们求学的寺院——有时还有他们的性命。义净记载道，他一度离群独行，并被拉弓的盗匪拦截，他们剥光他的衣服。他为保住性命而感到欣慰，在泥淖中翻滚，用树叶盖住私处，继续上路。[16] 慧超自己写道："道路虽有足贼，取物即放，亦不殇杀；如若吝物，即有损也。"[17] 由此，因为路途遥远，且常遭遇凶险，"八塔诚难见"。而学者们难以确定他如此措辞的含义。

　　如前所述，当佛陀弥留之际，他指示追随者们礼拜他一生中四大事件的发生地：他的诞生地，他的觉悟地，他的初转法轮地，他的涅槃地。然而，他告诉追随者将其遗骨埋葬在一处塔内。在他身后，掀起了一场关于谁该拥有佛陀遗物的争论。圣骨被分为八份，分属不同的群体时，妥协得以达成，每个群体都建造了一座佛塔。慧超却似乎并没有提到这八处地点。

　　在其旅程中的两处不同地点，慧超都列举了"四大（灵）塔"。无一与佛陀弥留时刻荐托的四地相契合。第一处，在他描述波罗奈和毗邻的鹿野苑时胪列出来：佛陀初转法轮的鹿野苑；佛陀涅槃的拘尸那；佛陀常住讲法的灵鹫山毗邻的王舍城（Rājagṛha）；以及佛陀证悟的摩诃菩提（Mahābodhi）。行记的后文，他又条列了中天竺的四大塔：佛陀的故国，邻近其出生地蓝毗尼的迦毗罗；佛陀在须弥山巅的忉利天（三十三天）为母说法后下凡之地的僧伽施；佛陀的一位弟子、富有的女娼庵罗供养给佛陀的位于吠舍离（Vaiśālī，行记作"毗耶离城"）的庵罗园（Āmrapālī Grove），在此地佛陀有许多著名的讲法；佛陀富有的商人弟子给孤独（Anāthapiṇḍada）所供养的位于舍卫城的祇树给孤独园（Jetavana Grove），在此地佛陀曾演示奇迹。合在一起，慧超在两处所列的代表了所谓八大"灵地"（梵文 mahāsthāna），其中提到舍卫城，因为在那里佛陀演示著名的分身奇迹（见第八章）；王舍城包括其中并不是因为它离灵鹫山最近，而是因为在那里佛陀驯服了狂象奈拉吉里（Nālāgiri）；吠舍离之所以包括其中则是因为佛陀在那里接受了一只猴子的蜂蜜。[18] 慧超诗的前半部分是关于空间和地点的，觉悟的距离，鹿野苑的距离。诗的后半部分是关于时间的：

　　　　八塔诚难见，参者经劫烧。

　　　　何其人愿满，目睹在今朝。

根据佛教的宇宙观念，一个世界历经四个阶段，每个阶段皆称"大劫"（great aeon, *mahākalpa*）。最初者为"空劫"。跟随其后者为"成劫"，此劫自然宇宙渐趋存在。继其后者为"住劫"，此劫时世界完全由各色生物构成并居住。末居其后者为"坏劫"，此劫时整个世界被天空升起的 7 个太阳焚化。慧超诗中的"宇宙之火"一语——汉语字面为"劫烧"——暗指这最后的大火。然而，慧超说"八大塔"已被劫烧所毁，可能指的是那个宣言：佛教世界的某些圣地是坚不可摧的，甚至能够在坏劫之火中幸存下来。比如说灵鹫山，佛陀在《法华经》中讲道："常在灵鹫山，及余诸住处，众生见劫尽，大火所烧时，我此土安隐，天人常充满。"[19]

然而，无常学说是佛教思想的标志，而破灭（disintegration）是一个永恒主题，时间难以测度它。慧超在佛陀涅槃 1000 余年之后巡礼印度。根据佛教的时间理论，佛陀的入灭开启了一个不可逆转的衰落期。随着佛陀及其弟子的去世，佛法的修行变得越来越难，追随觉悟之路变得越来越难。尽管这一过程有时被称为"像法"，但它并不是佛法的衰落，而是人类修行佛法的能力的下降。随着时间的推移，人类日益缺乏智慧、勤奋和道德来遵循佛教之道得出结论。五种特定的退化时而会被列出来：（1）寿命的退化，缘于人类寿命的减少；（2）观点的退化，缘于错误观点的盛行；（3）痛苦的退化，缘于消极精神状态的增强；（4）众生的退化，缘于轮回住者的灵与肉都逊于往昔；（5）年龄的退化，缘于世界和环境的衰退。

如果这八处灵地忍受恐怖的大屠杀，修行佛法的能力渐弱，慧超问道："何其人愿满？"这可能是他访问这八处地点的誓愿，或者更可能是他成佛的誓愿，这一誓言必须历经劫难，穿过劫烧。他站立于摩诃菩提前——佛陀觉悟之地——这使他带着一种惊奇感得出结论："目睹在今朝。"

　　我们无从知晓慧超到访之时摩诃菩提的状态；100 年前玄奘在此参访时，这里仍然是一处充满生气的朝圣之地；许多神龛将佛陀觉悟及随后七周的重大事件作为标记。慧超的行记对此只字未提，尽管记录这一地点时文本中有一处脱漏。

　　虽然慧超的诗以喜乐之感结尾，但是前往印度的佛教朝圣者一定是带着悲欣交集的心情抵达圣地的。他兴高采烈地终于到达佛陀的诞生地、佛陀的觉悟地、佛陀的弘法地、佛陀的涅槃地。每处皆有其势，但无一可与菩提伽耶相媲美，它是佛陀和贤劫（Bhadrakalpa）千佛的觉悟之地。然而，因为朝圣者来得太迟，仍存失望。佛陀的侍者阿难对佛陀永生一劫，或者直到劫末的祈求未能成功，所以他很久以前就已涅槃。因为轮回尚未开始，佛教徒们不仅哀叹他们其生也晚，而且哀叹在佛陀的有生之年他们降生在了错误之地，此即因果报应，当佛在印度时，他们轮回（saṃsāra）到了他处。当玄奘终于来到菩提树下，"五体投地，悲哀懊恼"，他"自伤叹言"："佛成道时，不知漂沦何趣。今于像季方乃至斯，缅惟业障一何深重，悲泪盈目。"[20]

　　慧超甚至发现一些名胜，譬如佛陀的诞生地，大多已荒芜，日益被周围的森林吞没，而林中布满窃贼。寺院和佛塔都年久失修。事实上，首先是通过中国朝圣者的记载，学者们了解到，早在穆斯林军队到来之前，南亚和中亚的许多地区的佛教机构就已处于严重衰退的状态之中，而穆斯林军队因为佛教在 13 世纪时从印度次大陆的实际消失而长期以来一直备受指责。八塔历经"劫烧"的事实并不意味着他们毫发无损地幸免于难。

## 慧超的路线

　　在中国和朝鲜前往印度的朝圣者中，无论是从旅行范围

19

20

还是从旅行路线来看，慧超都被认为是已知的唯一一位从中国走海路到印度并通过陆路返回中国的僧侣。如前所述，人们不知道慧超何时离开他的祖国——位于朝鲜半岛东南端的新罗王国——前往唐朝。人们也不知道他来到唐朝是通过陆路还是海路；朝鲜僧侣前往中国取道海陆皆可。如果他是通过海上旅行，他可能取道向北到达西海岸的唐城港（在今华城附近）。从那里出航，以相对较短的航程横渡黄海到达山东半岛。他究竟在中国待了多久，以及动身渡海前往印度之前去过哪里，都不清楚。到那时为止，大概在 723 年或 724 年，印度和中国之间建立了一条海上航线，广州是主要的出发港。慧琳《一切经音义》中出现的地名——第一章将会讨论——暗示他的船可能沿着海岸航行到了在今天柬埔寨境内的高棉（Khmer）。

僧人义净 695 年返回中国，在往返印度途中的室利佛逝王国（在今苏门答腊的巨港地区）度过了多年。他对那里的僧众遵守戒律印象深刻，并且有人建议，前往印度的中国僧侣应该在此地停留，既让自己适应南亚气候，又可学习梵文。慧超于是可能在苏门答腊停顿，但应该是没待多久。再者，慧琳《一切经音义》中出现的地名显示，航船向西驶向印度，在横渡孟加拉湾之前于尼科巴群岛停泊，最终在胡格利河（Hooghly River）口的耽摩栗底（Tāmralipti）港登陆，该港位于今天的加尔各答以南。这是一个枢纽性的港口和贸易中心，在北部有通往佛教圣地和城市中心的道路。义净两度在此地上岸，分别是在驶往印度和驶离印度时，而玄奘记载了一个非常重要的佛教存在，附近的 10 座寺院有 1000 余位僧人。

从孟加拉开始，慧超向西北走，去往最主要的佛教朝圣地：佛陀的诞生、觉悟、初转法轮及涅槃地——释尊弥留之际躬身荐托——以及灵鹫山、舍卫城、吠舍离、僧伽施这些佛陀宣讲佛法和演示奇迹之地。到 8 世纪初他到达这些地方时，已经有被走熟的朝圣路线了，但慧超的确切路线尚不清楚。现存残稿的起首部分是描述舍卫城或吠舍离的最后几句，然后转到了第一个完整描述的地方——佛陀涅槃地拘尸那。慧超抵达那里，他说道，是在一个月的旅程之后；不清楚是从哪里出发的。他发现作为佛教四大圣地之一的该地，大部分已遭废弃，由一位僧人独自照料。

　　然后，他南行来到波罗奈附近，清晰地描述了鹿野苑。它位于现代城市东北 8 英里处鹿苑的所在地，是佛陀觉悟之后遇见"五比丘"之地，他与五比丘一起修习了 6 年各种形式的禁欲主义，并确立四谛。慧超描述了阿育王树立的狮子柱和那里的佛塔。他说，寺院里堆满佛像，还有一个巨大的镀金法轮，这些佛像由戒日王（Śilāditya）供养。学者们认为，玄奘知道并以同样的名字命名的这位国王是曷利沙伐弹那（Harṣavardhana），他在 606—647 年统治着印度北部的大部分地区。

　　慧超于是说："即此鹿野苑、拘尸那、［王］舍城、摩诃菩提等四大灵塔。在摩揭陀国王界。"这一表述既提供了关于慧超路线的线索，也引发了问题。他已经描述了拘尸那与鹿野苑，并且接下来要描述佛陀觉悟地摩诃菩提。他没有描述王舍城，但事实上他将其列为"四大灵塔"之一，说明他去过那里。王舍城，字面意思是"国王之宅舍"，是佛陀时代摩揭陀国的都城，该国在佛陀的友人和施主瓶沙王（Bimbisāra）治下，瓶沙王后被其子阿阇世（Ajātaśatru）弑害并篡位，阿阇世后来成为释尊门徒。灵鹫山（见第五章）位于王舍城外，佛陀在那里讲授了包括《法华经》在内的多部经典，那是一部在东亚享有盛名和深具影响的经书。王舍城位于波罗奈东南；从耽摩栗底出发，慧超首先到达这里。它不在他的描述里，可能缘于描述在印度的抵达拘尸那之前

21

的那部分丢失了。然而，佛陀觉悟之地菩提伽耶，被慧超称
作"摩诃菩提"，距离王舍城西南仅有 40 英里。在耽摩栗底
与瞻波（Campā）之间有一条主干道，由此慧超可以轻松地
向西到达菩提伽耶或者王舍城。慧超自言他见到摩诃菩提，
并暗示他是从鹿野苑前往那里的。是他没有参访灵鹫山的所
在地——王舍城，还是他的描述也散失了？

在王舍城仅 9 英里外，是那烂陀寺（Nālandā）的宏大
寺院建筑群，它是当时世界上最大的佛教学府和许多从中国
远道而来的僧人念兹在兹的目的地；玄奘和义净耗费多年在那
里孜孜求学和求取真经；玄奘带回中国 20 驮 657 部经卷。事实
上，在慧超启程之前的几十年里，一些新罗僧人已经踏上前往
印度的旅程，在那烂陀寺驻留许久。8 世纪，一位僧人因为待
得足够久而获得了一个梵语名字阿离耶跋摩（Āryavarman）。
作为一名戒律学者，他 70 岁时在那烂陀寺灭度。同一时期，
新罗僧人慧业抵达那烂陀；他大约在 60 岁时也于此圆寂。
义净记载说，他在那烂陀期间，见到一部慧业的著作，用梵
文写就。朝鲜僧人玄照两次到访印度。第一次，他在菩提伽
耶学习 3 年，又在那烂陀学习 3 年。第二次，他重返那烂
陀，继而到了东南方的阿马拉瓦蒂（Amarāvatī）并在那里入
寂。[21] 这些朝鲜僧人的描写共享了一种模式。当他们抵达印
度后，他们前往圣地朝圣（菩提伽耶屡被提及），然后他们
去那烂陀学习。玄照还曾在菩提伽耶修习，那里不仅是一处
朝圣地，也是一座学府。大多数去往印度的新罗僧人都死在
那里，并不都是因为发热，有的是因为年迈。

这一切都令慧超更显格格不入。他没有描述菩提伽耶
（摩诃菩提），只说他是亲眼所见。那烂陀这个名字在他的行
记中从未出现。他怎么会长途跋涉到印度，然后不知何故错
过或避开了他之前的中国和朝鲜僧侣的主要目的地呢？在他
旅行的任何时间点，他是否像他的前辈一样，求取梵文经典

带回中国进行翻译？他只字未提。他的记载中将那烂陀付之阙如，这为慧超行记的诸多谜题又增加了一道。一种可能是，正如慧琳的《一切经音义》所示，有另一种更长的版本，因为散失了，它包含了更为完整的描述，而现存文本只是一份草稿或摘要。更长的文本可能包括了他在那烂陀的学习记录。然而，这样一种迹象被他的行程的短促所掩盖。学者们估算从他抵达印度到他返回中国的时间是 3 年，其间他旅行的范围比他那个时代的任何其他佛教朝圣者都要广袤。在他之前最著名的朝圣者是义净，他在那烂陀学习了 10 年。这表明，慧超的动机或许同到"西域"冒险旅行的其他僧人都迥然不同。

慧超接下来说，他从波罗奈西行两个月，到达曲女城，一座恒河畔的城市，在波罗奈以西约 250 英里。同样，他似乎不太可能，而且当然也太没效率，从波罗奈走 150 英里到菩提伽耶，然后在继续前往曲女城之前原路折回。然而，这正是文本显示的。在对该地的长篇描述之后，他说，"即此中天界内有四大塔"：舍卫城树祇给孤独园，"有寺有僧"；吠舍离庵罗园，"其寺荒废"；迦毗罗（见第七章），即佛诞生之城，"彼城已废"；僧伽施（见第九章），"在中天王住城（曲女城）西七日程"。[22] 这份名单再次提出他的路线问题。僧伽施距离曲女城颇近，因此他在本节行记中描述它是有道理的。其他三城，舍卫城、庵罗园和迦毗罗，在摩揭陀以西很远，是慧超在这一地区时极可能造访的地方。

此时此刻，在他的行程中，慧超背离了那条相当标准的朝圣路线，这条路线有时被称作"佛教的发祥地"。自曲女城起，他向南行进。途中，他写下这首诗：

> 月夜瞻乡路，浮云飒飒归。
>
> 减书参去便，风急不听回。

23

我国天岸北，他邦地角西。

日南无有雁，谁为向林飞？

我们必须停下来弄清楚慧超可能在想什么。在某些方面，他朝圣的目的已经实现了。他似乎参访了与佛陀生活有关的"八大塔"，这些全都在印度中北部一个相对封闭的区域内；每一条路线都是当时印度和外国的佛教朝圣者及其他旅行者相当标准的朝圣路线的一部分，为他们提供了休息和吃饭的地方，他们偶尔还会遇到一位同胞。然而，现在，由于未知的原因，他偏离传统的佛教道路，远行到南方。他可能永远不会回来。他去世的消息如何传到他在遥远的北方的家人那里？没有鸿雁传书。

当慧超转向南方时，他的路线变得更加模糊；他只是说他向南走了 3 个多月到国王居住的城市。这位国王和他的王国是人们猜测的一个主题。有多种可能。最有可能的是遮娄其（Cālukya）王国，在慧超时代统治着印度南部。他描述了一座凿山而建的大寺，非以人力而是由龙树命夜叉神（一种半神）所造，龙树是伟大的大乘大师和佛教哲学中观学派的奠基者。学者们把龙树追溯到公元 2 世纪，尽管按照传统说法，他有 600 岁或 700 岁，正如慧超自己所说。龙树确实与印度南部联系在一起，他写了两部最著名的作品——《宝鬘论颂》（*Ratnāvalī*）和《亲友书》（*Suhṛllekha*）——给他的供养者，百乘王朝（Śatavahana Dynasty）的乔达谜布陀罗王（King Gautamīputra），他在约公元 103 年到 127 年统治印度南部。

慧超用一些细节去描绘这座石窟寺，说它"三重作楼，四面方圆三百余步"，以及"龙树在日，寺有三千僧"。慧超到访时，"此寺废"。同样，在该地的许多石窟寺中（没有一个在传统上与龙树有关），很难确定它是哪一处。至少有三个选项。第一处是阿旃陀（Ajanta）著名的佛教石窟寺。那里最早的洞窟在百乘诸王的支持下凿建，因此至少提供了与龙树拐弯抹角的联系。根据艺术史家沃尔特·斯宾克（Walter Spink）的年表，该地在 480 年前后即停止建筑，而这些石窟在慧超来访时就已被废弃。然而，他所描述的三重宏大建筑在这一地区没有明显的备选答案。

第二种可能是纳西克（Nasik）城附近的般图里纳（Pandavleni）石窟，据某些学者称，该地在慧超时代是遮娄其王朝的都城。佛教石窟开凿于公元前 3 世纪至公元 2 世纪，有些是在乔达谜布陀罗王本人布施之下开凿。这些在慧超造访时也可能遭废弃。然而，同样，目前还不清楚慧超说的三重宏大建筑的石窟所在。

第三个可能是埃洛拉（Ellora）石窟，同样位于遮娄其王朝境内。该地的第十一窟和第十二窟好像是备选答案。他们是三重楼的佛教寺院，拥有凿岩而成的石柱，一如慧超所言。该地附近还有独立庙宇，完全由石头雕凿而成，可能符合慧超所描述的周长。然而，这些洞窟的年代在公元 650 年到 730 年之间，即龙树之后很晚（除非他活了 700 岁），并且大约是在慧超参访时就已完成，对它们来说，这太晚近，以至于还未沦为废墟。

慧超的行记题目为《往五天竺国传》。"五天竺国"在关于印度的汉文作品中很普遍，单纯指的是北天竺、南天竺、东天竺、西天竺和中天竺。慧超使用这些词来描述他的目的地；他的路线不确定主要缘于这些词的语义模糊和他在许多情况下未能提供当地的地名。于是，离开"南天竺"，他向北走了两个月，来到"西天竺"国王的居地。他应该指的是信德省（Sindh）。今天它是巴基斯坦最南端的省份，但在慧超的时代，它要大得多。他说，国王和平民都敬信三宝，还有许多寺院，僧人们在那里兼修大小乘；玄奘在那里

25

发现了佛教，有数百座寺院和万余名僧侣。慧超鲜少提及该地区的佛教，而是关注当地的饮食。他特别赞扬西天竺民众的歌声，他说这比印度其他四地居民的歌声都要好。在他的描述中，唯一可验证的事实是："见今被大食来侵，半国已损。"其实，711 年，阿罗〔Aror，现代的罗赫里（Rohri）〕的信德省首府落入倭马亚王朝（Umayyad Caliphate）穆罕默德·伊本·卡西姆（Muhammad Ibn Qasim）指挥的穆斯林军队之手。这是慧超第一次提到穆斯林征服。当他向北和向西旅行时，他会一次又一次地提到这一点。

他离开西天竺并耗费 3 个月多到达"北天竺"。在这里，慧超提供了一个有用的地名：阇兰达罗（Jālaṇdhara），今天印度旁遮普邦的一座古城。它位于英国人所称的"大干道"（Great Trunk Road）沿线，这条路线至少可以追溯到孔雀王朝（Mauryan Dynasty，公元前 4 世纪至公元前 2 世纪）时期，最终将西边今孟加拉国的吉大港与东边今阿富汗的喀布尔（Kabul）连接起来。慧超随即简短描述了神秘的苏跋那具怛罗（Suvarṇagotra）之地，梵文词意为"金国"。除了说该地由吐蕃人统治而且气候很冷之外，他对该地无话可说。他对一个事实绝口不提，这里显然是由女性统治，并且以女国（Sthrīrājya，"由妇女统治"）之名著称，正如玄奘（他显然没有去那里）在行记中所说。随后，慧超向西前往吒社（Takshar），位于今天巴基斯坦旁遮普省。他说那里有很多寺院，大小乘僧人俱在。

慧超记载说他接下来西行一个月至"新头故罗"，学者们将该地复原为"信德—古吉拉特"（Sindh-Gujarat）。在现代地图上，信德是巴基斯坦的南部省份，南面与印度的古吉拉特邦交界。如果这就是慧超所指，他应该业已从西边和南边抵达那里了，这一行程可能耗费了不止一个月。另外，他已经到过信德省；他不太可能再回来。慧超的"信德—古吉拉特"的位置因此很难确定。然而，在他对该地区的讨论中，他提供了更多的佛教内容，而不是关于僧侣和寺院（他也提供）存在的老生常谈。譬如，他说，这是 5 世纪印度重要的注释派（Vaibhāṣika）大师众贤（Saṃghabhadra）的故乡。他因其论著《阿毗达磨顺正理论》（Nyāyānusāra）（《符合正确的原则》）而闻名，这是一部用梵文写成但仅流传下来汉文版的作品。它是对世亲（Vasubandhu）的《阿毗达磨俱舍论本颂》（Abhidharmakośa）的反驳。在这部论著中，众贤为反对世亲批评的注释派而辩护。慧超此处所提到的众贤值得注意。在他的旅程中，除却释尊本人外，他对佛教人物鲜有提及，这使人怀疑他对学院真经的熟悉程度。如上所述，在他对印度南部的描述中，他提到了龙树，而龙树是一位传奇人物。他提到了众贤，一部专业论著（慧超提及题目的作品）的作者，这表明这位年轻的和尚接受过佛教哲学的训练。根据传统的说法，众贤出生于克什米尔，这表明慧超的"信德—古吉拉特"与该词通常所指的地区相去甚远。

在他记述的这一节，慧超还提到玄奘到访的著名的密林寺（Tamasāvana）。它位于至那仆底（Cīnābhukti）附近，至那仆底已确认即今毗邻巴基斯坦边界的旁遮普北部双鱼河（Beas River）西岸的帕特里（Patli）。他记载说，佛陀曾在那里宣教佛法，附近的佛塔中供奉有佛陀的头发和指甲。像玄奘一样，他说寺院有 300 名僧侣，他接着说，这一地区有七八座大寺院。因为正如他在别处记述的典型做法那样，慧超没有提到与"信德—古吉拉特"之间的方向或距离，所以不清楚他本人是否造访过这些寺院。

根据玄奘的传记，他在附近的那揭罗驮娜（Nagardhana）寺院待了 4 个月，研习伟大的说一切有部（Sarvāstivāda）教义纲要，即《大毗婆沙论》（Mahāvibhāṣa）。慧超也提到这座寺院，并不是因为玄奘在那里学习，而是因为他被告知另

一位佚名中国和尚在彼求学。就在他准备返乡之际，这位僧
人染病殁世。慧超，出于对这位不相识的同胞的同情，也许
还有忧惧于同命相怜，感动地写下一首关于他的诗：

27

> 故里灯无主，他方宝树摧。
> 神灵去何处，玉貌已成灰。
> 忆想哀情切，悲君愿不随。
> 孰知乡国路，空见白云归。

从旁遮普省北部，慧超向北用了 15 天走到迦叶弥罗
（Kashmir，克什米尔）。他记载说，国王和他的臣民都是虔诚
的佛教徒，那里有许多僧侣和佛寺，大小乘俱行。他提到浩
瀚的武勒尔湖（Wular Lake），说湖中所居的龙王（nāga），或
水神，每日供养一千罗汉，"虽无人见彼圣僧食，即见饼饭
从水下纷纷乱上"。

在这一节，慧超进行了一项关于印度佛教经济的更为宽
泛的有趣观察，注意到寺院不是由国家建立（在中国和朝鲜
即是如此）。个别寺院是由贵族成员个人建立——无论男
女——以为他们自己积累功德。这些布施者还经常建立或支持
耆那教与印度教的神庙和寺院，以及梵分（brahmadeyas）——
用于支持婆罗门的献地。然而，建立一座寺院不仅仅是一项
建设工程；寺院必须得到维护。根据戒律，佛教僧侣禁止耕
作土地。必须提供给他们食物；字面翻译通常译作"僧侣"
（比丘，bhikṣu）的词是"乞士"（beggar）。因此，慧超解释
说，当一座寺院建成，供养者会将周围的村庄及其村民布施
给"三宝"。这实际上意味着土地和耕种土地的劳动者成为
寺院财产，生产的食粮被用来供给僧众。慧超说，印度虽然
没有奴隶（与中国和朝鲜明显不同）——从一个被买卖的人
的角度来说——但是村民的劳动产品是供给寺院的。

　　从迦叶弥罗出发，慧超继续向北和向东行进了 15 天，到达他称为大勃律、杨同、娑播慈的地方，据他说，它们皆在吐蕃治下。如今，这些地区包括巴基斯坦的巴尔蒂斯坦（Balistan）和印度控制的拉达克（Ladakh）西部。在那里，他找到了佛寺和僧人。正是在此刻，慧超在其行记中第一次提到吐蕃（他未能到访），并指出："若是已东吐蕃，总无寺舍，不识佛法。"根据传统的藏文记载，他只说对了第一点，却说错了第二点。

28

　　在 7 世纪上半叶，吐蕃由赞普松赞干布（605—650）统治，他击败对手们进而控制了青藏高原大部分地区。传统的藏文记录认为他是在西藏确立佛教的三位"法王"（dharma kings，chos rgyal）之首，并认为他是慈悲菩萨——观音菩萨（Avalokiteśvara）的化身。历史的记载，如同其存在，极为单调平凡。根据西藏传说，松赞干布有两位是佛教徒的外邦妻子，二人使她们的勇士丈夫皈依了佛法。第一位是尼泊尔的尺尊公主（Bhṛkutī），第二位是唐朝的文成公主。每人都带来了一尊释迦牟尼佛像，这些佛像成为松赞干布在其新都拉萨建立的两座寺庙——大昭寺和拉莫什寺——的中心形象。然而，尼泊尔编年史没有提到尼泊尔公主；唐朝公主虽是一位历史人物，但似乎在赞普去世前不久才抵达吐蕃，在宫廷中的影响微乎其微。但是，松赞干布统治疆域内的大量佛教寺庙可追溯至 7 世纪，包括著名的"拉萨大教堂"（Cathedral of Lhasa）——大昭寺的地基。吐蕃最早的寺院被称为桑耶寺，直到 8 世纪晚期方始建造（也许在 775—779 年），在印度密教大师莲花生大士（Padmasambhava）的帮助下才得以建成。莲花生被召唤来制服妨碍引进新宗教的当地神灵。因此，在慧超落笔时，吐蕃还没有佛教寺院，但至少宫廷中已知道一些佛法。然而，慧超似乎对吐蕃人奇异的饮食习惯更感兴趣，他说他们喜欢吃身上所穿皮草中长满的虱子。[23]无论当时吐蕃人是否吃虱子，他们在皈依佛教后，出于对众生的慈悲，没有这样做。

离开大勃律，慧超向北向西行走 7 天，到达小勃律，今天巴基斯坦的吉尔吉特（Gilgit）地区。尽管这里曾是佛教的一个重镇（著名的吉尔吉特写本的发现地），但他丝毫没有提及那里有任何佛教存在，并指出该地区在中国控制之下。慧超在描述其旅程的下一站时更为宽泛。从迦叶弥罗继续向西北，他到达了犍陀罗。

犍陀罗是古印度的一个重要王国，在印度教和佛教文献中屡被提及。该地区包括巴基斯坦西北部的一部分和阿富汗东北部。几个世纪以来，它是佛教的一个主要中心，在教义、艺术和建筑方面都有重要发展。从公元前 326 年亚历山大大帝征服其首都塔克西拉（Takṣaśilā，怛叉始罗）开始，犍陀罗就有了一种持续了几个世纪的强烈的希腊风格——有时是主导性的——这种风格在该地区雕造的佛像和菩萨像中有强烈的反映。长期以来，艺术史家们一直在争论最早的佛像是不是在希腊影响下造出的，法国艺术史家阿尔弗雷德·福彻（Alfred Foucher，1865－1952）倡导的立场是受到了希腊的影响（见第六章）。在公元 2 世纪，该地区由贵霜（Kushan）国王迦腻色伽一世（Kaniṣka Ⅰ）从他的首都布路沙布逻（Puruṣapura，今白沙瓦，Peshawar）予以统治。迦腻色伽一世在古印度作为仅次于阿育王的佛教皇家供养者被人们铭记。著名的佛教第四次结集即在他统治期间举行。

一些重要的本生经（jātaka）故事——佛陀前世生活的传说——都设定在犍陀罗（见第十章）。它是印度主流教派（慧超称为小乘者）最重要者之一的说一切有部以及其他几个主流教派的主要中心地。它是研究论藏（abhidharma）——佛教真经即三藏（tripiṭaka）的第三部分——以及经藏（sūtras）即佛陀的宣言、律藏（vinaya）即僧人戒律的一个中心。论藏由心理学、认识论、宇宙学和佛教之道的结构的专业论著组成。最重要的论藏经典《大毗婆沙论》就是在那里汇编的。犍陀罗与布路沙布逻城，据说也是佛教思想史上两位最重要人物——无著（Asaṅga）和世亲兄弟（或为同父异母兄弟）——的诞生地。

慧超将该地区描述为突厥统治区，可能指的是喀布尔—夏希（Kabul Shahi）王朝，该王朝在一系列印度教和佛教国王的统治下控制着该地区。这一地区在公元 1001 年白沙瓦之战后受穆斯林统治。据慧超记载，国王是一位虔诚的佛教徒，"每年两回设无遮大斋"。他在这里指的是一种奇异的佛教仪式，在梵文中称为"般遮于瑟"（pañcavārṣika pariṣad）或"五年一次的节日"，在犍陀罗举行的显然比五年更为频繁。据说这一做法可以追溯到阿育王本人，他为了炫耀布施（dāna）或馈赠这一佛教美德，把所有的财产、珍宝、私人物品以及长袍都捐赠给僧众，之后他的大臣们又把这些东西都买回来。在慧超的记述中，虔诚的突厥君主一年两次把一切——包括他的妻子——都施舍出去了。

西行三日，慧超抵至一座他称作"葛诺歌"（Kaniṣka，即迦腻色伽）的寺院；这应该是贵霜王在其都城布路沙布逻所建。慧超正确地将这座城市确认为无著和世亲的出生地，并描述了一个不断发光的佛塔。他列举了据说发生在犍陀罗的四个故事，以此来证明他对佛本生故事的了解。

自犍陀罗北行，慧超来到乌长国（Uḍḍiyāna，也拼作Oḍḍiyāna 或 Udyāna），一个包含今天巴基斯坦的斯瓦特河流域（Swat River Valley）的地区。在随后的几个世纪里，它与密宗佛教的修行密切相关。玄奘，在 7 世纪时到访，他说那里的居民"好学而不功，禁咒为艺业"。[24] 慧超——尽管他后来与密宗佛教产生联系——但是对此只字未提，只说人们"专行大乘法"。

30

据慧超记载，他随后用 15 天时间前往东北部一个他称为拘卫国（Kuwi）的地方，转而返回犍陀罗。他继续前往可能在阿富汗喀布尔附近的览波国（Laṃpāka）。他向西行进 8 天，到达罽宾国（Kāpiśī）；今天，卡皮萨（Kapisa）是阿富汗东北部的一个省。玄奘在那里发现了一个兴旺的佛教群体，"伽蓝百余所，僧徒六千余人，并多习学大乘法教"。国王"敬崇三宝，岁造丈八尺银佛像，兼设无遮大会"。[25] 慧超发现一般民众慷慨支持僧众。一座名为沙丝寺（Śāhis）的寺院中有佛螺髻和佛骨舍利。然而与玄奘不同，慧超描述说僧人们信奉小乘。

继续向西 7 日，慧超抵达谢䫻（Zābulistān），可能是今阿富汗喀布尔西南的扎博勒（Zabol）。在这里，他称之为"突厥"的贵族"极敬三宝"，而且"足寺足僧，行大乘法"。从那里向北行至犯引（Bāmiyān，巴米扬），2001 年被塔利班炸毁的巨大佛像所在地。虽然玄奘描述了这些雕像，但奇怪的是，慧超没有提及它们，他再次给出其固定用语："王及首领百姓等，大敬三宝。足寺足僧，行大小乘法。"

慧超随后向北行 20 天，来到吐火罗（Tokhara），这是一个希腊文献称之为巴克特里亚（Bactria）的地区，涵盖今阿富汗、塔吉克斯坦和乌兹别克斯坦的南塔吉克盆地（South Tajikistan basin）地区。[26] 在包括《摩诃婆罗多》（Mahābhārata）在内的古印度文献里，将其民众描述为蔑戾车（mleccha）或野蛮人，在印度文明边界之外。在公元 1 世纪，佛教在那里是一个强大的存在，特别是在贵霜王朝，用地方语言撰写的佛教文献，学者称为吐火罗语 A（方言）和吐火罗语 B（方言）。[27] 慧超将国王和平民描述为虔诚的佛教徒，供养了许多小乘寺院和僧人。然而，当时，吐火罗在大食（Arab，阿拉伯）军队的掌控下，国王已逃往东方。事实上，在公元 663 年，倭马亚王朝的大军入侵吐火罗，占领了首都大夏

（Balkh，又译巴尔克，慧超称之为缚底耶）。

　　吐火罗是慧超继续向西旅行时最后一处能发现佛教的地方。他记载说他向西行进了一个月之后到达波斯；这一旅程的长度实际上可以带他抵达今天的伊朗东北部。通过描述波斯帝国，他解释道："此王先管大食，大食是波斯王放驼户。于后叛，便杀彼王，自立为主。然今此国，却被大食所吞。"大食军队在642年入侵萨珊波斯帝国并在651年将其置于统治之下。关于当地信仰，慧超写道："国人爱杀生事天，不识佛法。"学者推测"事天"一语指的是一种古波斯宗教琐罗亚斯德教（Zoroastrianism，祆教）。

　　慧超的轨迹在这里似乎变冷了。他记载说，他向北穿行山中，于10天后到达大食。由于阿拉伯半岛位于波斯南部，很难确认他的目的地；他可能指的只是大食控制下的另一个地区。他未能提供任何地理特征，而是注意到人们的衣着和饮食习俗。这一节后面是关于大拂临国（Byzantine Empire，拜占庭帝国）的一段内容，他记载说大拂临国迄今已成功地击退了大食侵略者。

　　大拂临国是慧超行程中提到的极西之地。他继而东返，写下一系列简短的条目，大部分属于民族志性质的。他从六个"胡国"开始。在早期的用法中，汉字"胡"似乎是生活在中国西部边界以外的非汉族人（non-Han peoples）的通称。迄至慧超时代，它有了指包括今乌兹别克斯坦大部分地区的整个粟特地区（Sogdia）的更为特定的含义。他提到的六个地方是安国（Bukhārā）、曹国（Kabūdhan）、史国（Kish）、石国（Tashkent）、米国（Penjikent）和康国（Samarkand）。他只暗示自己访问了康国，在那里他发现了一座寺院，里面住着一个对佛教一无所知的僧人。他指出，这六个地区全都在阿拉伯的统治之下，但民众修行琐罗亚斯德教（他称之为"火祆"）。

接下来他写到跋贺那（Ferghāna），在康国以东；在今乌兹别克斯坦的费尔干纳（Ferghana）省。既而向东移动到今天塔吉克斯坦境内的骨咄国（Khuttal），他记载说，虽然在大食统治之下，但是国王和平民都是佛教徒并且那里有小乘僧侣和寺院。他随后描写到"突厥"，占据着六胡国北部的广大区域，其疆域北至北海，西至西海，东至中原。他或许描绘的是现在的哈萨克斯坦，它的西部到里海，而北海是哪儿却不清楚。他描述这一地区的居民是一支不懂佛法的游牧人。

自从他从波斯向北走了10天到达大食之后，慧超那令人费解的表述丝毫没让他的行记提及自己的旅行，这表明在那之后他可能没有亲自访问过其所描述的所有地方。然而，他回到了原来的模式，下一节描述了胡蜜国（瓦罕，Wakhān），它位于吐火罗以东7日行程处。这可能是阿富汗东北部的瓦罕河流域（Wakhān Darya Valley），尽管它距离吐火罗远不止7天步行路程。该地区受大食统治，但国王和平民没有皈依伊斯兰教，仍然是虔诚的佛教徒，支持小乘僧人。

正是在他对胡蜜国的描述中，我们发现了慧超对他远行的记述中与他人互动的罕见时刻之一。他说，在胡蜜国，他遇到了一位正出使异域的唐朝使节，"逢汉使入蕃"。他的同胞似乎抱怨了这条漫长道路的艰辛，可能不知道这会激起慧超的同情。其实，慧超深受感动而创作了一首诗，描述他与一位罕见的能与他交谈的人的邂逅：

> 君恨西蕃远，余嗟东路长。
> 道荒宏雪岭，险涧贼途倡。
> 鸟飞惊峭巆，人去偏梁□。
> 虽平生不扪泪，今日洒千行。

## 32

冷雪牵冰合，寒风擘地烈。

巨海冻墁坛，江河凌崖嚙。

龙门绝瀑布，井口盘蛇结。

伴火上竣歌，焉能度播蜜？

33

　　慧超业已经由海路前往印度，似乎在印度的酷热天气里安然无恙。但不知怎的，他发现自己远在西方的波斯，现在他不得不翻越世界上一些最荒凉和最艰难的地带回到中国。慧超显然已经准备好回归熟悉的土地。

　　随后他描述的，并没有他曾去过那里的迹象，"九个识匿国"分别由不同的国王治理，各领其兵马。该地区似乎是现在塔吉克斯坦境内的帕米尔高原。他再次指出，人们对佛教一无所知。

　　从他行记这一点开始，慧超最终返归中国境内。自胡蜜国东行两周，他渡过帕米尔河（Pamir River，播蜜川）以后抵达葱岭镇——在今天中国的新疆维吾尔自治区——中国军队守卫着唐帝国的西部边疆。从那里开始，他继续向东走了一个月到达绿洲城市疏勒（Kashgar），那里长期以来是丝绸之路的主要节点。玄奘在该地区发现了数百座寺院和万余名僧人，全都是说一切有部派。他指出，他们的修行沦为经文的背诵而不是研习，并且他们可以背诵三藏以及《大毗婆沙论》——这是该派学说的教义纲要。慧超只注意到小乘寺院和僧侣的存在。向东旅行了一个月，他到达龟兹（Kucha）——仍是在今天的新疆境内，在那里他发现了许多佛教的梵文写经。在此，他记载了一个混合的佛教僧团，当地僧侣修习小乘，而汉僧修行大乘。慧超抵达之际，安西大都护府——唐朝控制塔里木盆地地区的一个前哨——的治所设在龟兹，因此他在那里发现了一种重要的中国风格。接下来，他简要介绍了于阗（Khotan）——

位于新疆西南部塔克拉玛干沙漠南缘的一个王国，他显然没有访问该地。直到 11 世纪，这里一直是佛教的一个主要中心，以其对大乘的强烈坚持而闻名，同时中亚其他地方主要是说一切有部僧众。在这里，慧超似乎得出结论，他终于回到中国，不再需要记录他遇见的土地和民众。"从此以东，并是大唐境界。诸人共知，不言可悉。"

34　　然而，在残卷的倒数第二个条目中，慧超停下来描述了在安西四镇龟兹、于阗、疏勒和焉耆（Karashahr）的佛教修行。在数千英里的行程中，慧超第一次提到了寺院和寺院管理者的名字，赞扬他们的领导才能。除龙兴寺住持之外，其他人都出生在中原。龙兴寺方丈"虽是汉儿生安西，学识人风，不殊华夏"。更重要的是，为了追寻他的足迹，正是在此时（也是文中唯一一处），慧超提供了一个日期。他记载说，他在 727 年（开元十五年）的农历十一月初到达安西。

慧超继续向东到焉耆，这是大都护府的另一个前哨，在那里他发现许多小乘寺院和僧侣。尽管他说已经没什么好说的了，但他开始描述当地人的穿着，文本在这里戛然而止。

## 在中国

虽然《往五天竺国传》抄本残卷中止于 727 年，但是慧超的生活并未结束。他似乎至少又度过了 50 年时光。和他的年轻岁月一样，慧超的暮年时光鲜为人知。

从唐帝国的西部边境，也就是他的行记结束的地方，他继续向东行进，最终到达了唐都长安（今西安）。在那里他加入两位印度大师的门徒圈子，这两位大师（连同他们的前辈善无畏）被认为是将密宗佛教引入东亚者：金刚智及其弟子不空。据大多数记载，金刚智（671—741）是印度南部的婆罗门，是今泰米尔纳德邦（Tamil Nadu）的坎奇普兰

（Kanchipuram）一位皇家祭司的儿子。年轻时，他成为一名佛教僧侣，并前往北方的那烂陀寺，他在那里学习戒律以及主流的和大乘部派的教义。这是他第一次学习瑜伽密（yoga tantras）。据说，在 701 年前后，他回到印度南部，然后去斯里兰卡，在那里他接受了一位名叫龙智（Nāgabodhi 或 Nāgajñāna）的大师的密宗灌顶。从斯里兰卡出海，他最终到达今苏门答腊岛的室利佛逝。从那里，他很可能是沿着慧超后来所走路线的相反方向，在其弟子不空的陪伴下航行到中国，他和不空在这次旅行中的某个地方相遇，或许最迟是在 718 年。他们于 719 年抵达广州，721 年前往长安。祈雨和治病的能力为他在朝廷里赢得了青睐，在接下来的 20 年间，他举行各种仪式并进行灌顶，主要是佑护、兴邦和延寿的世俗目标，而不是更超凡的成就。他还将梵文的密教经文（大多是瑜伽密一类）译成汉文，并编写仪轨手册。[28]

　　这一切，有他的弟子不空（705—774）在协助他，不空也许是东亚密宗历史上最重要的人物。他的出身不确定，有些文献说他出生在康国（Samarkand，撒马尔罕），还有一些则说他出生在斯里兰卡。如果是前者，他应该是在金刚智抵达中国时与之相遇的。然而，据另一种说法，他们是一起渡海来到中国的：其中一篇金刚智的传记解释说，当他在印度南部时，观音菩萨在他面前现身，并指引他前往斯里兰卡，礼拜佛牙舍利（在康提）和佛脚印（在亚当峰上），然后前往中国去向文殊菩萨（Mañjuśrī，推测在五台山）朝圣。从斯里兰卡乘坐一艘"波斯舶"出海，金刚智到了室利佛逝，据某些记载，他应该是在那里遇见了 14 岁的不空。[29]

　　740 年，唐朝颁布了一项将所有外来僧侣驱逐出境的诏敕。据说金刚智曾抗议说他不是"蛮族僧人"（胡僧），而是"印度僧侣"（蕃僧），所以这条敕令不适用于他。根据一项记载，皇帝下令豁免了他。他在 741 年死于洛阳。事实

35

上，他可能没有获得豁免，他死于同不空一起前往海岸返回印度的途中。[30] 不空显而易见利用了这个机会去斯里兰卡获取密教经文，在海上旅行，就像慧超一样，再次在苏门答腊停留。在斯里兰卡，据说他遇到了金刚智的老师。

不空在 5 年后回到唐朝，带来百余部经文。一直到 774 年去世，他在风云激荡的时代政治中扮演了积极的角色，受召举行仪式（显然是成功的）以护佑唐朝都城免受外来侵略。他还被认为翻译了几十部印度作品，最重要的是密宗经文《金刚顶经》［Tattvasaṃgraha（Compendium of Principles）］的第一部分。更多的独立作品都归功于他。他是大智菩萨文殊菩萨的忠实信徒，在皇帝的支持下，他在五台山修建了金阁寺。金阁寺于 767 年竣工，被认为是菩萨的住所。

36　　慧超显然是金刚智和不空圈子里的成员，但他在过去 50 年中所扮演的具体角色还不太清楚，因为罕有文献记载，而且全部来自他的晚年。最重要的文献是一部密宗经文译本的序言。这部经文是一共 10 卷的作品，即便以佛教的标准来衡量，标题也相当华丽。它就是《大乘瑜伽金刚性海曼殊室利千臂千钵大教王经》（英译 Sūtra of the Natural Ocean of the Mahāyāna Yoga Vajra, the Great Royal Tantra of the Many Thousand Arm and Thousand Bowl Mañjuśrī）。序言可能是慧超本人或其他人所撰；它可能在很晚的时候被附加或重新附加到译文中。序言的全部内容如下：

　　　　叙曰：大唐开元二十一年（733），岁次癸酉，正月一日辰时（上午七点至九点），于荐福寺道场内，金刚三藏与僧慧超，授《大乘瑜伽金刚五顶五智尊千臂千手千钵千佛释迦曼殊室利菩萨秘密菩提三摩地法教》。遂于过后受持法已，不离三藏，奉事经于八载。后至开元二十八年（740），岁次庚辰，四月十五日，闻奏开元圣上皇于荐福寺御道场内。至五月五日,奉诏译经。卯时(上午五点至七点)焚烧香火起首翻译。三藏演梵本,慧超笔授《大乘瑜伽千臂千钵曼殊室利经法教》。后到十二月十五日翻译将讫。至天宝元年(742)二月十九日,金刚三藏[31]将此经梵本及五天竺阿阇梨书,并总分付与梵僧目叉难陀婆伽,令送此经梵本并书,将与五印度南天竺师子国本师宝觉阿阇梨。经今不回。后于唐大历九年(774)十月,于大兴善寺大师大广智三藏和尚边,更重咨启,决择《大教瑜伽心地秘密法门》。后则将《千钵曼殊经》本,至唐建中元年(780)四月十五日,到五台山乾元菩提寺,遂将得旧翻译唐言汉音经本在寺。至五月五日,沙门慧超起首再录,写出《一切如来大教王经瑜伽秘密金刚三摩地三密圣教法门》,述经秘义。[32]

37

下面更清楚地重新表述上述内容:在他回到中国后6年,慧超在733年成为金刚智的弟子,在唐都长安荐福寺聆受其对于《千臂千钵曼殊室利经》的指导(并且可能是灌顶)。慧超在接下来的8年里一直与金刚智在一起。740年,唐朝的玄宗皇帝(685—762)来到寺院并敕令将经书翻译成汉文。翻译在接下来的一个月开始,金刚智朗读梵文,并且可能将其翻译成汉文,而慧超则是抄录者(笔受)。7个月后翻译完毕。早在742年,金刚智就指示他的弟子不空将梵文本经书带回印度。他照做了,将其交给一位在"狮(师)子国"——应该是斯里兰卡——的印度僧人阿阇梨。

这个故事迅速发展到了32年后的774年,此时不空已经回到中国,与慧超合作翻译了两部文献,其中包括《千臂千钵曼殊室利经》。这一事业显然持续了6年,一直到780年。这时,慧超前往五台山取回金刚智所译出的原始译本,他将这一译本和其他两部密宗作品一并抄录。

从编年问题开始，序言提出了不少问题。741年秋，金刚智离世，因此他无法在742年给出关于将梵文本经书归还印度的指示。但是，这只有几个月之差。更为严重的矛盾之处是不空和慧超从774年开始翻译经文并一直持续到780年的表述。774年，不空逝世。尚不清楚金刚智对于经文的翻译是完整译本，还是在他离世前只翻译了一部分。如果是完整译本，不空着手重新翻译就说不通了。如果金刚智的翻译不完整，他不太可能把梵文写本送回印度。还有一个问题：是谁写的序言？如果像一些人所相信的那样是慧超本人，他为何会在自己的活动和他老师的活动日期方面犯如此重大的错误？然而，序言确实确立了在慧超大约从印度回来6年后他与金刚智的联系，以及大约40年后他与不空的联系。他在其间几十年里的所作所为仍是个谜；一位学者推测他回到了印度。[33]

序言以及慧超在序言讲述的故事中所扮演的角色之谜，当我们看到它所附的经文《千臂千钵曼殊室利经》时，将会成倍增加。这一经文太长，无法翻译，但我们可以提供一个摘要：

经文（或怛特罗）在色究竟天（Akaniṣṭha Heaven）的摩醯首罗天王宫（Maheśvara）被打开了，色究竟天在色界的最高一层天上。在许多大乘经典中，它被认为是毗卢遮那佛（Vairocana，大日如来）的居所，事实上，当经文打开时，毗卢遮那和释尊端坐在宫殿里，向十六位菩萨讲道。他们描述说，文殊菩萨居于金刚界莲华台藏世界海。他有一千条手臂，个个手里都拿着一只乞讨钵盂。每只钵盂里都有一千释尊，它们又再显现一万亿释尊。毗卢遮那解释说，在遥远的过去，文殊菩萨是他的老师，指示他教导一切众生如何认识字母表中的字母，从阿字（a）开始，至曩字（ḍha）结束。

这不是标准的梵文字母表，而是一个叫"四十二字门"的音节表（在其最初五个字母之后）。它的最后一个字是曩。音节表在许多大乘经典和密教经典中出现，背诵的音节表通常用作陀罗尼，每个字母都有象征意义。这个音节表尤其与文殊菩萨联系在一起，以至于阿啰跛遮那（arapacana）成为他的另一个名字，并构成了他的名字咒语：唵阿啰跛遮曩（oṃarapacana dhīḥ）。

文殊菩萨继而誓愿要净化人类的十种罪恶，不仅是那些遵循他的教义的人，还有那些诽谤他甚至怀疑他的存在的人；不仅是那些供养他、为他造像的人，还有那些从寺庙里偷东西的人；不仅是贤惠的人，还有渔夫和屠夫；不仅是菩萨，还有那些命中注定下无间地狱（Avīci）者，那是所有地狱中最令人痛苦的一个。

在文殊菩萨许下这十大宏愿之后，大地震动并且天降鲜花。这时，释尊从摩醯首罗天王宫降临，来到他更熟悉的舍卫城的祇树给孤独园居所，在那里他向七万亿众宣讲佛法。他阐述了所谓的"十种金刚三摩地妙法"（三摩地是一种高度集中注意力的状态，通常伴有幻觉）。佛陀解释说，即使整个世界都被一场大火吞噬，他也坦然安泰不受火焰影响，在氤氲芳香的林间，在河流和溪流中，享受清凉的微风，莲花在池塘里盛开。一朵巨大的莲花会从阿耨大池（Lake Anavatapta）水中升起，帮助一切众生修成菩萨。

既而，释尊指示所有菩萨的老师文殊菩萨，举行一次密教仪式，以启发金刚界的十六位菩萨。其中包括著名的菩萨，诸如观音菩萨、普贤菩萨（Samantabhadra）、不空羂索菩萨（Amoghapāśa）等，奇怪的是，还有文殊菩萨自己，以及与密教传统有关的人物，如业波罗蜜（Karmapāramitā）、金刚怖畏（Vajrabhairava）。释尊然后教导文殊菩萨"十发趣心"，它们在经文列出：舍心、戒心、忍心、进心、定心、

39

慧心、愿心、护心、喜心、顶心。然后，他提供了三种陀罗尼，随后列举了十种修行密教禅定的优点，并指示菩萨阐述十种禅定之门。

当一位菩萨注意到文殊菩萨不在集会中时，释尊解释说，文殊菩萨与法性（dharmatā）密不可分，他是著名的首楞严三昧（śūraṃgamasamādhi，字面意思是，专注于"像英雄一样前进"或"英雄般的进步"）的保护者。这个三昧在大乘佛教中比较有名，有一个同名的经典（《首楞严三昧经》），它阐述了一种允许菩萨快速成佛，并允许开悟的人以任何形式现身的"三昧"。文殊菩萨再次现身，然后问谁将跟随他实现他的誓言，有五位佛陀志愿者：毗卢遮那佛、阿閦佛（Akṣobhya）、宝生佛（Ratnasambhava）、观音［而不是更标准的阿弥陀佛（Amitābha）］和不空成就佛（Amoghasiddhi）。

随即，释尊描述了帮助众生到达十道解脱之门的十位菩萨。十人一组，继续执行他对十种倾向和十种内涵丰富的法门的指示。毗卢遮那佛接着阐述了十种内涵丰富的法门以及菩萨的十大金刚妙法。不空成就佛接着讲话，阐释了十道解脱之门。

正如经文总结的那样，释尊再次出现，从色界的摩醯首罗天王宫降临到舍卫城祇树给孤独园。他预言，未来三宝的影响会削弱，世界将充满鬼和魔。在这一混乱时期，众生获得天眼（divyacakṣus）将是非常重要的，天眼是一种奇幻的视力，可让人们看到天堂和地狱，并看到众生因其善恶行为而起起落落。他告诫会众不要追随外道六大师；许多佛教文本中出现的标准名单是五位：耆那教大师尼干子·若提子（Nirgrantha Jñātīputra）出现了两次。他警告说，追随他们的人将在地狱重生，他接着列举了一长串可怕的惩罚。

经文最后是释尊阐述最基本的一个佛教教义——十善业——并承诺在即将到来的堕落时代帮助文殊菩萨为一切众

生带来启蒙。

正如上述摘要所示，《千臂千钵曼殊室利经》是一部多少有些没有条理的经文，经常没有过渡便从一点跳跃到另一点。这在大乘经典中并不少见，大乘经典有时是以稍短的作品汇编而成或者将插补文字包括在早期作品中。然而，诸多迹象显示《千臂千钵曼殊室利经》——不管序言怎么说——并不是一部印度真经，而是一部伪经。

鉴于佛陀入灭和最早以书面形式记录佛陀教义的尝试之间相隔有几个世纪，佛教学者一直在努力辨识佛陀的原始教义，但收效甚微。有一项共识是，大乘经典——譬如《法华经》和《金刚经》——撰写于佛陀入寂很久之后，并非历史上的佛陀教导。然而，佛教学者对那些在印度以外编写而声称是印度作品者保留了"伪经"的称呼。在中国，它们包括《大乘起信论》、《仁王经》和"净土经"《观无量寿经》等著名经文。就中国佛教而言，为了使文本被认为是可信的，需要能证明经文是从中国境外传入的证据。梵文（或另一种印度语言）手稿是重要的证据。扉页或序言提供了译者的姓名、翻译的时间和地点，以及诸如《千臂千钵曼殊室利经》序言中的描述。

中国极为珍视印度经文的梵文原版；正如我们将在第十二章看到的，一位皇帝愿意为一位印度和尚的经文支付很高的报酬，甚至是在它已经被翻译之后。这使得金刚智指示一个弟子把《千臂千钵曼殊室利经》经文送回印度的故事变得相当奇怪。按照皇帝本人诏命翻译的梵文经书的唯一副本不可能再带回印度。接下来，译本从都城送往遥远的五台山，而没有在长安制作和保存一份重要经文的副本。然后，大约在 30 年后，不空决定再度翻译该经文。不过，如果原稿已被送回印度，他将如何翻译经文呢？

《千臂千钵曼殊室利经》经文于 938 年在五台山的一座

41

寺庙中被发现，那是慧超离世之后的约 150 年。在其发现时，序言缺失；第一次提到序言是在 300 多年后的元朝（1271—1368）。更早的目录列出了经文，并将不空作为翻译者，但这些似乎是后添加的。因此，尽管经文常常与文殊菩萨的虔诚信徒不空联系在一起，但很难得出《千臂千钵曼殊室利经》提供了关于其来源和翻译的可靠信息这一结论。

有一个证据表明这是一部伪经，那就是在经文中非常突出的"十发趣心"的名单。这个特殊的名单在印度文献中是未知的。然而，它出现在《梵网经》（*Brahmā's Net Sūtra*）中，这是中国最著名、最重要的伪经之一。人们会在其中发现一张菩萨五十二个阶段的列表。该列表中的第二组的十个与《千臂千钵曼殊室利经》的十个相对应，尽管它们有另外的名称。这份列表的特殊标题——"十发趣心"——仅见于《千臂千钵曼殊室利经》。这是经文并非印度原经而是在中国编写的进一步证据，或许是不空本人，他可以很容易给出一个梵文标题以展示一种可信的样子。

这并不是为了贬低经文的重要性，也不是为了贬低慧超对经文的投入。正如我们在第十二章所看到的，文殊菩萨在中国非常重要，在他的众多形态中，千钵菩萨形态广为人知。敦煌的洞窟中装饰着他的形象，在伯希和发现慧超行记的地方——敦煌藏经洞中，发现了一幅美丽的丝质千臂文殊，现藏于寺院中。

因此，像他穿越佛教世界的年轻岁月一样，慧超后来几十年的生活仍然笼罩在朦胧之中。有一个证据表明他曾在唐朝首都内道场供职。[34] 凭借这种身份，他将代表国家举行各种仪式。根据他向皇帝陛下呈上的一项汇报，774 年，他被派往位于都城以西 50 英里的仙游寺，在那里他成功地举行了一次祈雨仪式。那时，他已经年届古稀。自从公元 741 年金刚智去世以后，他就是一位仪礼专家吗？

　　不空在去世之前，指示他的 21 个门徒为帝国的福祉举行仪式。慧超名列第二。[35] 不空于 774 年七月二十八日去世。在这位密宗大师的生命尽头，慧超是他的一个亲密的弟子，这些从他的遗嘱中可以清楚地看到，他说："入坛授法弟子颇多：五部琢磨，成立八个，沦亡相次，唯有六人。"他胪列出这六人，其中之一是新罗慧超。

　　我们发现他在 780 年前往五台山的声明之后，没有进一步提到慧超关于《千臂千钵曼殊室利经》的工作，这是一部他自 733 年就开始研习的作品。到那时，他已几近杖朝之年。我们确信他最终在大智菩萨的神圣居所圆寂了。

## 结　论

　　还遗留有如此多的问题。为什么一个十几岁的释家僧人愿意离开祖国新罗来到唐朝，继而乘坐帆船历经危险航程进入热带地区，最终到达天竺？正如我们注意到的，他似乎并非和他的那些中国和朝鲜的先驱者一样怀着同样的缘由：去学习佛法并取回经文。慧超似乎这两件事都没做。完成对于"八塔"的标准朝圣巡礼必需环节之后，为什么他继而南下？自南方回返之后，是什么促使他踏上穿越今天的巴基斯坦、阿富汗、中亚，向西直至波斯以及可能还有阿拉伯半岛的艰辛旅程？

　　可能找到的一个尝试性的解释，不是在精神方面而是在世俗方面。尽管佛教以身外无物和艰苦朴素著称，但它长期以来与财富和商业有着重要的联系。当佛陀不和僧侣们在一起时，他经常与他的供养者在一起：国王、王后、富商和富娼。当他和他的僧侣们在一起时，他常常住在供养者捐赠的园林里。尽管在梵文中"僧侣"一词的字面意思是"乞士"，但这些乞讨者似乎可以挑肥拣瘦。[36]

43

显而易见，佛教在印度境内和境外是沿着贸易路线传播；有许多佛教僧侣与商人一起旅行的故事，取道陆路或乘船航行。佛教在历史上某一确定时刻在某一确定地点的存在，几乎总是依赖于皇帝或国王的慷慨布施或者是紧紧依靠活跃的贸易路线。这就是为什么在被称为"丝绸之路"的东西方道路网上发现如此活跃的佛教僧众的一个原因，也是为什么当这些路线发生变化时这些群体频繁地陷入衰落的一个原因。

慧超在其行记中从未提起旅伴。然而，他不可能总是独自旅行并且仍然活着来讲述这个故事。也许他的朝圣并不是带他到他想去的地方，而是带他到商人去的地方，比起最直接的回家路线，他更喜欢群体的安全。所以他走得很远，看到的世界比任何其他佛教朝圣者都广大。

在接下来的篇章里，我们将沿着他的路线前进，开始于他出生的新罗——他未及弱冠离开后就再也没回去过——结束于五台山——文殊菩萨的圣山，启程大概 60 年后他在此地入寂。正如我们所注意到的，慧超对他造访过的地方谈得不多。我们知道他去了哪里，但我们不知道为什么。因此，接下来的篇章在很多方面都是在想象中的摸索，在追寻他的陆上路线和幻想飞行之间穿梭。我们知道慧超朝圣的地方，我们知道与这些地方相关的佛教故事，我们知道那些地方所激发的艺术作品，其中一些是慧超亲眼所见。因此，我们在想象中的摸索是尝试着想象慧超的思想，当他在佛教世界中行走时——不为人知并且不被注意——他的所见、所思。

# 一　敦煌

朝圣记录的发现

## 故　事

　　1908 年 4 月，29 岁的法国学者伯希和蹲在中国遥远的西部一座石窟寺里，数以万计的文本，高 10 英尺，堆在他的四周。敦煌镇附近莫高窟寺院群中的"藏经洞"第十七窟，是丝绸之路上离开中原汉地的最后一站，也是进入中原汉地的第一站。伯希和不是第一个翻检这些文本的欧洲学者。

　　1900 年时，莫高窟被称为千佛洞，人口稀少，大部分遭遗弃。它们的看守者和自封的住持是一位名叫王圆箓的道士。1900 年 6 月 25 日，他正在清理第十六窟堆积的沙子，准备恢复那里的神龛，这时他在洞窟通道右侧发现一个密封的前厅。将其打开，他发现里面从里墙到外墙，从地面到洞顶，满是各种各样的卷轴、文本、绘画和横幅，多达 5 万件。在 11 世纪的最初几十年里，洞窟似乎已被封存；学者们持续争论为什么文本保存在那里以及为什么洞窟被封住。

　　王圆箓向甘肃巡抚报告了他的发现，巡抚下令重新密封这个洞窟。墙上建了一扇门，只有王有钥匙。1907 年，奥莱尔·斯坦因（Aurel Stein）——一位匈牙利考古学家和一位归化的英国臣民——到了敦煌，他从一名匈牙利的中国西北探险队队员那里听说了这座著名的石窟，该探险队队员于 1879 年访问了该地。斯坦因让王相信，他是后世的玄奘——一位唐朝高僧，曾完成了著名的"西行之旅"以求取佛经——他说服王给他几千份文本和数百幅绘画以返归印度，以相当于 130 英镑的用于修缮第十六窟的捐款来换取。然而，斯坦因的汉语并不好，他只拿了王给他的那些文献，其中包括数百份同一经文的副本，尤其是《法华经》和《金刚经》。回到伦敦后，斯坦因被封为爵士。他所获得的大部分作品（他于 1915 年第二次旅行，并带回更多的文书）今天在伦敦都可以找到。目前在大英图书馆收藏的多种语言的写本，以及用纸张、木头和其他材料印刷的文书达 45000 多件，在大英博物馆保存的敦煌绘画近 400 幅。

48　　　　伯希和在第二年抵达，也获得了王圆箓的信任，主要是因为他流利的汉语。他在烛光下工作了两个星期，阅读了数千份文献，其中许多只是残片，他把想要的分成两堆：一堆是他认为重要的珍品，一堆是他认为有价值但不太重要的作品。他发现了汉语、藏语、梵语和一些中亚古老语言的作品，譬如粟特语。尽管这些作品主要是佛教作品，但也有许多道教和儒家的经文、景教经文以及大量的世俗作品和行政文书。

　　1911 年，日本贵族大谷光瑞伯爵（1876—1948）率领一支探险队来到敦煌，带着 400 多件写本返回京都。俄国学者谢尔盖·奥登堡（Sergei Oldenburg, 1863－1934）于 1914 年抵达此地，将 365 个卷轴和大约 1.8 万件残片带回圣彼得堡。美国考古学家兰登·华尔纳（Langdon Warner, 1881－1955）也不甘示弱，做了之前的到访者没有做过的事情。他从 4 个洞窟的墙壁上揭取了 26 幅壁画，并把它们带到波士顿的福格博物馆（Fogg Museum）。因此，敦煌的宝藏，除了在中国剩余的文本、文物和艺术品之外，都在伦敦、巴黎、京都、圣彼得堡和剑桥。

伯希和挑选并带回巴黎的 1 万多件文书和绘画中，有一件没有标题的残卷。我们不知道他把它放到两堆中的哪一个。

## 解　说

伯希和发现的文本是一个 227 行的手写卷轴，每行大约有 30 个汉字。卷轴由九张纸制成，每一张大约 11 英寸长、16.5 英寸宽。根据纸的类型和书法风格，学者们将这一写本的年代定为 8 世纪。这表明，慧超在返回中国的途中在敦煌停留；写本可能是他留在那里的一份草稿的副本。如果是这样的话，那么残存的文本代表了慧超对他的旅行的记录，因为他的旅行接近尾声；这不是几年后才写的回忆录。

伯希和不可能知道这一点，他的任务因其发现的卷轴是一个残本而变得更加困难。文本的开头，包括标题和作者的名字，已然丢失。文本的结尾也不见了，因为其中会有一个末页，再次给出作者和标题。通过一篇出色的考释作品，伯希和确定了写本中出现的一些术语也出现在了《一切经音义》中。

关于慧超的旅程，我们可以推断的大部分不是来自慧超的行记，而是来自这个词汇表。随着佛教传入中国，翻译人员面临着海量的词汇，不仅包括技术术语，还包括人名和地名。为了将这些词移译为汉语，需要大量的新词，其中许多词是用语音转录的，而不是翻译的。在 7 世纪，学者和翻译者试图规范这些术语及其发音，产生了"发音和意义"（音义）词汇表，该词汇表汇集了各种文本中的不常见的术语，并提供了正确的发音；这些术语包括人名、地名以及各种食品和物品名称。这些文献中内容最为广泛的一部是由慧琳

（733—817）所作。该书于 783 年至 807 年间编纂，收录了
1300 多部经文中的术语。慧琳来自疏勒，这是丝绸之路上一
座重要的绿洲城市，也是慧超返归中国的漫长行程中的一
站。虽然慧琳比慧超年轻一些，但他们很可能彼此认识。与
慧超一样，慧琳也是不空的弟子，可能是一名更为杰出的弟
子，以其广博的学问以及对印度语言学的了解而闻名。但与
慧超不同，《宋高僧传》对慧琳有详细的记载。因此，慧琳
可能知道慧超那本晦涩难懂的行记，因为他认识它的作者。

　　慧琳的这部著作不仅列出一系列术语，还有益地提供了
它们的来源以及它们在该来源中出现的章节。伯希和由此得
出结论：这部作品的标题是《往五天竺国传》，作者是慧超。

　　来自慧超行记的共计 85 个术语出现在慧琳的词汇表中，
但这些术语中的大部分没有出现在慧超著作的现存写本中。
《一切经音义》显示，慧超著作的完整版本分为三个部分。
第一部分描述了他从中国到印度的旅程。慧琳列出了这一部
分的 39 个术语，没有一个出现在慧超行记的现存写本中。
第二部分描述了他在印度的旅行。这里，《一切经音义》的
18 个术语中，只有 4 个出现在慧超的写本中，表明完整版本
比现存版本更为详细。第三部分描述他回到中国。在这里，
慧琳著作中出现的 28 个术语中，有 14 个在慧超的写本中找
到了。所有这些都意味着慧超的行记原本是一个更长更详细
的文本；残存的似乎是第二部分的后半篇和第三部分的前半
篇。更为复杂的是，在《一切经音义》中列出的术语并不总
是与慧超的著作中的术语相匹配。因此，学者们推测，慧超
的行记中幸存下来的片段不仅仅是更大篇幅著作的片段，而
且是一个草稿或缩写版本的片段。在这种情况下，慧琳阅读
过的完整版本已经不复存在了。

　　尽管如此，《一切经音义》在很多方面都是有帮助的，
包括对慧超路线的重建。例如，它提供了未出现在残本中的

地名，包括今越南的占婆（林邑）和尼科巴群岛（裸形国）的中文名称，表明慧超乘坐的船在前往印度的途中曾停在这些地方。

## 艺　术

在本书的"导语"开头，我们引用了《大般涅槃经》（*Mahāparinibbāna Sutta*）一段著名经文，即佛陀最后时光的记述，在这段经文中，他指示追随者们在他寂灭后参拜四处地点：他的诞生地、觉悟地、初转法轮地和涅槃地。引文来自经文的巴利文版。在巴利文真经的大多数文本中，已知有梵文版本（通常只保存在汉文中），它提供了同一文本的类似但并不总是相同的版本。因此，有一个具有相同标题的梵文文本（*Mahāparinirvāṇa Sūtra*）。然而，这一文本——通常被简称为《涅槃经》（*Nirvāṇa Sūtra*）——是一个截然不同的作品。这很可能就是慧超所知道的佛陀最后时光的版本。本章呈现的第一件艺术品（图二）是在敦煌藏经洞中发现的这一经文的汉文译本的一页。

这部经文有多种版本，长度不一。一种版本是由著名的朝圣者法显带回中国的；他在418年完成了翻译。这里展示的一页来自更出名也更长的版本，它由僧人昙无谶（Dharmakṣema）在423年翻译成汉文。以下段落出自经文的第四十章。

佛言："善男子！譬如父母唯有三子。其一子者，有信顺心，恭敬父母，利根智慧，于世间事，能速了知。其第二子，不敬父母，无信顺心，利根智慧，于世间事，能速了知。其第三子，不敬父母，无信顺心，钝根无智，父母若欲教告之时，应先教谁，先亲爱谁，当

51

先教谁知世间事？"

迦叶菩萨白佛言："世尊！应先教授有信顺心恭敬父母，利根智慧知世事者。其次第二，乃及第三。而彼二子，虽无信心恭敬之心，为愍念故，次复教之。"

"善男子！如来亦尔。其三子者，初喻菩萨，中喻声闻，后喻一阐提。"[37]

这段经文清楚地表明，《涅槃经》是一部大乘经典，赞美菩萨而不是声闻（śrāvaka）——佛陀典型的小乘门徒，并提到了佛教人物阵容里的一位奇怪的人物—阐提（icchanti-ka）；这些人是如此不可救药以至于他们拒绝佛陀的教导，并且因此注定永在轮回，毫无解脱之望。中国僧人道生认为，这样的教导违背了佛陀有朝一日众生都将觉悟的慈悲宣言。然而，法显版的《涅槃经》却没有这样的承诺。而在昙无谶翻译的这一经文的一个较长版本的其中一段，佛陀宣称众生皆具佛性，包括一阐提。

这里的经文册页似乎来自7世纪初的一份抄本。这是一位专业抄录者的书法作品，笔迹清晰工整，每行标准是17个字。它很可能来自一大部藏经中的一个版本。为了保护经书免遭虫蛀，用一种黄色液体对纸张进行了染色，这种液体是由黄檗树皮制成的。这篇经文的内容和形式都像《涅槃经》的抄本，慧超正是从这部经书中汲取到朝圣的力量。

第二件（图三）是来自敦煌的一幅精美的绘画，传达了佛教艺术的诸多意涵和动机。中央的人物是地藏菩萨，在大乘佛教的菩萨中很少见，因为它不是以华服珠宝的印度王子示人（如第十二章中的文殊菩萨），而是假借剃度僧人的形象。他在中国安徽省九华山的圣山上的居所中，这是一个与新罗僧人地藏（也叫金乔觉，696—794）密切相关的地方，他与慧超是同时代人。"지장"（Jijang）是地藏菩萨汉文名

字 "地藏" 的韩语发音。他出生于新罗王室，出家为僧并且和慧超一样前往中国旅行。他在中国东南部的九华山定居，在那里致力于禅定，赢得了当地普通信众和新罗朝圣者的崇拜。他如此虔诚以至于在他寂灭以后被认为是菩萨的人间化身。九华山，实际上是连绵的九座山峰，名字的含义是 "九朵花之山"，后来被认为是地藏菩萨的道场，是中国四大佛教圣山之一。地藏菩萨特别受人爱戴，不仅因为他那不加修饰的举止，还因为他愿意下地狱去拯救在那里重生的芸芸众生；他甚至被描绘成地狱之主。事实上，在我们的绘画中，他左侧的人物就是地狱十王之一。[38]

　　这幅绘画可以追溯到 10 世纪末或 11 世纪初，通过彩绘中的汉字阐明了它的几大目的。顶部绿色长条上写着 "南无地藏菩萨忌日画施"，表明这幅画是代表一位已故家庭成员创作，并在死者忌日捐赠。右边红色长条上写着 "五道将军"，这是地狱十殿阎罗的第十位王转轮王的绰号。在中国佛教的宇宙学中（在印度原典中没有反映），地狱有十殿，每殿各由其王主持。该死之人必须通过十殿去接受磨炼和审判他们所犯下的恶行。这些审判在死亡后的特定时间间隔进行。在四十九天的过程中（根据佛教宇宙学的标准，死亡和重生之间最长的时间），死者来到前七位王面前，从死亡后的第七天开始，每七天一位。死后第一百天到达第八殿，一周年忌日到达第九殿，三周年忌日到达第十殿即最后一殿。作为最后一次获得赦免的机会，在三周年忌日时人们特别取悦地藏菩萨，恳求他最后一次下入地狱，代表死者进行调解。因此，菩萨左侧的王是地狱第十殿之王。地藏有两样法器，一样是许愿珠（他拿在左手中），一样是锡杖，这里是由第十位地狱之王擎着。

　　左侧红色长条写着 "道明和尚"，即地藏菩萨右侧站立的僧人法号。根据一个故事，一个叫道明的和尚被冥界之王

53

阎罗王（Yama）召入地狱。他得知自己是被错误地召唤而来，可以返回阳间，这时他看到一个僧人和一头狮子下入地狱。这位僧人就是地藏菩萨，狮子就是文殊菩萨的坐骑（见第十二章）。地藏菩萨指示道明返回人间，画出他曾看见的；在菩萨脚下的更像是犬科而非猫科动物，推测是狮子。

因此，这幅画的上半幅汇集了一系列与地藏菩萨的神圣联系：他在九华山的居所，道明和尚对他的描绘，他与死者以及他们在地狱十王面前的审判的关联。这幅画的下半幅提供了它的世俗起源的线索。画底部的绿色长条上写着："故大朝大于阗金玉国天公主李氏供养。"公主穿着红色衣服，以一种虔诚的姿态被画在右下角；她右手拈持着两朵莲花（一朵正在盛开，一朵含苞待放），左手握着香炉。于阗是一个古老的佛教王国，位于今天中国新疆维吾尔自治区的西南部。公主可能是912年开始统治直到966年去世的于阗王李圣天的女儿。她与敦煌976年至1002年的统治者曹延禄结婚。她的丈夫或另一个家庭成员下令绘制这幅画，以确保公主在她去世三周年时重生，把它放在他们的敦煌王国的一个石窟寺的神圣区域。

下半幅的中央是一个空的桃色方块。这一空间往往会被用于比在上半幅出现的更具实质性的献祭铭文。这一空间应该是为从未添加的题记留空，或者原来题记可能已被后来的作品拥有者抹除。左下角的人物没有用题记标识。它似乎是金刚萨埵（Vajrasattva），手持金刚和铃铛。他的出现表明这件作品与密宗佛教有某种联系，密宗佛教拥有自己拯救死者的仪式。

作为本章插图的这两件作品，一页经文和一幅画作，表明了诸多将在接下来的几页中重现的主题。佛陀嘱托朝圣的经文《涅槃经》，是一部存在于多个版本中的作品，增加了越来越多的段落，试图在佛陀口中的佛教教义里包含创新。

在经文中，佛陀将灭但未灭。无论他是否如《法华经》（见第五章）和《涅槃经》所宣称的寿命无限，或是他是否不知为何居于窣堵波中，印度作为佛陀持续存在的地方仍然是佛教徒的圣地，激励着来自遥远的新罗的僧人开启了一场漫长而艰辛的朝圣之旅。地藏菩萨的绘画引入了一系列慧超时代的佛教主题。需提及其中一点，一位新罗僧人可以到中国旅行，并受到居住在九华山附近的中国人的尊重，以至于他被认为是至爱的地藏菩萨的人间化身，这意味着有一个比今天的人们想象的更加无界限的佛教世界。

虽然他从未被神化过——正如他的同胞地藏所达到的那样——但是慧超也找到了去一位菩萨在中国山中居所的路：文殊菩萨的五台山，被认为是一处吉祥和神圣之地，对于译经和修行很完美。这种坚定不移地穿越遥远距离的故事，以及在神圣之地表现出的无比虔诚，将佛教世界的许多地方和穿越其间的朝圣者联系起来。敦煌也展现了佛教世界的这种世界主义特性，早在 20 世纪初，它就被一波又一波外国人劫掠了。敦煌对于那些离开中国的人是中原的最后一站，对于那些进入中国的人则是中原的第一站；即便其著名的石窟壁画因它们的中亚元素（它们是非汉的）而蜚声世界。藏经洞里有许多来自遥远地区不同语言的作品，进一步证明了它作为文化枢纽的重要性。慧超亲眼看到过许多这样的地区，他可能在敦煌停留过，有朝一日他的行记会在这里被发现。

## 延伸阅读

Neville Agnew, Marcia Reed, and Tevvy Ball, eds. , *Cave Temples of Dunhuang: Buddhist Art on China's Silk Road* ( Los Angeles: Getty Conservation Institute, 2016).

Valerie Hansen, *The Silk Road: A New History* (Oxford: Oxford

University Press, 2012).

Roderick Whitfield, Susan Whitfield, and Neville Agnew, *Cave Temples of Mogao at Dunhuang: Art History on the Silk Road*, 2nd ed. (Los Angeles: Getty Conservation Institute, 2015).

# 二　新罗

## 朝圣者的出生地

慧超的出生地朝鲜半岛，在 6 世纪时尚未统一；朝鲜半061岛包含三个王国：一个非常大的高句丽，另外两个小王国百济和新罗远在其南方。虽然陆上距离中原王朝遥远，但是新罗仍与中国建立了紧密的关系，在 611 年向隋炀帝请求军事援助，并在 621 年向唐朝派遣使臣。这一时期的新罗王真平王（579—632 年在位），是佛教的一位强力布施者。到 7 世纪为止，朝鲜半岛僧侣前往中国学习变得很普遍，许多人余生都留在了那里。其中一些人，像慧超一样，相对鲜为人知。其他一些人，将成为受人尊敬的学者。

## 故　事

一位决定入唐巡礼的僧人是元晓（617—686）。传到朝鲜半岛的消息是，唐朝僧侣玄奘在经过 18 年的印度朝圣之旅后，于 645 年回到唐都。他不仅带回了 600 多部用梵文撰写的佛教写本，而且在著名的那烂陀寺学习多年，聆受 106 岁的戒贤大师（Śīlabhadra）关于瑜伽行派教义的指导，该派最著名的教义是识无外境，一切"唯识"。现在玄奘回来了，栖身于专门为他建造的存放其写本的长安大雁塔。元晓和友人义湘（625—702）决定去中国朝圣，并成为他的门徒。

　　他们选择走途经新罗的敌国——高句丽的漫长陆路。他们在650年出发，安全地穿越了朝鲜半岛，抵达唐朝边界。高句丽和唐朝自645年以来就处于交战状态。公元649年，唐太宗再次准备大举进攻辽东，但未及成行就逝世了。由于害怕这两名僧侣是高句丽间谍，唐朝的边界守卫者逮捕了元晓和义湘，并将他们投入监牢。他们得以逃脱，踏上返回新罗的漫漫旅途。

　　他们不知所措，决定再试一次，这次是从海上。庆州是新罗的都城，位于朝鲜半岛的东南海岸。为了到中国去，他们首先要去唐城港，该地远在北方的西海岸，在今华城附近，距离仁川不远。晚上他们在乡间行进时，遭遇到骤烈的雷雨。当他们在黑暗中蹒跚而行，寻找躲避的地方时，一道闪电照亮了前面的一座土地庙，他们进入庙里等待暴风雨过去。雨继续下，淹没了庙宇的地面。虽然站在水里，元晓还是口渴了，他在水里摸索，直到触摸到一个葫芦浮在水面上。他把它当作一个杯子，灌进一些水，然后一饮而尽。水纯净甜美。

　　翌日清晨，大雨消歇。在白昼的光亮下，义湘和元晓发现他们待了一夜的不是一座庙宇，而是一座坟墓。元晓俯身而视，看见他用来当杯子的葫芦其实是个骷髅头，一具腐烂的尸体漂浮在昨夜他尝到的甜美的水里。当他快要呕吐的时候，他顿悟了。水的纯净或污染，不在他喝过的水里，而是在他自己的心绪间。他说："三界唯心，万法唯识。美恶自我，何关水乎？"他得出结论，如果一切唯识，那么横渡大海寻找导师就毫无意义；在心绪之外求取觉悟也毫无意义。没有理由前往中国了。

　　义湘并不同意同伴的意见，继续独自启程，在661年安全抵达唐朝。他成为华严宗的一位大师，也是华严宗最伟大的高僧法藏（643—712）的密友。他还成为一位僧律大师。义湘本可以在中国安度余生，但当他得知新登基的唐朝皇帝计划攻打他的祖国新罗时，他于 671 年返乡警告他的国王。新罗军队由此做好了充分准备，当唐朝大军压境时，将他们驱逐出朝鲜半岛。

因此，元晓留下来，对他可能在中国觅得的学问或名望不感兴趣。相反，他撰写了一些重要的经疏，针对的很可能是义湘在唐朝学习的那些相同的经文。他著有 100 多篇经疏。而他也因其新奇的生活方式而闻名。当他还是个和尚的时候，他和一位寡居的公主有过一段恋情。他们的儿子后来成了一位著名的学者，为新罗人发明了一套语言书写系统（在那之前用过汉字）。[39] 元晓违背独身誓言，脱去僧袍，换上便服，在乡间漫步，载歌载舞，劝说百姓修行佛法。他成为朝鲜半岛历史上最著名的佛教大师。

因此，元晓证明了朝鲜半岛僧侣不必前往中国朝圣以求得觉悟。觉悟可以在他们自己的祖国完成。在某些方面，这是一种政治主张。随着新罗成为一个军事强国，拥有一支可以战胜唐朝的军队，一切都不再需要向中国屈服。[40] 然而，这主要是一种宗教主张。玄奘完成了一次到印度的漫长朝圣，于是义湘和元晓决定去朝圣玄奘。在坟墓里过夜后，元晓决定不去了。他做了一个关于思想本质的决定，并且由此做了关于觉悟的本质的决定。觉悟就在此地，觉悟就在此时。然而，在元晓死后 36 年，慧超开始了他前往印度的朝圣之旅。

63

## 解 说

当佛教从一个国家传播到另一个国家时，就像它在其漫长的历史中多次经历的那样，它的命运经常取决于它在宫廷能否成功。国王和皇帝往往对佛教感兴趣，不是因为它对人类状况的批判，或是它对"无我"学说的简洁表述，而是因为它声称在今生今世施予恩惠。佛陀的皇室布施者们供养寺院僧众，因为这给他们自己和他们的王国积累了功德，功德将以幸福的形式在此生和来世结出果实。佛陀灭度后，一些经文特别承诺保护人们免受世俗伤害。例如，在《法华经》的第二十五品中，佛陀描绘了一长串令人恐惧的景象；人们只需要祈求观音菩萨来保佑他们。于是我们读到"诤讼经官处，怖畏军阵中，念彼观音力，众怨悉退散"。在经文的下一品中，提供了一套名为陀罗尼的咒语用以保护那些阐释《法华经》的人免受各种敌人——人与魔——的伤害。如果王国拥护其他经文——如《金光明最胜王经》（*Suvarṇaprabhāsottama*）和伪经《仁王经》——以及阐释经文的僧人，经文将为他们提供免受自然灾害和外来侵略的神圣保护。这些东亚经文是如此重要，以至于创造了一个汉文词语来描述他们的崇拜——"护国佛教"。

佛教不仅可以用来保护国家，而且还可以用于国家扩张。我们在印度佛教文献中发现了转轮王（cakravartin）的形象，经常被翻译成"宇宙之王"，但其字面意思"转轮64　者"源自一种特殊的法术配备：一个巨轮或圆盘，滚动着跨越各地，把它们带到国王的统治之下。依据轮子是金、银、铜或铁，国王统治着世界四个大洲中的四个、三个、两个或一个。金轮王不需经过战斗，他的金轮横穿之地的统治者就向他投降，但是铁轮王必须发动战争去征服他的邻邦。尽管4世纪的经疏学者世亲（他阐述了四重的理论体系）规定，只有在人类寿命不少于8万年的时候，转轮王才会在世界上出现，但是传奇的印度阿育王宣称他是一位铁轮王。在佛教的历史进程中，许多东亚和东南亚的君主也提出了同样的主张。

　　佛教因此提供了一位君主，他既能阻止外国军队入侵，又能在侵略外国的战斗中获胜。也许没有一个地方比佛教传入的朝鲜半岛更为重要。佛教被引入新的土地，往往是以建造第一座寺院和剃度当地男性为僧作为标志。在慧超的家乡新罗，第一座寺院是皇龙寺，它根据真兴王（540—576 年在位）的命令，建造于 553 年至 569 年间。一位女王后来建造了一座九层宝塔，一位僧人建言她这样做可以确保新罗降服敌国。在最终由新罗赢得的朝鲜半岛的统一战争中，新罗王一贯采用佛教的分类来促进和证明他们的事业，例如，宣称皇室和佛陀一样，是古代印度武士（刹帝利）种姓的一部分。真兴王视自己为铁轮王阿育王的继承人，将他的儿子命名为 "铜轮" 和 "金轮"。一位后来的国王真平王（579—632 年在位）用韩语称呼他的王后和自己为 "摩耶夫人" 和 "净饭王" ——那是佛陀的母亲和父亲的名号。文武王（661—681 年在位）背离了将尸身埋葬在土中的传统做法，遗嘱将自己的遗体火化，这是一种适合于转轮王的葬式，系由佛陀本人指定。

　　新罗王是僧伽（saṃgha）的布施者。僧伽反过来提供了一个强大的意识形态来使其王权合法化。新罗戒律大师慈藏（590—658）自五台山（见第十二章）返回，不仅带回佛陀的头骨和指骨舍利供奉在宝塔中，而且有记载说文殊菩萨显灵告诉他皇龙寺建于古代的迦叶佛（buddha Kāśyapa）传授佛法之地，因此将新罗变成神圣的佛国。

　　如果没有佛教僧侣来解释经文和举行国家典礼，尤其是那些在《仁王经》中规定的仪式，这一切都不可能实现。然而，正如在中国那样，佛教的僧伽仍然处于国家的控制之下；只有经过帝王的批准才能向寺院布施；只有在经过君主批准的 "戒坛" 上才能成为僧侣。僧侣们通常不把自己描绘成那些放弃了世界的人，而是作为国王的附庸，这位国王支持僧侣，建造寺院，并资助仪式来保护自己和他的王国。因此，僧伽隶属于国家，僧人有时会根据王室诏敕被遣往中国。这就是慧超的家乡新罗的佛教世界，其时慧超启程前往中国，然后前往遥远的印度——佛陀的出生地、他讲法的地方，以及现在供奉在亚洲各地的佛陀遗物的源头。

# 艺　术

我们有两件迥然不同的艺术品来自朝鲜半岛佛教两个迥然不同的时代。第一件（图四）是 1917 年出土的佛首。艺术史家把它追溯到统一新罗时期，即新罗王将朝鲜半岛的大部分地区置于他的统治之下的时期。尽管关于日期还存有一些疑问，但它可能早到 8 世纪，也就是慧超的时代。青铜头像很小，只有 2 英寸高，这意味着如果整座佛像是一尊立佛，那么它只有 1 英尺高。因为它没有身体、手势、带铭文的底座，所以不能确定这是哪一尊佛，因为所有的佛在颈部以上都有相同的身体特征。

其中一个特征是完美的对称性，这件作品似乎缺少面部的左侧，特别是眼睛和眉毛，显得有些歪斜。如果这些不规则现象出现在黏土模具或蜡模中，那么这件艺术品就不会是用青铜铸造的，这表明在铸造过程中可能有失误，或者是由火灾造成的损坏。事实上，因为它不规则的面部，这尊佛首有可能从来没有被放在其身体上。不管这件作品的现状如何，它都能让人感觉到慧超时代的新罗是如何描绘佛陀的。

第二件（图五）更为优雅精致，更为美轮美奂，来自朝鲜半岛稍晚的时代。这是一幅描绘观音菩萨（韩文为관음，Gwaneum）——慈悲菩萨的画作——我们将在第三章再次见到。这幅画作高约 39 英寸，宽约 19 英寸，时间是 14 世纪中叶，朝鲜半岛历史上的高丽王朝晚期。

在东亚，观音菩萨被认为有三十三种不同的化身，这通常可以追溯到《法华经》的第二十五品。其中有杨枝观音、白衣观音和水月观音的化相。从视觉上讲，这三者经常被混淆，有时还包括"泷见观音"。水月观音的形态通常出现在普陀洛迦山海岸的岩石上，从那里菩萨可以看到水中映照的月亮。形象虽各不相同，但菩萨通常携带一个花瓶和一根杨枝。在某些版本中，菩萨也身着白袍。我们这幅画作中观音菩萨的特殊化身是水月观音，它起源于公元 8 世纪的唐朝。因此，这是慧超在中国修习和旅行中业已知晓并且可能遇见过的观音菩萨的一种化身，甚至是在他的佛门同胞将这种形式的菩萨图像带到朝鲜半岛之前。

观音是印度的一位男性菩萨。然而，《法华经》所列的三十三种观音菩萨化身中，有七种表现为女性，这表明菩萨可以采取任何形式来拯救众生。到了 10 世纪，中国几乎所有的观音描摹都具有阳刚的特征，大多数观音造像的胡须仍然很明显。大约从 12 世纪开始，观音菩萨的一个明显女性化的版本开始出现。早期到中国访问的欧洲人，看到一尊身穿白色长袍、抱着婴儿的观音像，常常把她比作圣母玛利亚，称她为"慈悲女神"。在现代中国，大多数观音像都是女性的。

这幅画中菩萨的性别还不清楚。服饰是女性的，脸上却有髭须和山羊胡子。其他的图像元素符合菩萨的标准。因为她/他和阿弥陀佛联系紧密，常在他的净土里与之相伴，观音菩萨经常被描绘成在她/他头发中有阿弥陀佛的形象，正如这幅图中所见。两种常见的装饰品是右手戴着的金刚念珠和画中左侧放在岩石上的净水瓶。环绕菩萨宝座的岩石峭壁表明，她/他居住在普陀洛迦山上的居所里，这在《入法界品》（Gaṇḍavyūhasūtra）的一个段落中有描述。几个世纪以来，人们一直在猜测这座山的所在地。虽然玄奘说它在印度南部，但几百年来，东亚的佛教徒都把它认定为浙江省东海岸的山岛，他们称之为普陀山。菩萨脚下画的很小的祈求者——他可能是经文中的主角朝圣者善财（Sudhana）——揭示了与《入法界品》进一步的联系。

这位艺术家显然是想描绘菩萨神圣的光辉，她/他在山间住所里慵懒地坐着，穿戴着华丽的丝绸和珠宝。典型的朝鲜风格特征是，奇怪形状的岩石表面外缘的金色光边，长袍上的织物图案（包括半透明薄纱面罩），以及红色下衣的双轮廓。的确，精致的薄纱下衣是这一时期朝鲜佛教绘画的标志之一。虽然金色的身体显得较胖，但通过层层织物和色调组合，在垂摺布料上实现了微妙的三维效果。

高丽王朝终结于 1392 年，与之相伴的是国家对佛教大力支持的终结。正如其时而展现的，朝鲜半岛的贵族突然成为新儒家并非事实。然而，佛教的财富却在减少。直到 20世纪初，佛教僧尼都被禁止进入汉城（Seoul，서울，2005年以后汉译为"首尔"）的大门。因为这些原因及其他各种缘故，朝鲜佛教艺术品大多离开朝鲜，经常流落到日本。这里呈现的两件作品都是经由日本归藏于查尔斯·佛利尔的。艺术品往往自己朝圣，并且总是找不到回家的路。

## 延伸阅读

Kim Lena, *Buddhist Sculpture of Korea*, 8th ed.（Seoul: Korea Foundation, 2013）.

KimYoun-mi, ed., *New Perspectives on Early Korean Art: From Silla to Koryŏ*（Cambridge, MA: Korea Institute, Harvard University, 2013）.

Lee Soyoung and Denise Patry Leidy, *Silla: Korea's Golden Kingdom*（New York: Metropolitan Museum of Art, 2013）.

Richard D. McBride Ⅱ, *Domesticating the Dharma: Buddhist Cults and the Hwaŏm Synthesis in Silla Korea* ( Honolulu: University of Hawaii Press, 2008).

Washizuka Hiromitsu, Park Youngbok, and Kang Woobang, eds. , *Transmitting the Forms of Divinity: Early Buddhist Art from Korea and Japan* ( New York: Japan Society, 2003).

# 三　海上

## 朝圣者驶向圣地

　　虽然慧超行记的开头部分已经失传——它是从他已经在印度时开始的——但慧琳《一切经音义》含有一些来自慧超行记中散佚部分的术语，这些术语表明他是泛海从中国来到印度。印度（以及斯里兰卡）与中国之间的海上航线在慧超出行时业已完全建立，许多佛教僧侣进行过巡礼，包括慧超未来的导师金刚智。我们注意到，根据传说，菩提达摩将禅宗从印度带至中国，据说也是泛海而行。

## 故　事

　　海上旅行，以其巨大的财富回报和可怕的死亡危险，经常在佛教文学中出现，包括佛陀过去生活的故事——佛本生经作品集，在佛本生经中未来佛有时自任为海上掌舵者，一位"海洋航行者"。或许其中最为著名的是《本生鬘论》（*Supāraga*）的佛陀诞生故事，"他很容易渡至彼岸"。他如此描述：

　　　　由于知晓星辰运行，这位伟人从未迷失方向。他精通正常的、偶然的和奇迹般的预兆，善于为适时的和不适时的事件排序，并通过鱼类、水色、地形、鸟类和峭壁等线索，熟练地识别海洋的各个部分。他很灵敏，能控制疲倦和睡眠，能克服寒冷、炎热、雨水和其他痛苦带来的疲惫。他既机警又勇敢，通过遁入土地、避开障碍物和其他天赋等技巧，将商品运抵目的地。[41]

在《本生鬘论》的故事中，虽然年事已高，双目失明，他却同意陪同一些商人出海航行。尽管他已然冥瞽，但他能够引导他穿越人迹罕至的海洋，并最终将他们从大地的尽头拯救出来。

因此，这些佛教故事的一个共同主题是海洋的凶险以及虔诚者如何幸免于难。有时在船只所抵达的陌生土地上也有这样的凶险。有些地方居住着女妖，像《奥德赛》（Odyssey）里的海妖一样，用美丽的肉体引诱水手上岸，在他们登陆后和他们做爱，然后在他们睡着时吞噬他们。商人僧伽罗（Siṃhala）骑上一匹神奇的黑耳马，这匹马将把僧伽罗和他的499名同伴带回印度。不过，他们一定要冥想三宝，不要回头。只有僧伽罗幸存下来；其他人在听到他们的女妖情人的呼求时，都会回过头去。[42]

在僧护（Saṃgharakṣita）和尚的故事里，这位年轻的僧人在佛陀的许可下与500名商人一道启程旅行。当一股未知的力量将船停在海中央时，一个来自天空的声音要求僧护跳出舷外。他拿着僧袍和钵盂照做了，然后被送到龙（nāgas，那伽）的水下宫殿，他们是一种被描绘为上半身为人下半身为蛇的海中生灵。因悲叹于粗鄙的外貌使他们无法接受佛法，龙请求僧护教导他们，他确实这样做了。僧护留下来和他们待了一段时间后，他们把他抛回船上，船继续前行。和尚的出现似乎因此被认为是吉祥的。僧侣可以在航行中向商人传授佛法，他的存在可以避免险厄。在富楼那（Purṇa）

74

和尚的故事中，他甚至不需要离开海岸。其兄弟的船被一只怪物袭击，怪物因为船员们正在砍伐他岛上珍贵的檀香树而愤怒，这时他兄弟大声呼喊富楼那，富楼那奇迹般地出现在甲板上，以禅定的姿势端坐。怪物掀起的大风暴立刻被平息。当富楼那解释说檀香将被献给佛陀时，这只怪物随即变得心平气和，说他以前未曾听闻世上已经有了佛陀。[43]

事实上，到了公元后的最初几个世纪，海上旅行似乎在佛教徒中非常普遍，拯救水手已经成为或许是所有菩萨中最著名的观音菩萨即慈悲菩萨的专长。在也许是大乘经典中最有名的《法华经》的第二十五品中，我们读到了观音菩萨的神奇力量：

> 尔时无尽意菩萨，即从座起，偏袒右肩，合掌向佛，而作是言："世尊，观世音菩萨以何因缘名观世音？"佛告无尽意菩萨："善男子，若有无量百千万亿众生、受诸苦恼，闻是观世音菩萨，一心称名，观世音菩萨即时观其音声，皆得解脱。若有持是观世音菩萨名者，设入大火，火不能烧，由是菩萨威神力故。若为大水所漂，称其名号，即得浅处。若有百千万亿众生，为求金、银、琉璃、砗磲、玛瑙、珊瑚、琥珀、真珠等宝，入于大海，假使黑风吹其船舫，飘堕罗刹鬼国，其中若有乃至一人，称观世音菩萨名者，是诸人等，皆得解脱罗刹之难。以是因缘，名观世音。"[44]

75

在第二十五品的开头，佛陀宣布观音将从火、水、棍棒与剑、恶魔、监狱与盗贼中将信徒们解脱出来。在中国，各种各样的奇迹都被编成了故事，讲述了观音拯救那些念诵他名字的人的方法。这些故事被编纂成各类选集，例如《观世音应验记》（英译 *Responsive Manifestations of Avalokiteśvara*），大约编于

399 年;《续观世音应验记》（英译 *A Sequel to the Responsive Manifestations of Avalokiteśvara*），在 5 世纪初编纂；《系观世音应验记》（英译 *A Further Sequel of the Responsive Manifestations of Avalokiteśvara*），501 年编成。所有这些在慧超的时代都为人所知。这里有一个出自《观世音应验记》的故事：

> 徐荣，琅琊人（今南京以北），常至东阳，还经定山（今杭州东南）。舟人不贯，误堕洄复中，旋舞波涛之间，垂欲沉没。荣无复计，唯至心呼光世音。斯须间，如有数十人齐力掣船者，涌出复中，还得平流，沿江还下。日已向暮，天大阴暗，风雨甚驶，不知所向，而涛浪转盛。荣诵经不辍口，有顷，望见山头有火光赫然，回舵趋之，径得还浦，举船安稳。既至，亦不复见光。同旅异之，疑非人火。明旦，问浦中人："昨夜山上是何火光？"众愕然曰："昨风雨如此，岂有火理？吾等并不见。"然后了其为神光矣。

在《系观世音应验记》中有一个沛国（今江苏省徐州市）人刘澄携家人坐船去广州的故事。当船行至鄱阳湖的左里岛附近时，忽遭大风。刘母少事佛法，她与船中的两位尼姑当即连声呼唤观世音菩萨。俄顷，忽见两位黑衣人，浮在空中，他们抓住船的黑色风帆，使船回到航道。船虽然或上或下，但终究没有沉没。他们最终安全抵达广州。刘澄妻子在另一艘船上，被风暴淹没。[45]

76

## 解 说

佛教传统中一个引人入胜并且有点被忽视的元素，或许是所谓的"海上佛教"（Maritime Buddhism）。除了一个重要的例外——玄奘，许多到印度的东亚朝圣者都是泛海而往，并且许多人都在今天的印度尼西亚停下来了，有些人一停就是好几年。这些旅行者的记录、出土的艺术品和建筑物以及发掘的沉船，使我们得以深入观察佛教在其数百年悠久历史中的国际性和世界性。佛教旅行者随身携带的不仅是无实体的佛法，还有艺术和建筑灵感，以及医学、语言、食物和新技术领域的各种各样更为"世俗"的元素。

早在慧超出海之前，海洋旅行就是印度佛经中的一个共同主题。在古代印度，海洋被认为是非常危险的地方。对婆罗门种姓来说，那里是被污染之地。晚到 19 世纪，莫汉达斯·甘地（Mohandas Gandhi，他不是婆罗门）还曾被警告说，远洋航行到英国会使他失去种姓的纯洁性。在《摩奴法典》（*Laws of Manu*）的第三章（3.158）中，有一个应该避开的名誉不佳者的名单，包括舞者、独眼人、私生子、醉汉、赌徒、癫痫病人、麻风病人和疯子。通读这份长长的名单，我们找到了"海上航行者"。

佛陀是武士种姓（kṣatriya，刹帝利）的一员，他和他的僧众支持者似乎大部分出身商人，他们对海上旅行较少有内疚感。事实上，在印度和中国之间运送佛教僧侣的船只肯定是商船，沿着可能已经很成熟的路线行驶。航行路线很长，要求船只沿途经常停靠。一条路线是船沿着海岸线行驶，但更直接的路线将把船送往马来群岛以及今天印度尼西亚的苏门答腊岛和爪哇岛。在慧超旅行的时代，这个地区是室利佛逝王国的一部分，室利佛逝最终将其影响力扩展到苏门答腊的大部、马来半岛以及可能的爪哇西部和婆罗洲（Borneo）部分地区。它的崛起与隋唐时期中国统一后开放的巨大中国市场的出现恰好同时，这使得东南亚商人和他们的货物能够与远距离的波斯湾贸易者一起参与进来。马来的托运人凭借其数百年来建造和操纵大型贸易船只航行的技能抓住了这一机遇。[46]

室利佛逝不仅是一个繁荣的贸易中心，也是一个重要的佛教中心。不幸的是，我们对该地区佛教的了解几乎完全来自考古证据。关于佛教修习的最重要记述，来自一位朝圣者。中国僧人义净（635—713）在往返印度的航程中，在苏门答腊岛延期滞留，前后长达 10 年。他于 671 年开始了为期约 6 个月的短暂居停，其后在归国途中停留了更长的时间，后于 695 年返回中国。

如"导语"所述，像慧超一样从中国来到印度的朝圣者，在他们访问的许多地区发现佛教正在衰落，有时甚至是严重衰落。相比之下，义净在室利佛逝发现了一个兴盛的佛教群体。考古证据证实了这一点。尽管沿着印度洋和中国南海的海上交通线的经济和文化交流已有数百年之久，但文物表明，当义净来到这里时，佛教已经占据了显赫的地位；印度尼西亚发现的最早的佛教文物似乎可以追溯到 7 世纪。最早的佛教圣像与印度南部和斯里兰卡的风格相似，恰恰是它成为东南亚佛教的一种国际性风格。例如，在巴厘岛发现的祈愿碑与在今泰国、缅甸和越南发现的类似。这些碑有许多描绘了佛陀坐在宝座上，双腿垂悬，双足憩于莲花之上。两位菩萨执扇而立。佛陀袒露右肩，左手放在膝上，右手施说法印（vitarkamudrā）。在远离城市中心的地区发现了 6 世纪和 7 世纪的木制佛像，表明虔心敬佛不仅仅限于朝廷。

在艺术和建筑领域，佛教在室利佛逝的黄金时代似乎是在义净造访之后才出现的。8 世纪和 9 世纪的佛像有观音菩萨、文殊菩萨、普贤菩萨、地藏菩萨，显示了大乘佛教的强势存在。事实上，在去中国的路上，金刚智在室利佛逝待了 78 5 个月，随身携带着一尊十二臂观音菩萨的雕像。

婆罗浮屠，按说是佛教界最宏伟的纪念碑，在这一时期建于爪哇岛，始建于 790 年前后，历时超过 60 年。学者们

仍在争论这一巨大的石头建筑群的确切用途，其包括 1000
多个叙事性（而非装饰性）的浅浮雕。有些阐明了行为的因
果规律，即善有善报、恶有恶报。这里有佛陀前世的许多场
景，也有释迦牟尼一生的最后时光。此外，善财从《华严
经》中寻求觉悟的旅程也以一个系列的 460 个板块呈现。建
筑群的系列板块暗示着一种精神朝圣，当旅行者攀登到巅峰
时，顶上只有一个空荡荡的佛塔。婆罗浮屠在慧超晚年时才
开始建造。然而，这样一个庞大而复杂的工程能够进行，意
味着 8 世纪的室利佛逝出现了一群充满活力和财富的佛教僧
众，当时慧超在去印度的途中驻停于此。

有证据表明，室利佛逝与那烂陀的大寺院有直接的联
系，这种联系持续了相当长一段时间。由于寺院里有大量的
外国僧人，他们住在特定地区僧侣宿舍里的情况并不少见。
860 年，室利佛逝的婆罗普差（Bālaputra）国王在那烂陀兴
建了一座寺院；1006 年，室利佛逝另一位国王建造了第二座
寺院。11 世纪初，孟加拉的阿底峡（Atiśa）大师，在藏传
佛教的形成中发挥了主要作用，据说他曾在苏门答腊度过 12
年时光，就学于一位名叫法称妙德（Dharmakīrtiśrī）的高僧，
这位僧人是著名的菩提心（bodhicitta）导师，菩提心是为了
众生而开悟的愿望。然而，除了阿底峡对他老师的赞扬和他
痛苦的海上航行的记述，我们对他在苏门答腊经历的佛教生
活了解不多。到此时为止，室利佛逝首府已向北迁移至占碑
（Jambi）。王国最终在 13 世纪灭亡。

因此，我们的主要文献是义净当时对那里的记录。他到
印度朝圣的首要关注点是律藏，即僧侣戒律。这部规范和故
事的大型总集显然来自印度，其中包含了源自印度世界的各
种术语和仪轨——无论是可见的还是不可见的——它们在中
国都不可能被立即理解。义净因此试图亲自观察印度的僧侣
生活，以便将佛教僧的正确做法带回到中国，并准确翻译

他从旅行中携归的律藏经文。他的行记被称为《南海寄归内法传》（*Tales of Returning from the South Seas with the Inner Dharma*）；在高楠顺次郎的著名英译本中，题目被翻译成 *A Record of the Buddhist Religion as Practised in India and the Malay Archipelago*（"关于印度和马来群岛佛教信仰的记录"）。其间，我们发现对事物的详细描述，乍一看似乎远离通往觉悟的崇高道路，但对那些寻求觉悟的人的日常生活是必不可少的。因此，其中有关于如何正确使用牙签清洁牙齿，如何使用厕所，如何洗澡，如何就寝和何时就寝，允许使用何种药物，如何诵经，以及如何对待老师的指示。义净对授职程序和两周一次的忏悔仪式作了详细描述。因此，他的记述提供了一种关于僧侣生活的宝贵的民族志，一种如何将文本中的指示付诸实践的解释。他对他在室利佛逝加入的僧众群体印象深刻，并建议所有前往印度的中国僧人都在那里停下来学习梵文和让自己习惯正确的僧人行为。

义净用一些细节描述了他去印度的路线。他说，他在671年农历十一月乘坐他称之为"波斯舶"的船只离开广州，于 673 年农历二月初八抵达印度东海岸的耽摩栗底。他说，这艘船离开中国后，遇到季风，有巨浪和强风。暴风雨期间，船上的两张布帆被吹走了。尽管如此，这艘船还是幸存下来了，在离开中国 20 天后到达了他所说的"室利佛逝国"（Śrībhoga）。学者推测，这正是当今苏门答腊的巨港（Palembang），当时是新近建立的室利佛逝王国的都城。在那里，义净发现了一个由 1000 多名僧侣组成的兴盛的佛教群体，其中大部分是根本说一切有部。他报告说，大多数僧侣是小乘教徒，少数是大乘教徒。义净在《大唐西域求法高僧传》中写道："此佛逝廓下，僧众千余。学问为怀，并多行钵。所有寻读，乃与中国不殊。沙门轨仪，悉皆无别。若其高僧欲向西方为听读者，停斯一二载，习其法式，方进中天，亦是佳也。"[47]

在接下来的 6 个月里，义净在那里学习梵文。然后他继续旅程，登上他所称的"王舶"（国王的船），向北航行了 10 天，来到裸形国（也许是安达曼和尼科巴群岛）。从那里出发，他航行了大约半个月抵达耽摩栗底。

689 年，经过短暂旅程，义净到达广州并在那儿找回四个助手，之后他又返回室利佛逝，并在那里撰写了两部回忆录。692 年，他将手稿寄回中国，并于 695 年动身回国。这一年，室利佛逝第一次向中国派遣使臣。大约 25 年后，慧超将在相同的海岸上登陆。

# 艺　术

第一件（图六）是一尊来自爪哇的佛首，可追溯至慧超的时代，即 8 世纪至 9 世纪初。它是由安山岩——深灰色的火山岩，一种让人浮想起该地区不稳定地质的材料——制成的。这尊佛首大约有 12.5 英寸高，说明这尊佛像全身，无论是坐着还是站着，都是真人大小。正如这一地区的作品所共有的，佛像的头发被描绘成独特的垂下的长卷发，向右边卷曲，如大士（mahāpuruṣa）三十二相所示。顶髻（uṣṇīṣa）易于辨认而垂向脑后。他戴着沉重的耳饰，长长的耳垂象征着他早年在皇宫的生活。尽管石头的质地相当粗糙，但艺术家巧妙地表现了面部的皮肤和佛陀安详的气度。

第二件（图七）描绘的是药师佛（Bhaiṣajyaguru），字面意为"医药老师"，在英语中以"Medicine Buddha"或"Healing Buddha"知名，据说他有治愈疾病的力量，并能提供免于饥饿、口渴、寒冷和虫蚊的庇护。他与阿弥陀佛和阿閦佛一道，属于东亚和中国西藏地区广泛崇信的大乘佛教中最重要的佛。和他们一样，他也有自己的净土，叫作净琉璃世界（Vaiḍūryanirbhāsa），位于东方。据说他的身体是一种明亮的蓝色，青金石的颜色。虽然他的起源是在印度，但是人们很清楚药师佛在爪哇，因为 707 年在室利佛逝时，义净把《药师琉璃光七佛本愿功德经》（英译 Sūtra of the Original Vows of the Medicine Buddha of Lapis Lazuli Radiance and the Seven Past Buddhas）从梵文翻译成汉文。

　　这件作品也可以追溯到慧超的时代，即 8 世纪或 9 世纪，它和这位朝鲜半岛的朝圣者在室利佛逝停留期间可能看到或崇拜的佛像类似。它由高锡青铜制成，大约 12 英寸高。药师佛坐在莲花宝座上，双手伸开。他的右手拿着一颗诃子果，它长期用于印度传统医药中。他的左手拿着一本贝叶经。他背后是光轮或光背，在边缘上可看见他的名言。其上有一柄遮伞，常见于佛像和佛塔。在光轮的背面，有人刻下了所谓的"缘起偈"（ye dharma），这是梵文中以这些字开头的一段话，也许是佛教中最著名的表述。它的意思是："诸法从缘起，如来说是因，彼法因缘尽，是大沙门说。"[48] 这是佛陀教诲的四谛的总摄：他已经确定了痛苦的根源，也确定了痛苦的终止。这句话用来代替佛陀法身，常被供奉于佛塔。它也被用来供奉佛像，这可能是它在这里的目的。这尊佛像的风格与同一时期来自印度东北部的作品遥相呼应。鉴于那烂陀和室利佛逝之间的定期联系，以及印度尼西亚和印度之间朝圣者的持续交流，像这样用于祈祷的小型青铜器可能是被携带到爪哇的。在那里，它们成为新的崇拜对象和艺术生成的新模式。因此，对于那些像慧超一样在他们的家乡和印度的佛教圣地之间通过陆路和海路旅行的人来说，这种样式的药师佛是特别重要的。

81

# 延伸阅读

Andrea Acri, *Esoteric Buddhism in Mediaeval Maritime Asia: Networks of Masters, Texts, Icons* ( Singapore: ISEAS-Yusof Ishak Institute, 2016).

John Guy, ed. , *Lost Kingdoms: Hindu-Buddhist Sculpture of Early Southeast Asia* ( New York: Metropolitan Museum of Art, 2014).

Michel Jacq-Hergoualc'h, *The Malay Peninsula: Crossroads of the Maritime Silk Road ( 100 BC – 1300 AD)* ( Leiden: Brill, 2002).

Tansen Sen, " Buddhism and the Maritime Crossings, " in *China and Beyond in the Mediaeval Period: Cultural Crossings and Inter-Regional Connections*, ed. Dorothy C. Wong and Gustav Heldt ( New York: Cambria Press, 2014), pp. 39 – 62.

# 四 拘尸那

## 佛陀涅槃地

一月至拘尸那国，佛入涅槃处。其城荒废，无人住也。佛入涅槃处置塔，有禅师在彼扫洒。每年八月八日，僧尼道俗，就彼大设供养。于其空中有幡现，不知其数，众人同见。当此之日，发心非一。[49]

慧超造访了佛陀涅槃之地拘尸那，在那次划时代的事件发生 1000 多年后，学者们将佛陀涅槃追溯到公元前 400 年前后。虽然这是佛陀的灭度之地，这一事件在早期经典最长的一部经文里也有描述，但是当慧超来访时这里基本上已经荒废。他发现一座只有一位僧人看守的佛塔。慧超记载，每年农历八月初八都会在那里举行一个盛大的节日——根据一项传统，这是佛陀入寂的日子——但他似乎没有亲睹。他指出，在拘尸那佛塔东南 30 里（约 9 英里）处还有一座寺院，他称之为娑般檀寺（Subha Bandhana）。这大概是在佛陀火化之地修造的一座寺院，据说是在佛陀逝世 7 天后兴建的。

慧超在他的行记中提到的最常见的景观就是佛塔，它是最为普及的佛教建筑。塔刹的建造和崇拜可能是佛教僧众从一开始就最普遍和盛行的做法，早于任何现存文献。

然而佛塔的建造在一部著名的经文中有描述，这部经文与拘尸那有关。事实上，星布于印度和佛教世界其他地区的佛塔——作为圣骨匣、纪念碑、圣地标记和美德体现——以及礼拜佛塔的习俗，在拘尸那的主要事件中有它们的创造神话。也许正是这个故事让慧超踏上了他的旅程。

# 故　事

根据《大般涅槃经》，佛陀在 80 岁时去世，或者按照传统的描述——涅槃。他在名为拘尸那的鲜为人知的村庄如是而为。当佛陀的侍从阿难抱怨在此地行此事与其身份不相称时，佛陀解释说，过去这里曾是一位转轮王即普世之君的都城（见第二章）。佛陀弥留之际的记述，在《大般涅槃经》的第四章，是经典中最有趣和最详尽的叙述之一。佛陀的健康情况显然在恶化；他把自己的身体描述成一辆用皮带绑在一起的旧木车。在与阿难短暂的禅定静修期间，他的情况有所改善，其间，他告诉阿难——三次——如果有人请求，佛陀可以再活一劫或者活到劫灭为止。心烦意乱的阿难没能获悉这一暗示。

佛陀从一个名叫纯陀（Cunda）的铁匠那里接受了一顿饭，嘱咐他这道菜——据某些文献是猪肉，另一些文献则说是菌菇（truffles）——应该只供施给他，而不是他的僧侣；佛陀不吃的东西应该埋葬。佛陀此后得了一场严重的痢疾，躺在双树之间，头朝向北方。树随即反季开花。

得知大限临近，一大群天神、高僧、尼姑和居士围绕在佛陀周围，其中许多人不胜悲痛。佛陀在诸多议题上给予诸多指示，并剃度了一个誓愿出家的人。他告诉僧侣们，他离世后，他们可以无视僧侣戒律的微小规定。当阿难询问他去世后谁将是导师时，佛陀回答说佛法和戒律——佛陀教义和行为准则——将成为导师。他向其追随者垂问是否有什么最后的问题。当他们保持沉默时，他说："一切四众，已于戒归。汝等当勤精进。"然后他进入一种禅定状态；事实上，在他入涅槃之前，他经历了一系列冥想的状态，不复重生。

对于慧超的故事和佛教朝圣的故事而言，佛陀临终前的两段话和他离世后的一系列事件都是非常重要的。在回答阿难关于如何处理他的肉身的问题时，佛陀说他应该火化，并详细说明了有关遗体的准备事宜。遗物应该瘗埋在一个被称为"塔"（英文单词"tope"的来源）的冢丘内，塔应建在十字路口。"一切世间，众妙花幡，或献檀香，恭敬供养，以平等心，所得福德，亦复无量。"

阿难说，僧人们在季风来临的雨季完成年度静修（坐夏）时，他们前去参拜佛陀并会晤其他从四面八方来礼佛的僧人，从而受益匪浅。佛陀辞世，他为失去这种恩惠而哀叹。作为回应，佛陀解释说，一个虔诚的人应该参观四处地点：佛陀的诞生地，他的觉悟地，他初转法轮之地，以及他的涅槃之地。他说：

> 尔时如来告阿难言："若比丘、比丘尼、优婆塞、优婆夷，于我灭后，能故发心，往我四处，所获功德不可称计，所生之处，常在人天，受乐果报，无有穷尽。何等为四？一者如来为菩萨时，在迦比罗㸒兜国蓝毗尼园所生之处；二者于摩竭提国，我初坐于菩提树下，得成阿耨多罗三藐三菩提处；三者波罗㮈国鹿野苑中仙人所住转法轮处；四者鸠尸那国力士生地熙连河侧娑罗林中双树之间般涅盘处，是为四处。若比丘、比丘尼、优婆塞、优婆夷，并及余人外道徒众，发心欲往到彼礼拜，所获功德，悉如上说。"

这段经文是佛教朝圣实践的原典（*locus classicus*）——

慧超注意到这条道路的召唤——尽管圣地的数量很快就会超过这四个。

佛陀的遗体已准备好火化，并放在一个叫作天冠塔（Makuṭa Bandhana）的火葬堆上。尽管遗体躺在一个装满油的圣骨匣中，但是当火把触碰它时，却无法点燃。佛陀的首席弟子摩诃迦叶（Mahākāśyapa），在佛陀辞世时不在场，仅在佛陀的尸身被放置在柴堆上后才到达。他揭开佛陀的双足，顶礼膜拜。在那一刻，佛陀遗体自燃起来。

当舍利从灰烬中被收集起来时，佛陀的一些信徒发生了争执，他们都声称这些舍利属于自己。为了避免暴力，一位名叫德罗纳（Droṇa）的婆罗门用一个瓮把这些舍利分成八份，分给不同的人群。有人拿走了骨灰，德罗纳保管着曾经盛放神圣遗物的瓮。这八份舍利、骨灰和瓮，分别祀奉于一座佛塔中，一共十座塔。据说，大约两百年后，阿育王将这十座佛塔破开，把这些舍利汇集起来，并将它们供奉在八万四千座佛塔中。

## 解　说

在篇幅较长的《大般涅槃经》中有许多引人入胜的部分，其中两处对佛教朝圣实践至关重要。第一处是佛陀的指示，在他逝世后想见他的人应该去他的诞生地、他的觉悟地、他初转法轮之地以及他的涅槃之地。他还说，那些在朝圣过程中死去的人将在天国重生。因为所有的佛教教义，甚至那些并非他给出的教义，都需要以某种方式追溯到佛陀，这段经文对于未来的佛教朝圣实践是必不可少的。学者们推测，佛陀这一临终教诲实际上是在其死后发布的，甚至可能是对他灭度的原始叙述的一种插补文字。也就是说，学者们假设，这段经文不仅是在佛陀去世后，而且是在四处地点已被确立为朝圣地之后才创作出来的。因此，在某种意义上，朝圣广告是被植入了佛陀的临终遗言中。

前三处地点的位置很明确。在第七章，我们将讨论佛陀的诞生与蓝毗尼一种兴盛的崇拜神树的神龛之间的联系。佛陀开悟的地方菩提伽耶，在伽耶（Gayā）城外仅6英里的地方，伽耶是摩揭陀国的一座城市，在印度神话中地位突出。鹿野苑，佛陀初次弘法之地，在古代城市波罗奈的近郊。但佛陀的辞世之地更为遥远。如上所述，在《大般涅槃经》中，阿难也有同样的疑问，他问为什么佛陀没有在摩揭陀的一座大城市离世；他提到了几个城市，包括王舍城、舍卫城和波罗奈。为什么佛陀一定要在丛林中这个未开化的村庄里死去？佛陀解释说，在遥远的往昔，转轮王定都于此，这是一个繁荣的和人口稠密的城市。因此，它是一个适合佛陀入寂的地方。拘尸那——以及阿难对拘尸那的质疑——引发了一系列问题，导致人们不禁怀疑佛陀是否真的死在那里，或者经书的作者是否想扩大佛教朝圣的范围，把一个地点放在南边的佛陀觉悟之地和初次弘法地与北边他的出生地之间。

佛陀嘱咐人们到这四处地点朝圣由此被视为鼓励朝圣的一种手段，是包括精神经济和物质经济的佛教经济的一个基本要素。精神经济是朝圣者（无论是居士还是僧侣）与住在朝圣地的僧侣之间进行的交换。人们认为在这些圣地献祭是特别有功绩的，当地的僧侣显然是这些祭品的接受者。如果朝圣者碰巧死在朝圣地，像佛陀所承诺的那样在天国重生，当地的僧侣就会在那里举行葬礼。物质经济——任何时代、任何地区、任何宗教的朝圣者都熟悉——指的是以金钱换取朝圣者所需的几种物质享受：食物、住所和要带回家的纪念品；考古记录表明，这种纪念品有着悠久的历史。91

《大般涅槃经》的第二处重要段落是佛陀关于处置他的遗体的指示。当阿难问到如何处理他的身体时，佛陀说应该像对待转轮王的肉身一样对待他，转轮王是一个在第二章中描述过的正义君主。我们在这里找到了某种对称性，因为我们记得在他出生之时，宫廷占星家告诉佛陀的父亲，他的儿子要么成为转轮王，要么成为佛。他成了佛，他的葬礼却是转轮王的葬礼。但是即使在佛陀时代，转轮王似乎也是一种古代的形象；阿难不得不咨询佛陀，如何对待转轮王的肉身。

佛陀给出详细的指示。需要两个大的铁制容器，一个套在另一个里面。然后将里面的器皿注满油。尸体用棉布包裹，然后再用羊绒包裹。如是重复循环，直到有五百层棉布和五百层羊绒。遗体如此包裹后，放置在里面盛满油的器皿中，用外面的器皿封闭。然后在器皿周围放置各种芳香木并点燃。大火最终熄灭时剩余的遗物（relics）将被瘗埋在十字路口被称为塔的冢丘内。他接下来说，四类人才配得上塔：佛陀、独觉佛（pratyekabuddha，佛陀门徒中特殊的觉悟者）、佛陀门徒和转轮王。

从文献和考古证据可以获悉，古代印度有各种各样的处理死者的方法。在印度吠陀经中，人们找到了火葬的描述，在火葬之后，骨头被收集起来，放在骨匣里，然后埋葬。那些收集骨头的人需要净化。在其他地方，也有人提到将尸体埋葬在远离居住区的土丘或砖砌坟墓中，将尸体暴露在自然环境中，或将其扔进河里。佛塔起源和佛塔崇拜仍然是个谜。自19世纪以来，佛教学者一直困惑：佛教信徒似乎痴迷于其导师被烧焦的遗骸，而在这种文化中，死者和死者的遗骸被视为一种污染源。佛教的批评者并没有忽视这种痴迷。在伟大的印度史诗《摩诃婆罗多》中，它说在斗争世（Kali Yuga）[50]的黑暗时代，人类将不再建造寺庙和崇拜神灵，而是用一种叫作厄度卡（eḍūka）的建造物点缀大地，他们将崇拜厄度卡。根据梵语词典，厄度卡是一个密封垃圾或骨头的建造物；它是佛塔的同义词。奇怪的是，似乎不是尸体会被火化后埋葬，而是任何人都崇拜这样一座坟墓。[51]

然而，很难夸大佛塔在佛教中的重要性，以及佛塔所包含的遗物的重要性。这种重要性甚至在被称为阿毗昙（*abhidharma*）的专业教义中也能找到其路径。例如，通过4世纪高僧世亲撰写的最著名的阿毗昙经典《俱舍论》（*Abhidharmakośa*），我们了解到生命通过四种方式进入轮回：卵生、胎生、湿生（在古印度，人们相信某些昆虫是由热量和水汽创造出来的）以及化生。最后一类是指那些完全成形进入轮回的，而不需要在子宫中生长和成年者。这是在许多的佛教地狱和神界都存在的一种出生方式。鉴于佛陀的独特力量，世亲提出了为什么佛陀是从胎出而非化生，完全成形出现在世界里的问题。世亲解释道："若尔何缘后身菩萨得生自在而受胎生？现受胎生有大利故。谓为引导诸大释种亲属相因令入正法。"[52]换言之，佛陀决定生来就有一具血肉之躯，这样尸体就可以被烧掉，遗物就可以安葬于佛塔中。因此，在许多方面，佛塔成为佛陀法身和佛陀传记的延伸，在他入涅槃之后，久久留存于轮回之中。

如此，佛塔将受到极度崇敬和尊重；在其附近禁止诸多活动，包括性交。在佛教伦理体系中，有五种行为令人发指，犯下这些行为的人注定来世会在地狱重生：杀害母亲、杀害父亲、杀害罗汉、打伤佛陀以及在僧伽中引发异议。在《俱舍论》中，世亲列举了几乎同样令人发指的五宗罪：与身为母亲的女罗汉发生性关系，杀害修习到一定程度的菩萨，杀死一位"门徒"（已达至前三个觉悟阶段之一的人），剥夺僧伽的生计，打开一座佛塔。古印度几座伟大的佛塔建筑上的铭刻，都在诅咒那些要移除任何一块砖石的人。[53]

尽管佛陀已经入涅槃，但他仍然在佛塔中活着（见第五章）。佛塔，在许多语言中有许多名字——汉文是"塔"，藏文是"*chöten*",泰文是"*chedi*"——用以标识佛教世界，在亚洲各地提供各类朝圣场所，把佛陀的遗体带给那些不能到四大圣地长途朝圣的人。在整个东亚都能看到的"pago-das"（宝塔）实际上就是佛塔。

根据佛教教义，这些遗物将被埋葬在塔中，直到下一位佛陀出世。届时，佛塔将会洞开，遗物飞回菩提伽耶，它们在菩提树下团聚。一旦重新合体，佛像的法身将被诸神最后一次崇拜。然后它就会熊熊燃烧。

## 艺　术

第一件（图八）是一幅巨大的日本绘画，描绘了佛陀入涅槃的过程。大约 6 平方英尺，它可以追溯到 14 世纪初。图中，佛陀在弥留之际躺在一片树丛里，向右侧卧于四对娑罗树（*śāla* trees）下。在故事中，当他躺在两树中间时，这些树反季开花。在我们的这幅画作中，树林里的两棵树似乎因悲伤而枯萎。在东南亚的许多涅槃绘画中，佛陀舒服地向右侧卧，头枕在手上，用肘支撑着。然而在这里佛陀被描绘得相当僵硬，仿佛一尊立佛简单地被放倒在一侧，他的膝盖微微弯曲，他的头枕靠在右臂上。他周围有各种各样的哀悼者，传统上说有 52 种，包括僧、尼、菩萨、诸神、居士和动物。有时在描绘佛陀的逝去时，他的母亲被描绘在右上角，从天上见证她儿子的死亡。在这里，她乘云降下，站在树枝中间，哭泣时用袍袖遮住脸；她在树上的出现使人们想起她和神树崇拜的联系（见第七章）。此处有一种特别的辛酸。80 年前，当未来的佛陀从她右胁出世，站起来，在地上走了七步时，她握住了一棵正在开花的娑罗树（又叫无忧树，*aśoka* tree）的树枝。如今，她早已去世，在天国重生，又返回人间，成为一位年轻的神，这次她站在一棵已然枯萎的娑罗树的枝叶间，她年迈的儿子在地上朝右侧卧着。

在这个场景中，艺术家们特别喜欢以各种歇斯底里的悲痛姿势描绘鸟类和林中野兽。在前面，一头大象在地上打滚。在前面的地上，一位僧人试图救醒另一位似乎已经晕厥的同伴。在右边，一位狂热的红脸武士神失控大哭。无论是哭泣、啜泣，还是呆滞地注视，都被视为一个人精神水平的标志。在《大般涅槃经》中，一位僧人告诫痛哭的僧众："汝等且莫忧愁啼哭。世间不空如来常住无有变易。"在日本，佛陀之死的绘画变得非常有名，以至于时而成为人们戏仿的对象。在 18 世纪晚期的一幅名为《蔬菜涅槃》（*Vegetable Nirvāṇa*，*Yasai Nehan*）的绘画中，佛陀被描绘成一个巨大的萝卜，躺在一个翻倒的篮子上，周围环绕着其他蔬菜。在日本的情色艺术中有一个版本，其中包括佛陀本人在内的几个人物形象，都是各种形状和大小的阴茎。但佛陀在弥留之际十分安详，这一标志性的卧佛场景，早在它出名到被戏仿之前就在亚洲各地随处可见。慧超可以看到，它被雕刻在印度南部的石窟寺中，镶嵌在犍陀罗的佛塔上，描画在克孜尔的壁画里。

这幅画在它所在的寺庙里发挥了礼仪功能。它每年都作为涅槃仪式的一部分展出，以纪念佛陀灭度，在日本通常是在农历二月十五日举行，在三重县的延命寺就是这样。这一佛陀灭度日期与在南亚和东南亚所见的不同，那里的人们认为佛陀是在同一日期出生、开悟和死亡：农历四月的望日。日本人纪念佛陀灭度的传统可以追溯到奈良时期（710—794）。已知最古老的场景描绘是在公元 711 年的一个陶器上。最古老的画作可追溯到 1086 年。

在日本，描绘这一著名场景的体裁有好几种。例如，有一种体裁的绘画被称为"释迦牟尼涅槃八面画"。根据一份来自中国的著名名单，八者为从兜率天（Tuṣita）下界、投

94

胎、出生、出家为托钵僧、降魔、觉悟、转法轮、入涅槃。在这些绘画作品中，居于画面中央的是他的灭度，他生命中的其他七大事件围绕着中心的死亡场景排列。

因为这幅画会在一年中的大部分时间被收卷保存，所以它在几个世纪里遭受了相当大的破坏，尤其是颜料的流失。在佛利尔美术馆，对这幅画的修复和保护工作需要两年时间。

第二件（图九）从某种意义上讲，描绘了佛陀被火化后，他的遗物被埋葬在佛塔内的情景。这是一种对于佛陀离世更为简化的也更加漫不经心的表现。如第六章所述，在印度最早的佛教艺术实例中，佛陀并不是被描绘为人类的形式。相反，在觉悟场景中，他由一棵树代表；在他弘法的场景中，他由一个法轮代表。而在他死亡的场景中，他由一座佛塔代表。因此，这幅雕刻可能是为了描绘佛陀入涅槃的过程。但是，由于没有这一场景中的其他元素，佛塔可能代表的就是一座实际存在的塔。

这件作品由砂岩制成，是中央邦萨特纳镇附近的帕鲁德（Bharhut）窣堵波建筑群的围栏残件。它可以追溯到公元前2世纪。该作品大约18.5英寸宽、20.5英寸高。帕鲁德窣堵波建筑群是古印度最宏伟的建筑群之一。在阿育王统治时期，那里建造了一座用灰泥覆盖的砖砌佛塔。在熏迦（Śuṅga）王朝时期（公元前2世纪至公元前1世纪），窣堵波被一个装饰华丽的石质围栏圈裹起来，围栏直径88英尺，和窣堵波之间有一个10英尺宽的铺面环形步道。石质围栏内外两面都装饰着各式雕刻。窣堵波被废弃后，有些围栏被拆开，围栏两面的石雕都保存着。这里的残件就是围栏一面的雕刻。围栏的另一面见第八章。

就像第六章对佛陀觉悟的描述那样，这里的雕刻描绘了一种动态；尽管窣堵波周围似乎有六个人物形象，但实际上只有两个。第一个是女性形象（通过她的脚踝、裸露的胸部

95

和长发可以识别）；她被描绘了两次。首先，她虔诚地立于左侧。我们必须想象她随后沿着顺时针方向绕过窣堵波，到达另一侧，她在那里跪下，并向窣堵波顶礼膜拜，接受其福祐。

那个男性形象被描绘了四次。我们看到他虔诚地立于右侧。我们看到他跪在窣堵波的左侧，顶礼膜拜，接受其福祐，然后起身沿顺时针方向绕行窣堵波——他绕行时，我们能同时看到他的背影和正面。两棵树构成场景的外框，背景中那些较小的树赋予了构图一种纵深感，加强了艺术家所描绘的三维的和三百六十度的绕行，他描绘了移动的供养者——无论是后转还是前转——隐藏在窣堵波后面的一个肩膀，给人一种错觉：他在浮雕的狭窄空间里，在纪念碑的前面和后面移动。艺术家如此高超地描绘了石雕上的移动。在上面的天空中，两位女神盘旋在窣堵波上方，其中一位手拿鲜花，另一位手拿花环，这两位女神都是为窣堵波献祭的。

窣堵波的形状反映了真实的帕鲁德窣堵波；实心穹顶位于圆形底座上，四周环绕着由柱基和柱子构成的栅栏，柱子上的横向凹槽组成三排扶手。可以看见内（上）扶手和外（下）扶手。圆穹顶上方是一座方形的"豪宅"（塔身，*harmika*），两侧是鲜花。窣堵波的鼓面上装饰着花环。沿着基座，奉献者们留下了他们的手印，也许是在用他们的手蘸上芳香的糨糊之后留下的，既用来装饰窣堵波，又用以接受它的福祐。虽然佛陀已经入灭，但佛陀的遗物提供了一个求得福报的机会。因此，雕刻描绘了它所装饰的窣堵波的仪式活动。人们几乎可以把雕刻看作一种图解的说明手册，刻在围栏的外面，向来访者展示如何正确地礼拜窣堵波。靠近顶部的是一个由神职人员撑起的宝伞，两侧又有鲜花。两棵大树使人想起佛陀入涅槃时卧在其间的娑罗树。

总而言之，这两件作品，一件是日本的，一件是印度

96

的；一件是绘画，一件是石雕；时间上相隔 1500 年，清晰
地表明佛陀涅槃对佛教的视觉文化是必不可少的，是佛教教
义的基础，也是佛教实践的中心。虽然这幅画晚于慧超 600
年，石雕早于慧超 800 年，但他知道佛陀的故事，因此也知
道这幅画描绘的场景。当他访问拘尸那并作为朝圣者在那里
朝拜时，他很可能想到了这一幕。事实上，就如雕刻中的供
养者一样，他可能沿着顺时针方向绕行窣堵波，驻足伏跪，
向窣堵波顶礼膜拜，并接受其福祐。

## 延伸阅读

Vidya Dehejia, ed. , *Unseen Presence: The Buddha and
Sanchi* ( Mumbai: Marg, 1996).

Jason D. Hawkes, "Bharhut: A Reassessment, "*South Asian
Studies* 24, No. 1 ( 2008): 1 – 14.

Adriana Proser, ed. , *Pilgrimage and Buddhist Art* ( New
York: Asia Society, 2010).

John S. Strong, *Relics of the Buddha* ( Princeton, NJ: Princeton
University Press, 2004).

# 五　灵鹫山

## 两佛并排坐

正如"导语"中所讨论的，慧超在印度旅行记录的卷首已经散失。现有的抄本开始于他对一个未知城市描述的总结，学者们推测该城要么是舍卫城，要么是吠舍离。灵鹫山不在他描述的圣地之列，但他提供了两个不同的"四大（灵）塔"名单，他言及曾予访问。其中一份名单包括王舍城。

灵鹫山是瓶沙王的首都王舍城外的一座山，瓶沙王是佛陀的一位朋友和供养人。它在梵文中的名字是 Gṛdhrakūṭapar-vata，字面意思是"秃鹫岬山"或"秃鹫群山"。佛教注疏者以多种方式解释这个名字：山的形状像一群秃鹫；山的形状像一只秃鹫；山受到秃鹫的保护；秃鹫聚集在山顶。它是佛陀最喜欢的居所，也是他阐发了许多教义的地方，其中包括对诸多充满智慧的经书的完善。据说，以"色即是空，空即是色"的宣言而闻名的《心经》（*Heart Sūtra*）正是在那里讲授的。

就在佛陀走在灵鹫山的山阴道中时，他恶毒的表兄提婆达多（Devadatta）试图滚巨石下山杀死他。然而，一块露出地面的岩石奇迹般地从它的斜坡上伸出来，挡住了那块巨石，把它撞碎了。一块小碎石划伤了佛陀的脚趾，导致流血。五逆罪中有一宗让某人堕入无间地狱——那是佛教诸地狱中最折磨人的——"使佛陀流血"。提婆达多因为他的逆罪遭受了这一命运。

慧超很可能知道这一切，但灵鹫山对他来说尤其重要，因为佛陀在那里讲授《法华经》，这部经典宣称一切众生皆可成佛以及佛陀寿命无疆。《法华经》在255年首次被译成汉文；最著名的汉译本是由鸠摩罗什在406年完成的。它后来成为东亚最具影响力的经典。该经在灵鹫山上讲授，这让这座山显得尤为神圣。灵鹫山也是所有佛教文学中一个最激动人心时刻的发生地。

## 故　事

在《法华经》第十一品的开头，一座巨塔突然从地下冒出来，在空中盘旋。它高500瑜伽纳斯（*yojanas*），宽50瑜伽纳斯。瑜伽纳斯是古代印度的一种长度单位：一轭两牛拉一辆大车一天所行进的距离，一般大约是8英里。巨塔用七宝装饰；布置有标帜、旌旗、花环和铃铛；氤氲着檀香木的香气。塔是一座坟墓，一个巨大的圣骨匣，据说里面有佛陀或佛教大德的舍利，通常是一颗牙齿或一块骨头。一如我们在第四章中所见，在佛陀涅槃时，他指示门徒火化其遗体，并将他的遗物放在塔内。然而，《法华经》却说佛陀是在75岁时，也就是他寂灭前5年提出的。因此，从地面上飞出的巨塔一定包含另一位佛的遗物。当一个声音从塔内传出，向佛陀献上赞颂之词时，这一场景变得更加奇特。

佛陀解释说，很久以前，在另一个宇宙中，有一位名为多宝佛（Prabhūtaratna）的佛。在成佛之前，他发愿在他灭度之后，他的佛塔将出现在讲授《法华经》的地方。佛陀解释说，多宝佛就在巨塔内。当有人问他是否有可能见到多宝佛时，佛陀说多宝佛的誓言规定，在其可能被揭秘之前，现在的佛陀必须聚集他在宇宙中讲授佛法时释放的一切精神力量。

释迦牟尼从他双眉之间的一束头发中发出一道光，延伸到十个方向（四个基本方向，四个中间方向，再加上方和下方）召集诸佛。为了给他们准备一个合适的场所，他使世界变得非常宽广，没有城镇、海洋、河流、山脉和森林。它的道路延伸如棋盘一般，并用金线围起来。有宝树和香烟，地上开满了鲜花。为了腾出空间，诸天、人、兽、鬼和地狱居民都被临时重新安置。

当所有的佛和他们的菩萨侍者都抵达之后，释迦牟尼升腾于巨塔门前的半空中。他用右手推开门闩。塔门洞开时发出响亮的吱嘎声，里面出现的并不是牙齿或骨头，而是一位坐在狮子座上禅定的佛，他的身体完好无损，并无腐烂。多宝佛随后登上他的狮子座，邀请释迦牟尼坐在他旁侧。过去佛和现在佛并排而坐。因为这一切都发生在天空中，人群看得不太清楚。

佛陀使观礼者悬浮起来，以便他们能看得更真切。因为《法华经》是在灵鹫山上讲授的，所以它在宇宙中占据一种特殊地位。在第十六品中，佛陀宣布灵鹫山是永恒的，不会被七个太阳摧毁，七个太阳将在此劫终末时焚毁整个世界。佛陀说："于阿僧祇劫，常在灵鹫山，及余诸住处，众生见劫尽，大火所烧时，我此土安隐，天人常充满。"[54] 据说，大地上实际只有两个地方可以在末日避免毁灭：灵鹫山和菩提伽耶的"金刚座"（vajrāsana），在彼地，一切诸佛与我们的大千世界都得以觉悟。

105

## 解　说

《法华经》中的这一场景为经文自身以及——由此而来

的——大乘佛教提供了各种合法性。《法华经》以两大教义闻名。其一，并非如既往的传统所理解的那样，是三乘——声闻乘、缘觉乘、菩萨乘——从轮回中解脱，而只有一乘，叫作一乘和佛乘。因此，佛陀此前对三乘的阐释，不过是他将众生引向一乘的方便法门（upāya）[55]；事实上，宇宙万物都注定要成佛。其二，佛陀不朽。在第十六品中，佛陀宣称他只是装作入涅槃，实际上他寿命无限。

二者都站在《法华经》撰写时期的激进立场上；学者推测，《法华经》随着时间推移而不断演变，最早的部分是在公元前100年至公元前50年之间撰著，经文在公元200年前后完成了最终版本。经文作者提出了一个关于佛陀本人的新愿景以及关于他的核心教义的新愿景，这些愿景与他们所认为的保守的佛教僧众不相一致。然而，他们也明白，这样的愿景必须由佛陀自己宣布。因此，他们和大乘佛经的作者们撰写了一些作品，这些作品代表了一如历史上的佛陀业已谈论过的他们自己，即使他们是在他寂灭以后几个世纪才撰写出这些作品的。作者不仅将《法华经》置于佛陀的人生之中，而且使之成为一切过去佛的永恒教诲。

早期的传统认为，每个宇宙只有一位佛。人们提出一种特殊的宇宙论：佛的出世，只能是在前世佛的教义完全从人类记忆中消失之后。只要还记得佛的教义，他的教义就可以实践；当世界再度失去如何从生死轮回中解脱的指引时，那么这时，而且只有在这时，新佛才会出世。作为对非佛教徒的一种反驳，这种健忘症解释了为什么前世佛没有历史记载，他们可能指责佛教徒的革新之罪，例如缺乏印度吠陀的永恒真理。根据各种统计，释迦牟尼是我们宇宙中的第四、第七或第二十五位佛，一位佛陀的逝世和下一位佛陀的出世间隔了数十亿年。因此，多宝塔的出现是一个令人震惊的事件，不仅仅是因为一座400英里高、40英里宽的建筑从地下冒出来。就像大地女神见证未来佛的美德一样，这里有一个巨塔破土而出，见证佛法的真理。必须指出的是，菩提伽耶和灵鹫山这两个地方都变成了朝圣地，像慧超这样的朝圣者跋涉万里来此朝拜。

为了使《法华经》有正统性的希望，它的作者需要展现现世佛陀释迦牟尼讲授《法华经》。但这还不够，他曾讲授过诸多经典。《法华经》何以取代所有其他经典？多宝塔的奇迹与其说是它的巨型尺寸或飞升奇观[56]，毋宁说是里面有一位活着的佛，一位赞赏释迦牟尼宣扬《法华经》的佛。因此，过去佛并没有消失，或在佛塔中变成烧焦的骨头，他们的教义也不是早已被遗忘。过去佛还在佛塔内活着。这位多宝佛，在遥远的过去曾发下誓言，无论何时何地，只要《法华经》得以讲授教导，他都会在佛塔中现身。这就意味着《法华经》在过去被其他许多佛陀讲授过许多次。这还不只是由释迦牟尼讲授的另一部经典而已；它是过去一切佛陀讲授的最重要的一部经典，而一切佛陀不是三位、六位或二十四位，而是数千位。一位活着的佛，多宝佛，从地下来到这里，见证了这一真理。

释迦牟尼打开佛塔之门，显现出里面的活着的佛陀时，两条标准教义被完全推翻。第一条教义是当一位佛陀去世，入涅槃，被火化，他的遗物被供奉在佛塔内，佛塔由此成为对一个从这个世界辞离的佛陀的纪念，他再也不会现身讲授佛法了。多宝佛的出现证明，过去的佛陀仍然活着，暗示释迦牟尼本人将不会入涅槃，他将在《法华经》第十六品中宣布这一点。

当多宝佛邀请释迦牟尼与他并肩坐在佛塔中时，第二条教义被推翻：在每一个既定的宇宙中，只能存在一位佛陀。另一位佛来自另一个宇宙，释迦牟尼邀集了数千位其他宇宙的佛来见证他的到来。如果有第二位佛，如果还有更多数以

107

千计的佛，同时在无数的世界讲授佛法，所有的佛都能神奇地出现在我们自己的世界中，那么释迦牟尼关于一切众生都会成佛的宣言就得到了有力的证实。因此，我们不应感到惊讶，绘画和雕塑中的两佛并排而坐，描绘了这一强大的时刻，这在东亚佛教中是如此普遍。

《法华经》的题目在梵语中是 *Saddharmapuṇḍarīka*，意为"真法的白莲"。因为"法"（dharma）这个词在印度文学，特别是印度宗教中无处不在，佛教作者经常使用"真法"（*saddharma*）这个词，以区别佛陀的教诲与其他大师的教导。然而，在《法华经》的案例中，作者们选择这个标题，并不是要区分这部经典与那些非佛教信徒的经典和教义，而是要与其他佛教信徒的经典和教义做出区分；这个标题意味着莲花超越了佛陀以前的教义，正如他自己在文中所说的。然而，至高无上的，不能仅仅是教条。

我们知道，在古代印度，朝圣是佛教经济的重要组成部分，在佛陀辞世后几百年发展起来的朝圣路线上，不同的地点为争取停靠而竞争。这些地点需要朝圣者的持续存在，以支持它们周围的寺院和非宗教社区。我们注意到，慧超甚至发现即便是在拘尸那，佛陀入涅槃之地（或根据《法华经》，是他表相上的灭度），也大部分遭毁弃，只由一位僧侣照料。如果《法华经》的作者们想要取代早期教义的权威，他们需要取代与之关联的朝圣地。他们想让灵鹫山声名鹊起，不是因为佛陀在这里讲授了那么多其他经典，也不是因为佛陀死后五百比丘在这里第一次结集确认佛陀的教义，而是一个巨塔在这里破土而出，佛陀在这里宣布当七个太阳映照天空之时，灵鹫山将在烧毁我们世界的大火中幸免于难。它之所以能够幸存，是因为《法华经》在这里被讲授。当《法华经》在中国和日本成为一种特殊的信仰对象时，有人声称灵鹫山就像破土而出并飞升至空中的巨塔一般，脱离了

印度的土地，飞往中国（据中国人说），飞往日本（据日本人说），或飞往朝鲜（据朝鲜人说）。在慧超的故土，通度寺（Tongdosa，통도사）所在的灵鹫山（Yeongchuksan，영축산），据说就是［飞来的］灵鹫山。本书第十二章讲述了另一座不同的圣山飞往朝鲜的故事。尽管有神奇的飞山，但《法华经》足以吸引朝圣者——其中很可能就有慧超——前往佛陀著名的布法地原址。

## 艺　术

　　如上所述，早期佛教传统的一个标准教条是，佛陀来到了世界但很少进入世界，只有在以前的佛陀的教诲完全被遗忘的时候才会出现。在佛教宇宙论中，一位佛陀的灭度和下一位佛陀的出现之间的间隔通常以"劫"来衡量。在一部可以追溯到公元前2世纪的被称为《弥林达问经》（《那先比丘经》，Milindapañha）的巴利文传统的重要经典中，印度西北部的一位希腊国王与一位佛教僧侣就各种观点的教条展开对话。国王的一个问题是，为什么世界上不能一次有不止一位佛陀，并提出了另外的佛陀们可以互相帮助的建议。和尚回答说，佛陀的出现是一个划时代的事件，具有如此巨大的力量，以至于世界几乎无法支撑一位佛陀，世界上有两位佛陀就像两个人试图乘坐单人舟；小船必将倾覆。

　　高僧和学者世亲所著关于主流佛教教义的最有影响力的纲领之一《俱舍论》（及其自注）也提出了同样的观点，认为在同一宇宙中不能出现两位佛陀有四点原因：一是没有同一宇宙同时存在两位佛陀的必要；二是每一位成佛的菩萨都发誓要成为"在一个盲目而无佑护的世界里"的佛，如果世界上已经有一位佛，世界就已经有了一位佑护者；三是如果佛是唯一的，会获得世界众生的更大的敬意；四是如果芸芸众生知道佛在他们的世界出现是多么罕见，那么他们会更加迫切地遵循他的教义，而且在他们的世界里，当他入涅槃时，他们将再没有了佑护者。值得注意的是，4 世纪世亲撰写《俱舍论》，是在《法华经》完成最终定本许久之后，这进一步证明，在印度佛教的悠久历史中，并非所有著名的大乘佛教教义都赢得了普遍的支持。

《法华经》中双佛并排而坐的景象的一部分力量是它对这一教义提出挑战。两佛同坐，天下不覆。如果两位佛陀可以同时在世，那么也可以有更多共存。这就是至少从 6 世纪早期起，东亚的绘画和雕刻中就经常描绘释迦牟尼和多宝佛同坐于飘浮的佛塔之内的形象的一个原因。

我们的佛像（图十）来自中国。这两尊佛像是用鎏金铜制作，安在鎏金架子上。这是一个小件，只有 8.5 英寸高、5.5 英寸宽。他们周围的框架象征多宝佛塔之门。架子的背面有铭文，相当粗糙地刻在底座上，表明两尊佛像是 609 年由"亲信女张民乐"为她的父母而造。[57]

铭文并不意味着这尊雕像是这位信女铸造，而是她委托所铸。佛像是为她的父母而造，这可能并不意味着她把它作为礼物送给了他们，而是说她将制作佛像的功德奉献给她在来世的父母——他们可能已经过世——让他们来生能获得福报。虽然"孝道"的概念最常与中国和儒家传统联系在一起，但从印度和整个佛教世界的铭文中可以清楚地看到，虔诚的佛教徒——包括本应放弃家族关系的僧尼——都会为了父母的福报而制作佛像、抄写经文、建造神龛和举行仪式，常常要附加上"并为众生"。因此，这件作品有两个目的，一是惠及张民乐的父母，二是为那些看到它的人提供信仰对象，很可能是在一个简单的家庭内部神祠的佛龛里。它不是一件高质量的艺术作品，也不是由珍贵的材料制成的。这是一件很可能是由一位虔诚的中产女性委托制作的简朴之作。

　　两尊佛像看起来是一样的，也许是同一个模子铸造的。他们的雷同不仅意味着匠人的经济情况，还提出了一个重要的教义观点。过去、现在和未来诸佛在许多方面都是相似的。他们的身体有大士三十二相和八十随好，包括四十颗牙、一条长舌、向右卷曲的头发和顶髻。在他们达至觉悟的一生中，他们都盘腿坐在母亲的子宫里；出生后，他们都立即向北方迈出七步；他们都在儿子出生之后看到四种景象（一个老人、一个病人、一个死人和一个乞丐）并弃世出家；他们都坐在草地上开悟；他们走路时都是先迈右脚；他们通过一扇门时从不弯腰；他们都建立了僧众信群；他们都能活一劫；并且，在他们完成教义之前绝不会死去。佛陀之间只在八个方面有所区别：寿命、身高、种姓（祭司等级或武士等级）、离开世界所乘坐的交通工具、在觉悟之前禁欲苦修的时长、在开悟之夜所坐上方树木的品种、座位的大小以及光背的幅度。[58]

　　在这两尊制作于慧超诞生以前不到一个世纪的隋代佛像中，即便是他们的光背也是相同尺寸的。两位佛都用手做出同样的姿势，称为"手印"（mudrā）：右手施无畏印，左手与愿印。释迦牟尼在《法华经》中的某些地方提及，他不仅仅是过去、现在和未来一长串佛陀中最近的一位，他还有一个更为广大无边的身份。他是所有的佛，所有的佛都是他的化身。对于那些看过张民乐神祠和读过《法华经》的人（很可能是该经信徒的一小部分），这两尊佛像的相似性暗示着释迦牟尼更深的身份。

　　在佛陀辞世之后的几个世纪里，他的教义经常由僧侣口传、记忆和吟诵。举例来说，这解释了许多早期经文中出现的公式化重复。根据传统的说法，人们最初是在公元前的最后几十年里，在斯里兰卡而不是印度，致力于将佛陀的教义写下来，因为人们担心那些孜孜记诵经文的僧侣可能会在战争中丧生。后来被称为大乘佛教的一项革新，就是对写作的大力强调。尽管他们听觉灵敏（以"如是我闻"开头），但大乘经典是书面作品。除了新颖地使用故事以创造新的经典外，经文本身还经常告诫读者抄写他们正在阅读的作品。在这一点上，也许没有一部经比《法华经》更为坚持，在《法华经》里佛陀经常劝诫他的门徒为他人福祉而抄写、保存、背诵、崇敬并阐述这部经。这是《法华经》试图自我宣扬的诸多方式之一。

遍布东亚的成千上万的《法华经》信奉者将佛陀的劝诫铭记在心。事实上，在中国、朝鲜和日本，可以找到一些最漂亮的《法华经》手抄作品，有时是用抄写者自己的血写成。抄经成为一种神圣的仪式。经文中的 69384 个汉字，每个字都被看作一位佛陀——寓于汉字声形的觉悟讲法的遗物——因此一些抄经者每写一个字都要跪拜。其他人会在每个汉字旁边画一座小塔。

在敦煌藏经洞中，发现了 1000 多份《法华经》抄卷的经文实物，它们与慧超行记残卷在一起。这里转录的一卷（图十一），应该是这些抄本中的一份。很有可能来自慧超时代（8 世纪末），和那两尊佛像一样，它并不是一件艺术价值很高的作品；相反，它是为了达到一个更为功利的目的而制作的。很难复原慧超见到《法华经》时的情景，但出于日常阅读和学习的需要，像慧超这样的僧人很可能会使用这种抄本，而不是一个更加精心装饰或精确书写的版本。

这页经卷展示了《法华经》第八品的结尾和第九品的开头。经文的一个重大信息是，一切众生都将成佛。稍早的传统认为佛陀是罕见的人物，佛陀门徒死后会变成罗汉，进入涅槃。但在《法华经》中，佛陀揭橥即使是罗汉未来也可成佛。标准的佛教教义是，即将成佛的罕见人物将来必须接受一位活着的佛陀的预言，未来佛的名号和土地将被预先告知。因此，在《法华经》的第八品和第九品，许多僧人站出来，大声请求对他们预言，佛陀给予了他们。在第八品，他预言了罗汉的成佛；在第九品，那些还未修成罗汉的人，尤其是佛陀的堂弟兼私人侍者阿难，以及佛陀之子罗睺罗（Rāhula），收到了对他们的预言。

在世界各地的博物馆收藏的《法华经》的华美卷轴，是作为信仰行为和为了未来的崇敬而制作的；它们不是用来学习的。我们这页经卷不一样。它似乎是一份用来阅读的经文。尽管抄写者采用了一种比抄经更为正式的每行 17 个字的典型格式，但这份抄本并没有这些作品那么死板。例如，抄本中间的五言诗没有对齐，因为它们在更正式的作品中会对齐。第九品开始时没有任何空行或分页符，表明是由试图保存纸张的某些人进行的非正式工作。此外，这张纸没有装饰，似乎质量也不是特别好。抄写经文的人，不管是因为缺乏技巧还是缺乏兴趣，似乎都没有试图让文字显得特别漂亮；例如，汉字的笔画没有充分利用软笔可能产生的顿抑。笔画看起来是出自那些熟练但不是特别细心的人之手。事实上，一些字的省笔方式表明，经文是由一些熟悉抄写惯例的专业抄经者（或许是寺院里的僧人）誊写的，但他们本身并非内行。他的主要兴趣似乎是易读性，表明这是一份供个人学习用的抄本，是为达至"为他人福祉而抄写、保存、背诵、崇敬并阐述这部经"所必需的。

112

## 延伸阅读

Donald S. Lopez Jr. , *The Lotus Sūtra: A Biography* ( Princeton, NJ: Princeton University Press, 2016).

Eugene Wang, *Shaping the Lotus Sutra: Buddhist Visual Culture in Medieval China* ( Seattle: University of Washington

Press, 2005).

Brook A. Ziporyn, *Emptiness and Omnipresence: An Essential Introduction to Tiantai Buddhism* (Bloomington: Indiana University Press, 2016).

# 六  菩提伽耶

## 佛陀证悟

在描述了佛陀初转法轮的地点鹿野苑之后，慧超接着写到佛陀证悟的地点菩提伽耶。从他的描述中，不清楚他是否按顺序参观了著名的"四大圣地"中的这两处（其他两处是佛陀的出生地和死亡地）。如果真这样做了，慧超等于重走了佛陀本人的路线，但方向相反：佛陀在觉悟之后，就出去寻找将成为他开山门徒的"五比丘"。他正是向他们，提出了著名的中道、四谛、八正道。

在菩提伽耶，慧超摒弃了他相当枯燥的报告文体，说他早就梦想着看到摩诃菩提，这是一座纪念并标志着佛陀开悟时刻的寺院。在现存的慧超行记的抄本中，有五首诗留存下来，其中四首表达的是哀思和归家。有一首诗似乎在印度寻找到了乐趣，那就是在"导语"中讨论过的他关于菩提伽耶的诗。

> 不虑菩提远，焉将鹿苑遥。
> 只愁悬路险，非意业风飘。
> 八塔诚难见，参者经劫烧。
> 何其人愿满，目睹在今朝。

早在有麦加之前，菩提伽耶就是佛教的麦加，是朝圣的中心，在某些方面，也是佛教世界的轴心，位于南赡部洲的中央。它的突出地位，部分源于佛陀生活中发生在其附近的许多中心事件。在慧超参访的所有地方中，该地对他来说是最神圣的。

## 故　事

然而，我们应该注意到，"菩提伽耶"一词是一个现代地名。在佛陀的人生故事中，菩提树下的座位是最常被命名的，在各种佛教语言中被称为"成道处"和"金刚座"，"金刚"在这里表示坚不可摧和永恒不变，是座位的宇宙意义的核心品质。

正是在尼连禅河（Nairañjanā River）畔，即将成为佛陀的悉达多王子，以及他的五位苦行伙伴进行了各种苦修。王子在河水里洗浴时得出结论，自我禁欲并没有带来解脱，因此他接受了少女修舍佉（Sujātā）供养的一钵乳糜。他的同伴们认为他对苦修的否定是一种背叛，于是抛弃了他。离开那里，他进入森林，在林中他选择了树下，他将冥思。他对这棵树的选择在各种传记中都有详细的描述。其中一个传记说，王子知道这棵树是坚不可摧的，但无法在林中认出它，于是他放出一道火焰，把除了菩提树以外的所有树木都烧成灰烬。另一个传记说，王子不知道该坐在树下的哪一侧，他尝试每一个方向，当坐在四个方向中的三个方向时，他发现大地剧烈地倾斜，因此他最终坐在正确的方向上，面朝东方。坐定，直到开悟，他才起身；梵语中的"佛"一词更准确的翻译是"觉醒的"。

然而，在此之前（或者如在一些传记中所说是在此之后），他遭到了他的仇敌、欲望与死亡之神魔罗（Māra）的袭击，魔罗首先试图用他的恶魔军队摧毁他，然后试图用他富有魅力的女儿来劝阻他，但没有奏效。当魔罗最终挑战王子占据树下那小块土地的权利时，王子用右手触摸大地，召唤大地女神为他过去人生中所做的一切善事作证。在他死后的几个世纪里，当人们开始制作佛陀造像时，这一特殊的姿势——他扬起的左手放在膝盖上，右手伸向地面——成了描绘他的最常见形式。

各种记载一致认为，在农历四月初一的月圆（还是他35岁的生日）之时，他整夜禅定。印度传统上把夜晚分为三时。初夜，王子看到了他全部前生前世（在佛教中，前世的次数是无限的）。中夜，他看到了"众生因各自业缘而起起落落"；也就是说，他见证了因果报应（karma）法则的运行。后夜，太阳在新的一天升起，他觉悟了。

现在他是一位佛陀，一位"觉醒者"。经文连篇累牍地描述接下来七周发生的事件，他在菩提树周围孤寂地度过，每周都有一项特定活动（和一个相应的圣地）。譬如，根据一个版本，在第二周，他面对菩提树而坐，并未瞑闭双目。第三周，他在冥思中来回走动。第五周，他决定讲法，这是在梵天（Brahmā）从天而降并恳请他这样做之后。第六周，大蛇目真邻陀（Mucilinda）七次缠绕在静坐的佛陀身上，并在佛陀上方展开头冠，以使他免遭倾盆大雨。第七周，他享用了自从修舍佉供施以来的第一餐；他接受了两个路过的商人供施的蜂蜜糕点，还送给他们一些头发作为回报。这些活动的地点都以菩提伽耶的神龛为标记；玄奘在他对该地区的长篇行记中描述了这些神龛。

七周后，佛陀离开菩提树的禁锢，开始讲法。他总结说，他最初的禅定老师们最值得学习他所理解的东西。然而，他们最近去世了。因此，他开始向"五比丘"讲法，这五位苦行僧和他一起苦修了6年，当他破斋戒，接受修舍佉

121

供施的食物时，他们抛弃了他。他在波罗奈城外的鹿野苑找到了他们。

# 解　说

佛陀的开悟是佛教传统历史上的中心事件，使其所在地菩提伽耶，也就是慧超所说的"摩诃菩提"，成为佛教世界中最神圣的地方。如上文所述，佛陀证悟之前曾遭到魔罗的狂暴袭击。然而，从佛教的角度来看，这一关键性的甚至是划时代的事件，却发生在午夜的一片森林中，没有人注意到。一位苦行僧静谧地坐在树下的黑暗之中。证悟这一事件本身，即便可以被描述为一个事件，也全然缺乏情节：正如我们在卡拉瓦乔的绘画中看到的那样，天使在亚伯拉罕割开以撒的喉咙之前，抓住了他手的情节；当耶稣被钉死在拥挤人群之上的十字架时，人群中包括他哭泣的母亲和那些掷骰子看谁能赢到他无缝长袍的人的情节；天使加百列启示年轻的穆罕默德"背诵"的情节。

在佛陀开悟之夜的记述中，关于初夜的描绘详细描写了他的前生前世的景象，解释了他所看到的每一个前世的各种元素，包括他每次人生的家人。在中夜的景象中，他看到了"众生因各自业缘而起起落落"，这表明他观察到因果报应法则在别人生活中的表现，因为有些人因其善德而兴旺，而另一些人则因其罪孽而受苦。奇怪的是，或不奇怪的是，正是在他觉悟成佛的后夜，受到的评论最少。因此，佛教和佛果的起源是不可言说的。然而，这种同样的不可言说性提供了无尽的解释机会。佛教是无休止的解释，因为它的中心事件是不可恢复的。

这对佛教哲学来说是一个福音，因为在随后的千百年中，传统佛教思想家试图清楚说明佛陀开悟时的静默。然而，一个什么都没发生的地方，并不能成为一个强有力的朝圣场所，也不能成为一件艺术品的引人注目的主题。人们该如何描述开悟和开悟者？

学者们普遍认为佛陀去世于公元前 400 年前后（见第七章）。然而，在公元前 1 世纪之前，也就是在他涅槃大约 3 个世纪之后，没有发现任何一幅关于他的画像。已知最早的佛像是在毕马兰圣骨匣上发现的，它是 1830 年代在阿富汗东部发现的一个小型黄金圣骨匣（现在大英博物馆）；艺术史家将其日期暂定为公元前 1 世纪末。佛像的广泛使用似乎直到公元 1 世纪才开始。

然而，这并不意味着佛陀在先前几个世纪的佛教雕塑中没有某种形式的表现。佛教纪念碑似乎以佛陀的缺席象征着佛陀的存在。这里没有现如今人们所熟悉的立佛或坐佛，而是代之以大足印、空宝座、无人骑乘的马。在其他地方，特定的物件似乎象征着佛陀，视景物而定：一朵莲花代表佛陀的诞生；一棵树代表佛陀的觉悟；一个法轮或曰“初转之轮”代表他的第一次布道，传统上称为“转法轮”；一座塔代表佛陀的涅槃。需要注意的重要一点是，这些雕刻作品包含许多神、人以及有时是兽的形象。唯独缺少佛陀本人。19世纪，英国人在印度发掘了许多遗址，欧洲和后来的美国艺术史家都注意到了这种缺席。从那以后，直到今天，人们提出了许多理论来解释它。他们的第一个假设是，正如伊斯兰教禁止在宗教艺术中描绘人类一样，佛陀或他身边的追随者也禁止制造或崇拜他的形象。他们估计，正如这一禁令出现在穆斯林圣训中，佛教禁令一定出现在佛教经典的某处。然而，在构成佛教律藏庞大而复杂的准则中，尚未找到这样的规定，只有一个有趣的例外：保存在一个教派的僧侣律典的汉译本中的一段话，佛陀的布施者给孤独说：“虽不许仿制释尊肉身，吾愿祈求释尊许造（当释尊变成）菩萨之像。”[59]

123

佛陀同意了。

一位艺术史家主张，佛陀的缺席并不是任何禁令的结果，他声称这些雕刻并没有描绘佛陀生活中的事件，而是象征着佛陀入寂后的朝圣之地，比如菩提树，或者是庆祝他平生关键时刻的节日，在这些节日里，为了纪念他骑着忠诚的骏马离开皇宫，人们会把一匹无人骑乘的马从城里牵出来。

应当指出，19 世纪和 20 世纪初关于佛陀本人禁止崇拜佛像的理论，与那一时期把佛陀描绘成道德的导师、迷信和神职人员的敌人、哲学而非宗教的奠基人的做法相当一致；他绝不会让自己变成一个崇拜的偶像。因此，偶像的制作和崇拜只能在他涅槃后的几个世纪里作为对大众的让步而发生。

这些艺术史家中的很多人认为，佛陀造像是从国外引入佛教的，特别是从希腊化世界的异教文化引入。公元前 327 年，亚历山大大帝率军攻入旁遮普，征服了巴克特里亚（大夏）、犍陀罗和斯瓦特地区。他死后形成的印度—希腊诸王国最初被认为是更大的希腊化世界的一部分。因此，位于阿富汗的巴克特里亚城市艾哈农（Ai Khanoum，公元前 4 世纪至约公元前 145 年被占领）具有地方性希腊殖民地的许多特征，希腊工匠为当地民众工作。到公元前 1 世纪初，中亚民族贵霜已经控制了印度北部的大部分地区、犍陀罗地区以及阿富汗古老的巴克特里亚和那揭罗曷（Nagarahara）地区，并给这些地区带来了政治稳定和经济繁荣。这一时期，国际贸易沿着成熟的海陆路线蓬勃发展，佛教僧众也开始开拓和发展。事实上，艺术史家推测是贵霜人引入了佛像。这些图像的风格保留了希腊化的特点，其实更为罗马化而不是希腊化。犍陀罗与罗马帝国的接触始于公元 1 世纪；到了公元 2 世纪，犍陀罗的艺术家融入了古典主题，这后来成为当地文化认同的一部分。

124

　　与佛像来自希腊影响（这一理论与 19 世纪印度雅利安人的假定亲属关系理论相一致）这一观点相反，其他艺术史家注意到佛像的另一个传统，即起源于同一时期的秣菟罗（Mathurā）地区，它位于现代的德里以南约 80 英里处，远离希腊的影响。这些图像与该地区的印度教和耆那教雕塑有更多的共同点。佛陀看起来不像阿波罗。正是从这两个地区——犍陀罗和秣菟罗，慧超横穿的两处地点——浮现出佛教的一整套视觉词汇。

# 艺　术

　　正如大多数章节一样，我们有两件非同寻常的艺术品，它们制作于两个不同的时期，出自佛教世界的两个地区。第一件（图十二）被称为《降服魔罗》（The Defeat of Māra）。

　　这件作品来自一套四版的组合，描绘了佛陀生命中的四个关键时刻（每一个都有其朝圣之地，每一处慧超都造访过）：他的诞生，他的开悟，他的初转法轮，他的涅槃。这套作品来自古印度的犍陀罗地区（包括现代的巴基斯坦和阿富汗地区）。它可以追溯到公元 2 世纪末或 3 世纪初。这幅图版描绘的是佛陀的开悟，不是上面描述的静心禅定的场景，而是在此之前戏剧性的暴力时刻：魔罗及其奴仆的攻击。魔罗，欲望与死亡之神，正在寻求阻止未来的佛陀毁弃欲望，逃脱死亡。他统率着一支由人类士兵、野兽和恶魔组成的成分混杂的军队：一只猴子骑着一匹马，另一只猴子举起利剑；一个恶魔投掷巨石，另一个恶魔则抱着一条呈攻击态势的眼镜蛇；野猪和公羊头的恶魔挥舞着武器。还有一条狗、一头大象和一只骆驼，正是这最后一种动物反映出一个世界性的犍陀罗，它由骆驼穿过的贸易路线纵横交织而成。

　　在他们的中央，未来的佛陀——带着光环、顶髻和白毫相（urṇa，他两眼间的圆点）——坐在菩提树的树荫下，用右手触摸大地来击退攻击，召唤大地女神来见证他的美德。两个士兵——或许穿着的是外国人的盔甲——似乎在大地的震荡中扑倒在地；一个举起盾牌防守，另一个头下脚上栽倒，丢弃了戟。当佛陀触摸大地时，攻击形成的混乱的漩涡被冻结在运动中，使魔罗及其奴仆们无法动弹，这一重大时刻被及时地——永远地定格。

这套四版组合（另见第七章）曾经装饰过一座佛塔，信徒们绕着那座塔顺时针旋转。因此，这四个场景是按时间顺序从右到左排列的，虔诚的观众从他们的右肩上方观看图版。这也意味着每个场景的戏剧性移动都是从右向左的。这就是为什么魔罗——他的头发绑着一个皇家头巾，他的身上戴着一件精心设计的多蒂腰布——在同一个方向上移动，在一个连续的叙事故事里出现了三次。在佛陀的左边，魔罗用右手拔出他的剑，而他的侍从试图阻止他。在佛陀的右前方，魔罗的剑现在入鞘了；当他的侍从试图把他引开时，他举起左手，表示愤怒和绝望。最后，在最左边，他对失败充满沮丧，孤零零地坐着，凝视远方，手里高擎着自己的头颅。佛陀是他无力对抗的。

在整个佛教世界，降妖伏魔的场景，即"魔罗之败"变得无处不在。玄奘特别提到，摩诃菩提僧伽蓝内的佛像以触摸大地的姿态描绘佛陀。慧超在到达印度之前就知道这个故事；当他到达摩诃菩提时，他会看到和玄奘所见一样的雕像。从菩提伽耶到犍陀罗，从阿富汗到中国，同样姿势的佛陀也会一直注视着慧超。

第二件（图十三）被称为伏虎罗汉。根据一个传说，在进入涅槃之前，佛陀命令他的十六个门徒——所有的罗汉，预定他们自己死去的时候涅槃，推迟他们的涅槃并延长他们寿命至千年。他们的任务是保存佛法，直到下一位佛陀——

弥勒（Maitreya）的降临。十六罗汉的故事在印度家喻户晓[在那里他们被称为十六尊者（sthavira）或十六长老]，这些人物在中国也特别受欢迎，他们的长寿和干瘪的容貌让人想起道教神仙。他们经常被诗歌和艺术品描绘，被称为"十六罗汉"（ārhāt的汉译）。事实上，他们的数量增加到了十八个，增加了两位印度文献中没有提到的伏虎罗汉和降龙罗汉。根据伏虎罗汉的故事，罗汉的名字来自他通过吃素驯服了一只在寺外嚎叫的食人虎。这个罗汉隐秘的、天堂般的境界，是由他右肩上方的小门所暗示的。这幅画让人记起罗汉的几个特点：在自然、长寿和纯净中隐居修习的理想，以及自然和超自然力量的融合，特别是他生活的自然世界。罗汉这一独特的中国主题，在这一作品中通过一种载体——菩提树上的一片叶子——与印度有关的佛教世界结合起来。

126

　　树木在古印度是神圣的，被认为是灵魂的居所；而树木的意象在佛陀的生活中占有突出的地位。他的母亲在他出生时抓住一棵树的枝叶（见第七章）；他在苦修六年后得到第一餐时被误认为是树的精灵；在他垂死之际，他侧卧在两棵树中间，这棵树马上就反季开花了（见第四章）。然而，没有一棵树比佛陀在开悟之夜所坐上方的那棵菩提树更重要。

　　在那晚之后他在树的近旁度过的七个星期里，他耗费了一个星期时间注视着树，从未合眼，因此他向树做出第一次致敬之举。它是佛教世界的轴心，在佛教历史和传说中占有重要地位。在阿育王的传说中，这位君主变得如此深爱这棵树，以至于他的妻子妒心炽烈，并且试图用黑暗的魔法杀死它。他通过浇灌牛奶拯救了它。当阿育王派他的儿子和女儿（一位僧人和一位尼姑）把佛法传播到斯里兰卡时，他让女儿带走从菩提树上剪下的一枝，菩提树的所在仍然是岛上最神圣的地方之一，也是本地编年史的主题。在佛教艺术的"无偶像"时期，菩提树代表了佛陀的觉悟。在其漫长的历

史中，菩提树曾被印度教国王砍倒，但它总是以某种方式
复活。

来自佛教世界各地的朝圣者参观了菩提伽耶，他们把树
叶作为神圣的物品，并且携带种子回到家乡种植。这棵树的
植物学名称是菩提树（*ficus religiosa*）；又以天竺菩提树（pi-
paltree）著称，是一种长得很高、树干很粗的无花果树。它
的寿命也很长。它的心形大叶子有一个独特的尖端。罗汉画
是中国佛教艺术传统中一个历史悠久的重要流派，而叶上绘
画似乎是在清代发展起来的一种技法。为了绘画做准备，叶
子需在水里浸泡长达三个星期，在此期间，叶子会褪掉绿
色。结果是我们在这里看到的精致叶片，类似于精美的纸或
纱布。慧超最终抵达摩诃菩提，受到鼓舞而写了一首诗，有
人想知道，他是不是也从菩提树上摘下一片叶子，作为他到
访的留念。

127

## 延伸阅读

Robert DeCaroli, *Image Problems: The Origin and Development
of the Buddha's Image in Early South Asia* ( Seattle: University of
Washington Press, 2015).

John Kieschnick and Meir Shahar, eds. , *India in the Chinese
Imagination: Myth, Religion, and Thought* ( Philadelphia: University
of Pennsylvania Press, 2013).

Dietrich Seckel, *Before and Beyond the Image: Aniconic
Symbolism in Buddhist Art* ( Zurich: Artibus Asiae, 2004).

# 七　蓝毗尼

## 佛陀诞生

二，毗耶离城庵罗园中，有塔见在，其寺荒废无僧；三，迦毗耶罗国，即佛本生城。无忧树见在，彼城已废，有塔无僧，亦无百姓。此城最居北，林木荒多，道路足贼。往彼礼拜者，甚难方迷。[60]

如"导语"所述，慧超的准确路线很难重建。然而，如果他去过灵鹫山，他很可能会北上吠舍离（毗耶离城），那里是佛陀多次论及之地，他临终前最后一次下雨时从那里离开。正是在佛陀从家乡迦毗罗前往吠舍离的途中，他被一群女性拦住，她们由他的继母摩诃波阇波提（Mahāprajāpatī，大爱道）领导，恳求他建立一种比丘尼秩序，他勉强同意了。吠舍离也是第二次佛教结集之地，据说是在佛陀灭度后100年发生的。慧超提到了"庵罗园"，这是一位同名的富有娼女送给佛陀的芒果园。慧超在那里发现了一座浮屠，但是寺院已经荒废，成了废墟。

从吠舍离出发，他继续向北行，到达他所称的迦毗罗，这是佛陀之父净饭王（Śuddhodana）的城市，在"逾城出家"之前，悉达多王子在那里度过了他生命中的头 29 年。然而，佛陀出生在距此以北大约 15 英里的蓝毗尼。目前尚不清楚慧超所描述的是哪个地方；估计是蓝毗尼。不管怎样，慧超发现它已经荒芜不堪。有一座浮屠纪念佛陀的降生，但没有僧侣照料，附近也没有村庄。慧超形容这是一个危险的地方，周围的茂密森林是劫匪的巢穴。似乎，唯独剩下一棵无忧树。

## 故　事

佛陀的诞生是宇宙历史上的一个重大事件。佛陀出世，但很少教导人们如何从轮回的苦厄中解脱出来。佛陀死后入寂，他的教诲慢慢地从人类的记忆中消退，变得越来越难以记住，越来越难以实践。最终他的教义彻底消失，直到下一位佛陀出现时才得以恢复。幸运的是，那些过去的行为——把他们带到这个罕见事件的时间和地点——佛陀的人生。

134 　　生命不是从地上的婴儿出生开始的，而是从天上开始的。在那里，在一个名为兜率天的天上世界，菩萨即未来的佛陀，知道在他的来世，他将实现耗费亿万年的前生前世所寻求的佛法，他将发现通往自由之道，并且传授给世界。另一种情况是——不那么高超——被业力之风吹到他们的下一次降生，无论是投胎到人类的子宫还是动物的子宫，堕入可怕的地狱或是升入壮丽的天堂；他们的出生不是一个选择的问题，而是一种宿命。然而，菩萨能够选择他最后一世的时间和地点。天上的神恳求他最后的降临，因为他们知道他们在天上的时间行将结束，他们将在那里死去，在别处重生。他们是世界上最强大的生物，但他们不懂得解脱之道，他们必须师从佛陀。因此，佛陀诞生的故事开始于一位天神——兜率天之主，他认为是时候降临人间了。他调查了整个世界，以决定时间、地点、种姓和母亲。

　　当时人类的平均寿命是 100 岁。这个地方是迦毗罗城，位于南赡部洲的摩揭陀国。在古代印度的四个种姓中，佛陀无论是在祭司种姓还是武士种姓出生，在当时都更受尊重。未来佛陀的母亲是一个有道德的女人，她几千次的前世都在积德。

在释迦族的土地上，有一位武士种姓的国王，名叫净饭王。一天晚上，他的妻子摩耶夫人梦见她的床被四位神灵抬起，并被带到巍峨的喜马拉雅山上，在那里有女神服侍她沐浴，穿上神圣的长袍。然后，她被送往一座银山上，安放于一张天上的卧榻中。一头白象从金山上下来，驮着一朵白莲，绕着卧榻转了三圈，进入她的子宫。她的怀胎是极为幸福的，她的子宫是一座为未来的佛陀准备的豪华宫殿，他盘腿坐在那里 10 个月。

当时，她决定去看望父亲，一位邻邦的国王，于是她坐着轿子出发了。途中，王后和她的随从在一个名叫蓝毗尼的花园停了下来，那里所有的树都盛开着花朵。王后从她的轿子里出来，用右手握住了一棵无忧树的枝叶。婴儿从右胁生出，没有给她带来丝毫的痛苦。他被四位神灵用金网缠住，一冷一热两股水自天而降为他灌浴。这个婴孩能立即走路和说话。他环顾四周并向北方走出七步，每迈一步，脚下都生出一朵莲花。他右手指天，左手指地，说道："我是全世界的领袖。我是全世界的长者。这是我最后一次降生。我将不再复活。"大地颤抖，一道灿烂的光普照世界，失明者可以见物，失聪者可以闻声，跛脚者可以行走，地狱之火被扑灭，树木结出完美的花朵和果实，咸海也变得甜美。

135

## 解　说

1956 年，来自世界各地的佛教领袖聚集在佛陀的觉悟地菩提伽耶，庆祝佛陀涅槃 2500 周年的大雄节（Jayanti）。在仰光，第六次佛教结集——一个两年前开始的项目，一次由2500 名僧侣出席的会议——完成了他们的正典修订。根据《大般涅槃经》这部佛经（第四章曾予讨论），佛陀活了 80岁。因此，如果 1956 年是他逝世 2500 周年，那么佛陀的生卒年是公元前 624 年至公元前 544 年。许多佛教学者确信这些日期是错误的。

在佛教历史上所有的日期中，没有一个比佛陀的辞世之年更重要。它不仅标志着创始人的死亡，而且因此标志着他创立的传统的开始。它还标志着传统历史上所有后续事件的参照标准。正如基督教世界以耶稣诞生开始标记时间，并将此后的每一年指定为公元（Anno Domini）某年一样，佛教世界也以佛陀的逝世开始标记时间，使用了 19 世纪的各种术语来表示"佛灭后"（A. N.）。因此，第二次佛教结集据说是佛陀涅槃 100 年后在吠舍离举行的。传说伟大的哲学家龙树是在佛陀涅槃 400 年后出生的。

耶稣的出生日期一直是许多学者猜测的话题。福音书没有说耶稣是什么时候出生的，只是说他出生于大希律统治时期。罗马的记载显示，大希律死于公元前 4 年。因此，大多数《圣经》学者把耶稣的诞生放在公元前 6 年到公元前 4 年之间的某个时间。佛教学者对佛陀的出生日期也是众说纷纭，但他们的分歧不是两年而是两个世纪。传统佛教文献相当宽泛，从最早的公元前 2420 年到最晚的公元前 290 年。

136　　　与耶稣的情况一样，佛陀出生日期的计算基本上取决于确定一位国王的日期，这就是孔雀王朝的君主阿育王。在阿育王统治之前，印度古代的记载中没有可以独立确认的日期。阿育王的日期计算有两个来源。公元前 326 年，亚历山大大帝入侵印度，把今天巴基斯坦的一些地区交给他的将领统治。希腊人在战场上被印度国王旃陀罗笈多（Candragupta Maurya，阿育王的祖父）的军队打败。希腊文献记录了公元前 303 年与旃陀罗笈多签订的条约。继旃陀罗笈多的儿子宾头沙罗（Bindusāra）统治之后，阿育王在公元前 280 年至公元前 267 年间的某个时间登基；一些现代学者使用公元前 268 年。他极大地扩展了他祖父的帝国。在整个印度和其他地方发现的大约 36 通刻在柱子和岩石表面的铭文（称为"法令"）证明了他统治的广度；在现代阿富汗的坎大哈发现了希腊语和亚拉姆语的铭文。几个世纪以来，这些铭文一直难以辨认，内容也不为人知，直到东印度公司的詹姆斯·普林塞普（James Prinsep）破译他们的婆罗门手稿，并从 1836 年开始发表一系列文章。铭文提供了一些可以证实的日期，并提到了当时的统治者，例如叙利亚的安条克二世和埃及的托勒密二世。

对于把佛教引入该岛的阿育王，两部斯里兰卡编年史将其视为可能的神话角色。在不求助于他的敕令的情况下，他们让阿育王在公元前 326 年加冕，并声明佛陀在 218 年前涅槃。他们把公元前 544 年定为佛陀的逝世之年，就是根据这个计算得出的。欧洲学者使用公元前 268 年这一更准确的日期作为阿育王加冕的时间，他们接受了斯里兰卡的 218 年这个数字，并重新计算了佛陀的生卒年为公元前 567 年至公元前 487 年或公元前 563 至公元前 483 年；后者的范围继续出现在许多参考著作中。然而，自 1990 年代以来，这些日期也受到了质疑，部分是基于考古证据。例如，在尼泊尔南部发掘的遗址（并非毫无争议）被确定为迦毗罗，即悉达多王子度过了他生命前 29 年的城市，却没有发现任何在公元前 500 年之前有人定居的证据（也几乎没有佛教文献中描述的大皇宫）。因此，佛陀的诞生需要及时地推进到公元前 5 世纪。这一观点得到梵文文献的支持，其中一些文献表明，阿育王在佛陀灭度 100 年以后加冕。尽管这一日期的整数是一些人怀疑的理由，但它大体上符合考古证据，最迟在公元前

367 年，佛陀就已经去世了。目前，学术界对于佛陀的确切日期还没有达成共识，除非有新的证据，否则很可能不会有共识。然而，可以说，许多学者拒绝了传统的上座部佛教给出的公元前 624 年至公元前 544 年的日期，以及公元前 563 年至公元前 483 年的修订日期，并认为佛陀在公元前 420 年至公元前 380 年之间的某个时间去世。

然而，在蓝毗尼，我们关心的不是佛陀的死亡日期和地点，而是佛陀的出生日期和地点。如果佛陀活了 80 岁，他可能在公元前 500 年到公元前 460 年之间出生。他的诞生地也仍然是争论的话题，一些考古学家把迦毗罗比定为尼泊尔南部边界附近，另一些考古学家把它比定为印度北部北方邦的皮普拉瓦（Piprahwa）。然而，关于蓝毗尼的位置没有争议，蓝毗尼是摩耶夫人在去天臂城（Devadaha）看望父母的途中停留的花园。蓝毗尼的神龛遗址距离尼泊尔迦毗罗遗址约有 50 英里，距离印度遗址约 40 英里。我们知道，从阿育王时代起，蓝毗尼就被视为佛陀的诞生地。正如他在那里的一通石柱铭文所描述的那样，皇帝在他统治的第二十年亲自到蓝毗尼朝圣，在那里树立了一根石柱和一座石栏，并为该地减税。

1000 年后，关于慧超的来访，有一个谜团是，他把这个地方叫作"迦毗耶罗"，但他描述的是几英里外的蓝毗尼。法国伟大的印度佛教学者安德烈·巴罗（André Bareau，1921–1993）提出了一个令人着迷的理论。他推测，迦毗罗很可能是佛陀的出生地。然而，当佛教僧众寻求通过朝圣来维持自己的生活时，需要将佛陀生活的事件与已经确立的地点联系起来。在印度，树木长期受到尊崇，树木的意象在佛陀的生活中占有重要地位；当他接受修舍佉供施的餐食时，被误认为是树的精灵，而且他在树下开悟。在蓝毗尼有一个古树神龛的考古证据，很可能是在佛陀出生之前的。巴罗推测，佛教徒决定把佛陀的出生地置于此处，他神秘的母亲在佛陀出生七天后去世，当菩萨从其右胁降生时，她的手握住一棵神圣的树（这棵树已经有了自己的崇拜）的枝叶。如果巴罗是正确的，我们在这里看到另一个例子，我们可以称之为佛教的"朝圣"。这个过程显然是成功的；在佛陀逝世大约 150 年之后，到阿育王造访时，人们接受了蓝毗尼是佛陀的诞生地。

当慧超到达时，那里有一座浮屠，但没有僧人；他没有提到阿育王在那里树立的石柱；石柱在 1895 年才由德国考古学家阿洛伊斯·安东·福特勒（Alois Anton Führer）发掘出来。慧超只找到了那棵树。

138

# 艺　术

佛陀诞生的雕刻（图十四）来自第六章中描述的同一套四版组合；它们描绘了佛陀生命中的四个关键时刻（每个时刻都有自己的朝圣地，慧超到访过每处朝圣地）：他的出生，他的开悟，他的初次弘法，他的灭度。这组雕刻来自古代印度的犍陀罗地区（其中包括现代巴基斯坦和阿富汗的地区）。它可以追溯到公元 2 世纪末或 3 世纪初，也就是开始创作佛陀传记的时期。这套四版组合装饰过一座浮屠，信徒们会顺时针绕塔巡礼。因此，四个场景按时间顺序从右到左排列，这意味着每一个场景的戏剧性变化也从右到左发生；信徒们会从他们的右肩上方观看这些场景。

与佛陀开悟图版不同，这一图版并没有在叙事中描绘不同的时刻。相反，未来的佛陀诞生的重要时刻包含了这三个部分。因此，在右边，两位女士在等着讨论这一场景，而一位神，也许是梵天，盘旋在天空中，他双手合十表示敬意。在左边，是因陀罗（Indra）的两位侍从，一位手掌合十，另一位右手拿着一根树枝，左手则抓着他的下巴，做惊讶状。

　　中心部分描绘了奇迹。摩耶夫人立于中央，一位女侍者在右边搀扶着她。正如故事所讲，她在省亲的途中，停下来欣赏蓝毗尼花园里一片开满鲜花的小树林。在这个故事的一些版本中，它们被称为娑罗树；在另一些版本中，它们被称为无忧树。她走进树林，抬起右臂抓住树枝。如上所述，学者们推测，这一场景是后来插入佛陀诞生故事中的，特地将其与已经存在的蓝毗尼的树崇拜联系起来，将摩耶夫人与当地的树精灵（夜叉女，yakṣī）联系起来。这样的理论得到了这幅图像的支持，摩耶夫人抓住的似乎不是树枝，而是一棵树，她的身体形成树干，叶子从头顶上长出来。在这个故事的经文版本中，她伸手去抓住一根树枝（在一些版本中，树枝垂下来触及她的手）以寻求支持。然而，在这里，是她提供了支持，她优雅的姿势进一步表明了她的稳定性。她握住的不是一根坚硬的树枝，而是一片柔软的叶子，不是为了保持平衡，而是为了让她杰出的儿子出世。

　　她右边站着一位神，可能是因陀罗或梵天。在这个故事的一些版本中，出现了四位来自大梵天（heaven of Mahābrahmā）的神，每位神抓住一张网的一个角，当婴童出世时接住他。然而，在这里，一位神站在王后近旁，拿着一块布接住孩子；其他的神——两位在上面的天空——可以参考故事中的四位神。他们也可能是四个方向的神，住在须弥山（Mount Sumeru）的四个山坡上；在该故事的一些版本中，据说他们也是来见证佛陀诞生的。

　　正如中世纪的圣母玛利亚的天使报喜画中经常出现的情形一样，救世主不是以婴儿的形式出现，而是以一个微型成人的形式出现。这幅雕刻还包括其他的与时代不符的东西。首先，婴童已经有了一个光环；这可能意味着他作为菩萨的神圣性，但更多是意味着他的觉悟，而这是在 35 年后才发生的。更奇怪的是他的头发。他不仅有一头浓密的头发，而且已经在头顶上扎成了一个发髻，这可以说是"子宫内的美发"。根据故事的标准版本，王子直到离开皇宫并剪下他高贵的长发后才采用这种发型。在这里出现的发髻可能表明，当这件作品被雕刻时，这个圆髻可能已经成为一个凸起，顶髻是大士三十二相之一，从菩萨出生起就有。婴儿独立的另一个迹象是，他并没有落入天神等待的怀抱；他似乎在伸手用布擦洗自己。下一幅图版阐释了接下来会发生什么。

据传说，小佛陀从他母亲的右胁出生后，被从天而降的溪水灌浴；在东亚的传说中，水是由两条龙提供的。小佛陀向北方走了七步，每迈一步，脚下就绽放出一朵莲花。在一些版本中，他宣称自己是世界上至高无上的，这是他最后的重生；在另一些版本中，他指着天上和地下说："天上地下，唯有我一人值得崇拜。"后一个版本在东亚很受欢迎，如图十五所示，这是一座在日本发现的鎏金铜像。再次表现为一个微型成人，再次带有顶髻，但婴童已经穿上了一条缠腰带。

根据传统历史，佛教于 538 年（或 552 年）传入日本，当时日本的钦明天皇从朝鲜半岛的圣王那里获得了一尊鎏金青铜佛像，这位圣王不是慧超的统一新罗王国的国王，而是更早的百济王国的国王，百济国一直统治朝鲜半岛西南部到 660 年。日本第一座佛寺建于 590 年前后。就在那之后不久，在 606 年，有记载显示举行了庆祝佛诞日的仪式。在 685 年时，一道诏书传遍各郡国，宣布家家户户都要有佛像。其中许多佛像是朝鲜半岛的人制作的，要么是已经在日本的朝鲜半岛移民制作，要么是朝鲜的雕刻家为此目的而带到日本的。

这个幼年佛陀造像就来自这个时期。它非常小巧，只有

140

4.5 英寸高。它很可能被用于在日本流行的一直延续到今天的庆祝佛诞日的佛教仪式。它被称为"浴佛节",这种仪式可以追溯到印度。在中国朝圣者义净到达印度的游记中,他写道:"寺庭张施宝盖,殿侧罗列香瓶。取金银铜石之像,置以铜金石木盘内。令诸妓女,奏其音乐。涂以磨香,灌以香水……以净白氎而揩拭之。然后安置殿中,布诸花彩。"[61]他接着记载说,僧侣们每天都在各自的僧房里给佛像沐浴。

正如我们在犍陀罗的第一幅图版(见第十一章)中看到的那样,早在公元前 2 世纪或公元前 3 世纪,印度就开始出现表现佛陀诞生的作品。幼年佛陀的特定形象是,一只手指向天空,另一只手指向大地,这源自印度浮雕和描绘出生场景的绘画,尽管印度没有保存下来独立的幼年佛陀造像。在中国,这一主题最早出现在石雕佛像光背的背面浮雕上。特别有趣的是来自河南省的 543 年的一个例子(现在只以拓片的形式保存),它描绘了幼年佛陀抬起右臂行走,上面的九龙吐水为之沐浴。在这里,幼年佛陀第一次宣布他的至高无上,同沐浴的场景结合在一起。[62]尽管人们认为中国在南北朝时期经常举行浴佛仪式,但留存下来的雕像很少;饶有趣味的是,没有一尊雕像描绘的是幼年佛陀抬起右手的情景。

在日本有记载的第一次举行这一仪式(被称为"灌佛会")是在 606 年,就在这尊造像制作之前不久。这是在传统的佛诞日(中国农历的四月初八,日本人在 1873 年之前一直使用农历)。事实上,佛利尔美术馆 7 世纪的图像藏品具有相当重要的历史意义,因为其古老性,可以追溯到日本佛教艺术最早的时期之一;它是佛利尔美术馆收藏中最古老的日本作品。拉长的面部特征和服装的风格化褶皱,用一条双线绳系在腰部,这些与日本已知的最早的爱知县正眼寺的佛像非常相似。

沐佛仪式包括在佛像上浇水,以纪念双龙吐水浴佛。根据奈良时代的历史文献，奈良所有主要寺庙都举行了大规模的仪式。它在平安时代受到更大的欢迎，当时它成为宫廷里一年一度的盛事。如今，这一仪式在佛教世界广泛进行，孩子们有时会将水浇灌在佛像上，这些雕像远比这座相当朴素的幼年佛像圆润丰腴，也更像蹒跚学步的幼儿。我们可以想象，慧超，作为一位在中国的年轻僧侣，常常洗浴自己的小佛像。

## 延伸阅读

Heinz Bechert, ed. , *When Did the Buddha Live?: The Controversy on the Dating of the Historical Buddha* ( Delhi: Sri Satguru, 1995).

Patricia Karetzky, *Early Buddhist Narrative Art: Illustrations of the Life of the Buddha from Central Asia to China, Korea and Japan* ( Lanham, MD: University Press of America, 2000).

Donald F. McCallum, *Hakuhō Sculpture* ( Seattle: University of Washington Press, 2012).

Washizuka Hiromitsu, Park Youngbok, and Kang Woo-bang, eds. , *Transmitting the Forms of Divinity: Early Buddhist Art fom Korea and Japan* ( New York: Japan Society, 2003).

# 八 舍卫城

## 佛陀奇迹之城

学者们推测，慧超的日记有三个部分：一部分是从他的祖国新罗到中国，继而到印度的旅程；一部分是他在印度、中亚和阿拉伯半岛的旅行；一部分是他返回中国的旅程。这三个部分中只有第二部分留存下来，即使它是残卷。学者们认为文本的起始部分是他对舍卫城的描述。这是佛教世界中最神圣的地方之一，佛陀在那里生活过多年；据说他在城里度过了 25 个雨季。他在这座城的祇树给孤独园里讲授了多部佛经，该园是他最著名的俗家弟子和供养人给孤独赠予他的礼物。

慧超没有提到这些，而是描述了裸体的印度苦行僧："赤足裸形外道。"因此，学者们推测，他对这座城的描述只剩下最后这一句。在文本的其他地方，他将舍卫城列为"四大塔"的所在地之一，暗示他知道那里发生的神奇事件。

## 故　事

在王舍城，居住着六位反对佛陀的大师。他们的名字是富兰那·迦叶（Pūraṇa Kāśyapa）、末伽梨·俱舍罗（Maskarin）、删阇耶（Saṃjayin）、阿耆多·翅舍钦婆罗（Ajita Keśakambala）、迦罗鸠陀·迦旃延（Kakuda Kātyāyana）和尼干子（Nirgrantha）。他们所憎恨的事实是，他们不再像佛陀到来之前那样受到国王、大臣、城市居民、村民和商人的崇敬与尊重，接受各种各样的供养。现在正是佛陀，赢得了尊敬，接受了供养。为了夺回他们先前的地位和支持，他们决定向佛陀挑战，发起一场奇迹竞赛。

在得知他们的计划后，魔罗——佛陀的复仇之神，秘密地赋予了这六个人飞行能力，还让他们能够施放雷、雨和电。六位大师由此相信他们拥有超人的力量，可以打败佛陀。他们去拜会摩揭陀国的瓶沙王（也是佛陀的朋友和供养人），宣布了他们的计划。国王试图劝阻他们，告诉到访者除非他们想变成尸体，否则不要去挑战佛陀。他拒绝让这样的比赛在他的王国里举行。

此时，佛陀反馈说，正是在王舍城，过去佛为众生的福祉创造过奇迹。因此，佛陀决定在僧侣的陪同下，前往王舍城。当他抵达后，他住在给孤独园。听闻他的到来，六位大师来见憍萨罗国（Kośala）的波斯匿王（Prasenajit），请求他准许挑战佛陀，举行一场奇迹竞赛。在作答之前，国王拜谒了佛陀，告诉他挑战之事，表示他希望佛陀接受挑战，打败六位大师："愿世尊降服外道；愿世尊不负一切天人；愿世尊使有德信众之善心善灵欢喜。"

佛陀回答说："伟大之王，吾不欲授法于吾众弟子，并谓之曰：'前去，众僧，凭借超人之力，为汝所遇到之婆罗门及供养人造超人奇迹'；但吾将教导诸信众：'受活，众僧，隐藏汝之善行，昭彰汝之罪孽。'"

所有的佛陀都会做十件事：一位佛陀不会进入最后的涅槃，（1）只要他没有预言另一个人有朝一日会成为佛陀；（2）只要他没有激励另一个人成为佛陀；（3）只要一切本该皈依于他的人尚未皈依；（4）只要他的寿命尚未超四分之

148

三；（5）只要他没有把自己的职责托付给别人；（6）只要他没有指定两个门徒为首座；（7）只要他没有从须弥山巅的天上降临到僧伽施；（8）只要他和他的门徒们聚集在阿耨大池，他尚未没有阐释他以前的行为；（9）只要他尚未让他的父母也接受真理；（10）只要他没有在舍卫城展示一项伟大的奇迹。因此，当波斯匿王再三请求他时，佛陀同意了，说他将在七天后展示一项伟大奇迹。国王答应为此建造一座大帐。他回到城中，告诉六位大师，佛陀接受了他们的挑战。

波斯匿王有一个弟弟，名叫迦罗（Kāla），也是佛陀的弟子。有人告诉国王，迦罗引诱了他的一个女人。在没有确定这是谎言的情况下，脾气火爆的国王命令士兵砍掉他的手脚。他们把他丢弃在大街上。六位大师走过来，打算用他们的法力治愈他，但后来又决定不救，因为迦罗是佛门弟子。佛陀知晓这一非难，派他的侍从阿难去修复王子的肢体，通过一个真实的行为，一个真实的陈述，他的话语具有神奇的力量。迦罗不仅完好如初，而且获得了一种叫作永不回头的开悟状态，成为一名高僧。

七天过去了，国王和城里的数十万民众聚集在他为佛陀搭建的那座大帐前面；六位大师来到他们为自己建造的一座建筑前面。国王派出一位年轻人邀请佛陀前往。佛陀接受了邀请，以从空中飞回的方式把这位年轻人送回国王身边。波斯匿王指出，佛陀刚刚展示了奇迹，但六位大师回答说，由于佛陀不在那里，所以不能说他展示了奇迹；奇迹有可能是人群中的任何人创造的，也包括他们。佛陀随后让国王为他建造的大帐被火焰吞没，但这座建筑没有受损。六位大师再次拒绝承认佛陀创造了奇迹。然后，佛陀让整个世界洒满了金光。继而，他让他的两位僧侣从遥远的土地上取回异域的植物。接着，他把脚放在地上，引起了大地震动："东部下沉，西部升起；南部升起，北部下沉；然后发生反向运动。

149

中心上升，周围下沉；中心下沉，周围上升。日月熠熠闪
耀。出现种种奇异幻象。空中诸神，散布于世尊之蓝红两色
圣莲之上，以及木槵、檀香、多伽罗、月桂树叶和曼荼罗神
圣花朵的花粉之上。他们都让自己的神器高声作响，并且让
僧袍如雨飘落。"

直到那时，佛陀才进入波斯匿王为他建造的大帐。佛陀
的几位门徒，包括僧人和居士，都提出要接受这六大师的挑
战，但是佛陀回答说，因为他们挑战的人是他，所以他必须
亲自回应。

佛陀随后进入禅定状态，消失不见了，既而重新出现在
西边的天空中，呈现行、立、坐、卧四种姿势。他身体里发
出彩色光芒。水从他上身射出，火从他下身喷出。然后他在
天空中的其他三个方向重复同样的奇迹。回到座位上，他
说："伟大之王，此法力为如来一切门徒所共有者。"

接下来，成千上万的神从天上居所降临，绕佛三匝，匍
匐在他脚下。两位龙王造出一千瓣莲花，大小相当于战车的
轮子，它们都有黄金的叶子和钻石的茎柄。佛陀坐在莲花中
央，入定冥思，在他的上方和四周创造出自己的分身，飞升
到天空中。他们呈现为四种姿势，产生火、雨、电，有的提
问，有的作答。他们都在重复这两节话：

> 汝其行之，离开［家门］，遵循佛法；
> 消灭死神之师，仿若大象踏破苇屋。
> 在佛法佑护之下者专心前行，
> 自生死轮回之世解脱，永离苦海。

150

他告诉僧侣们，他的分身即将消逝，他们立刻就不见
了。在谈到六大师时，他说："但若太阳不出，小虫即会发
光；太阳一旦升起，小虫即被光遮蔽，不再发光。"

波斯匿王随后邀请六位大师展示他们的奇迹，但是他们起身逃跑了。佛陀随后讲授佛法。"最终，一切集会众人悉为佛陀吸引，投身佛法之中，纷纷剃度为僧。"[63]

# 解　说

熟悉佛陀被描绘成一位理性主义哲学家、严肃而有道德的非暴力导师的读者，很可能会被发生在舍卫城的惊人奇迹所迷惑。对于佛陀这种特定的描绘是最近才出现的，起源于19世纪，主要来自欧洲而不是亚洲。尽管如此，我们还是有理由感到困惑，因为佛教徒对所谓奇迹和法力的态度并不简单。

在佛教僧侣戒律中，有四宗罪可被判逐出佛门：杀人、偷窃、交媾和诳语。第四种罪过在许多方面与其他三种不同，最明显的是因为前三种罪过是一种身体行为，而诳语只是口头上的。诳语，至少在某种程度上，在日常生活中也更为常见，这意味着更难遵守不说谎的誓言。然而，在僧侣戒律的语境下，谎言有一个特殊的条件：它只适用于关于精神成就的谎言，或者用戒律的话来说，关于拥有超能力的谎言。在这种语境中，这些能力包括深度禅定状态、记忆前世的能力、千里眼和顺风耳，以及更为世俗的力量表现，如创造分身、穿墙之术、水上行走和空中飘浮。

与所有戒律法规的情况一样，制定规则并不是为了防止还没发生的事情。因此，反对声称拥有超能力的规则表明，在早期的佛教僧众中，有些声称拥有超能力者并不具备超能力，而且这一言论被认为是极为危险的，因此有理由将其视为违反了应被逐出佛门的四大戒律之一——另外还有大约250项犯戒行为。

佛教僧人戒律中诸多令人着迷的元素之一是，根据传统，它不是作为一套完整的规则强加给寺院僧众的。佛陀的第一弟子很快就达到了四个觉悟层次之一，因此自然是合乎道德的，因此不需要任何规则。只有到了僧众开始发展时，仪轨戒律才变得必要。然而，即使在那时，佛陀也只有在他认为是犯戒之后才制定了一个规则。也就是说，在某一特定行为被定为犯罪之后，才制定出了律法。为了公平地对待犯戒者，佛陀并没有将其逐出佛门，因为在他做这些事的时候没有任何规则。僧侣戒律，至少正如传统所描述的那样，是这样有机地发展起来的，每一条规则都有一个关于导致它产生的事迹的故事。第一条规则是禁止交媾，这是在一位已婚的僧侣回到妻子身边为他的家族提供一位子嗣之后制定的。

在律典中，谎称拥有超能力将被逐出佛门。然而，一项反对谎称拥有超能力的规则表明，这种力量是存在的。因此，在僧侣戒律中，也有一条规则，禁止在没有正当理由的情况下展示超能力；违反这条规则被认为是一项较轻的罪过。下面是佛陀如何制定这条规则的故事。

据说宾头卢（Pindola）是因为贪吃而出家的，他看到了僧侣们在乞讨钵中得到的丰盛供养食物。出家以后，他以端着一个特别大的钵盂而闻名。但他坚持修行，成了罗汉。在王舍城，一位富有的商人拿出一个檀香木做成的施舍钵（因此非常值钱），把它放在一根长杆子上，发愿将把它赠给任何一位当时的苦行僧，前提是如果他们能够利用自己的法力取走它。一群并非佛教徒的苦行僧试了一下——事实上，他们是外道六大师，佛陀后来会在舍卫城击败他们——但失败了。在另一位僧侣的怂恿下，宾头卢利用可在空中飘浮的法力取走了钵盂，然后在城市里绕了三圈。佛陀听说这个奇迹后，斥责宾头卢为了一个如乞讨钵一样平凡的东西使用自己的法力，并命令把钵盂碾成檀香粉末。他还禁止宾头卢涅槃，直到未来佛降临。宾头卢由此成为在东亚受到尊敬的十六罗汉之一（见第六章）。

152　　　因此，僧侣不能声称自己拥有其并不具备的超能力，而拥有这些力量的僧侣也不能为了愚蠢的目的而展示它们。然而，佛陀显示出同样的力量，更多的是——空中飘浮，创造分身，从他的身体里喷射火和水——击败对手外道六大师。这显然不是一种犯戒，因为这些超能力是由佛陀展示的，也因为他这样做的理由并非愚蠢。他的奇迹使许多人皈依佛法，并保持了国王的供养。事实上，在著名的佛教教义简编——4世纪僧侣世亲编纂的《阿毗达磨俱舍论本颂》中，我们发现了三种"皈依法"：法力、了解他人思想、传授佛法。其中，第三个是最佳的。正如世亲所解释的，"前两种方法只能在短时间内吸引持另一种思想的人，而且它们不会产生任何重要的结果。但是，第三种皈依的方法会使其他人产生有益的结果；因为通过这种皈依的方法，授法者实际上教会了救赎和喜乐的方法"。[64]

　　当我们思考佛陀辞世以后几个世纪里佛教在印度的命运时，我们知道它对宫廷和世俗支持的依赖性很强。我们也知道，佛教僧众为了获得支持必须与各种印度传统竞争。佛教僧侣卷入与印度教哲学家的学术斗争达数百年。佛教史上许多最伟大的思想家，如清辨（Bhāviveka）、法称（Dharmakīrti）和寂护（Śāntarakṣita），针对印度教声称的吠陀的永恒性、造物主上帝的存在、种姓制度的神圣性，进行了猛烈的文本攻击。尽管有印度教领袖和他们的弟子在被佛教大师击败后集体皈依佛教的故事，但这些学术交流对僧伽的命运意义可能相对较小。更重要的是佛陀的神奇法力。由此，舍卫城的故事有一种特殊的力量，因为佛陀接纳所有来者。所以，所有反对佛陀和佛教的人都被浓缩成六位漫画式的人物，一个在故事中反复出场的群体。佛陀升至空中，上身射水，下身喷火，创出分身，并且彼此交谈，这时六大师落荒而逃。

# 艺 术

　　第一件（图十六）与第四章讨论的佛塔雕刻一样，来自公元前 2 世纪帕鲁德的窣堵波建筑群。一道两面雕刻华美的围栏，曾经环绕着该地的窣堵波。第四章中的那一件和这一件是一块雕版的两面，虽然现在裂为两半，但曾经是围栏的完整构件。这件雕刻很可能是朝向佛塔的一面。

　　如第六章所述，在早期佛教艺术中，并不是将佛陀描绘成人的形式。相反，我们看到一棵大树之下的一尊空宝座代表他的觉悟，一个转轮代表他的弘法，一座浮屠代表他的涅槃。在第四章里，浮屠很可能不代表佛陀的离世，而是显示了佛陀辞世之后一种真正的浮屠崇拜。然而，在这里，雕刻中心部位的轮子似乎代表活着的佛陀。雕刻上有一处铭文——虽然不是完全能辨认清楚——显示它是由虔诚的佛教徒供施给佛塔的。

　　在舍卫城的奇迹故事中，憍萨罗国王波斯匿王去见佛陀，告知对手向他挑战一事。在这里描绘的场景中，一对皇室夫妇去拜访佛陀，可能是在舍卫城的祇园精舍。如同第六章佛陀开悟的场景一样，石雕试图描绘叙事展开过程。正中是法轮，立在两层结构中一个撒满鲜花的宝座上；花环挂在它的中心。在佛教的话语中，当佛陀讲道时，他被说成是"转法轮"。他的第一次弘法——阐述了中道、四谛、八正道——称为"初转法轮"（巴利语为 *Dhammacakkappavattana*）。轮子的意义尚不完全清楚。学者们认为，这是对转轮王的法轮的改编，那是一个在全世界滚动的轮子，征服了它所到达的土地。当悉达多王子降生时，宫廷占星家预言他要么是一位转轮王，要么是一位佛。他成为佛陀，但是像转轮王一样，他有一个法轮，他用讲法来转动它，它的运动传达出真理。

153

4世纪的学者世亲回忆起转轮王的征服之轮，解释说，佛法是一个轮子，因为它驯服未驯者，克服苦难。当佛陀第一次提出四谛，向他的门徒传达关于觉悟的思想时，它就启动了。

这幅雕刻的场景右侧，一位国王乘坐一辆由两头公牛拉着的大车到达。他靠右站在车里，右手举起，头部被阳伞遮住。他左边是他的车夫，手里牵着缰绳。与印度佛教艺术中常见的顺时针方向运动一致，雕刻的左侧似乎表现的是国王一行最终穿过寺院大门。名副其实地站在队尾的，是马的尾部，骑手的头已经从门下经过，从最左边可以看到。在前面，队伍中的一头大象上前去卷住寺院园林里一棵树的树枝，它的象鼻往回倾卷；艺术家用大象和高耸的树干来表示空间和深度。因此，我们必须想象一个长长的队伍，由国王的大车引领，经过左边的大门，首先顺时针绕着佛陀（以轮子为象征），然后停下来让国王和他的王后（想象在他身后的另一辆车里）下马向佛陀致敬。他给他们的教诲是通过使用法轮——一个对他的教诲方式的隐喻和标志——作为佛陀的代表，而不仅仅是一尊空宝座或其他类似象征。因此，这一场景的活动似乎暗指在舍卫城发生的事件，以及波斯匿王的虔诚信仰的典范行为。

在中央部位，两个人——也许是国王和王后——站在法轮两厢，双手合十表示敬意。在他们面前，有两个人虔敬地跪在宝座下面。就像第四章中的夫妇崇拜窣堵波一样，两个站着的人和两个跪着的人很可能代表的不是四个人，而是两个人在两个不同时刻的两种不同姿势。值得注意的是，这两个跪着的人似乎都没有戴站着的人那样的头饰，好像他们在向佛陀下跪之前摘下了头饰一般。事实上，这一场景似乎描述的是佛教经文中记载的一位国王的造访：

他一放下五种王权的标识，也就是头巾、阳伞、匕

154

首、牦牛尾制成的拂尘和各色彩鞋，就朝世尊走去，走
到他近前，用头触碰他的脚，向他敬礼，然后坐在一
旁。世尊眼见国王坐在旁侧，就开始讲论律法以教导
他；他使国王领受律法，他唤起热心，满心欢喜；在以
不止一种方式讲论律法以教导他之后，在使他领受律法
之后，在使他唤起热心、满心欢喜之后，他陷入静默。[65]

慧超似乎访问过舍卫城；他提到该地是他所亲睹的"八
塔"之一的所在地。第二件（图十七）来自一个非常独特
的地区，在舍卫城的遥远西北方，然而慧超以自己的方式返
回中国时也途经了这一地区。它是克孜尔壁画的一部分残
片，克孜尔是龟兹王国木札尔特河（Muzart River）沿岸雕
凿在砂岩峭壁之上的 200 多个洞窟的综合体，龟兹王国是丝
绸之路上佛教艺术和佛教修行的主要中心，位于今天中国的
新疆维吾尔自治区。克孜尔石窟壁画是佛教界的艺术瑰宝，
在重要性上仅次于敦煌石窟。汉文文献记载，公元 4 世纪中
叶佛教在该地存在，尽管佛教很可能在克孜尔确立得更早。
那里佛教活动的高潮似乎出现在 7 世纪，即玄奘来访的时
期。后来，由于未知的原因，这些洞窟被废弃了。

现在新疆有 13 处石窟寺遗址，包括著名的柏孜克里克
千佛洞，仅克孜尔就有二百三十六窟；这些石窟似乎既是寺
庙，又是僧侣的居所。那些用作寺院的往往有壁画，而那些
用作住宅的却并非如此。因为慧超到访了龟兹，他大概也巡
访过克孜尔；但是，和他访问的许多其他地方一样，他没有
提到该地最著名的佛教遗址。玄奘在前往印度的途中也访问
了那里，他指出那是说一切有部的一个主要中心，说一切有
部是一个重要的佛教流派（即非大乘佛教），尽管在该地发
现的桦树皮写经表明也存在大乘佛教，也许时期更早。

克孜尔石窟是慧超时代佛教国际性的宏伟证明，其壁画

汇集了印度、波斯和中国的影响。慧超却全然没有提到它们。然而，后来的一些朝圣者看到了克孜尔壁画在历史上和艺术史上的重要性。1902 年至 1914 年，有四支德国探险队前往克孜尔，由阿尔伯特·格伦威德尔（Albert Grünwedel，1856－1935）和阿尔伯特·冯·勒柯克（Albert von Le Coq，1860－1930）率领。他们掠走了大部分壁画，将其运往欧洲。最大的一些，有不少保存在柏林民族博物馆（Museum of Ethnology in Berlin），毁于第二次世界大战期间盟军的轰炸。这里的残片已确认来自勒柯克领导的第四次也是最后一次探险；它随后被约翰·盖拉特利（John Gellatly）获得并捐赠给史密森学会。

克孜尔其中一个最引人注目的石窟一定是第二二四窟。它面朝东南，可通过一个长方形的前厅进入。筒形拱顶的主厅，特色是有一个巨大的中央支柱，将其与近似穹顶的后厅隔开。根据放射性碳年代测定和对各种风格元素的分析，学者们确定了第二二四窟壁画的年代为 6 世纪末或 7 世纪初。

通过对保存在原位和各个博物馆中的残片进行检查，确定了石窟壁画的图像工程描绘了许多强有力的场景，包括佛陀的火化和分发佛舍利、编纂佛经以及著名的弑父者阿阇世王的故事。还有描绘未来佛——弥勒佛的场景。

主厅的侧壁有两个梯度，展现佛陀向会众讲道，每个梯度有 4 幅；因此一共有 16 个场景。这幅残件显示了两个相邻场景的一部分：第 7 个场景中的左侧是佛陀的右半部分，第 8 个场景中的右侧是佛陀的左半部分，都在洞窟西墙的较低的区域。这件残片，石膏上有灰泥和颜料，大约 33 英寸高，30 英寸宽。左边，一位衣着袒露的女人正在跳舞；她的大腿不见了，但在下面可以看到她交叉的腿。她可能是解怨母（Śrīmatī，巴利语为 Sirimā），一位富有的妓女和佛陀的供养人。在她死后，佛陀把她的尸体展示给一个爱上她的年轻僧人，作为无常和痛苦的一课。解怨母不会在佛陀面前跳舞。如果这真的是她，这说明壁画中有一个不寻常的元素，佛陀描述的人物在他周围的场景中复活了。在跳舞者旁边，是一位手擎蓝色钵盂的女人。右边，一位留着胡须的僧人，穿着一件百衲衣，手里拿着一根禅杖。他的胡须和突出的肋骨表明他可能是一位苦行僧。同样的僧人出现在最右边，正向佛陀跪拜。其他僧侣和神灵的头部也可见。这幅画的色调偏冷，有大块的蓝色和绿色，暗示其可能受到波斯的影响。

这些在两个不同场景中围绕佛陀弘法的集会或受众的残片表明，弘法场景中显然有叙事元素——我们习惯了保留下来的叙事描绘以佛陀此生和前世的事件为主，但在这里似乎故事是围绕着正在讲法的佛陀展开的。[66]

佛陀的话语以一套固定模式开始。总是以"如是我闻"开头。这句话是佛陀的堂弟和侍从阿难说的，他在被称为第一次结集的会议上向集会僧众报告，当时佛陀刚去世不久，五百罗汉聚集在一起记诵老师的教诲。接下来，阿难报告时间和地点。在许多情况下，这句话是："一时，佛在舍卫国，祇树给孤独园。"然后，阿难报告有谁在场听讲，往往告诉他们那里有多少人，并按名字列出显赫人物，诸如佛陀最著名的弟子。当慧超听到这些经典或看到雕刻和绘画中描绘到它们时，他会回忆起它们的所在地。

在克孜尔的壁画中，有许多关于佛陀弘法的描绘和对其论述内容的表现，其中许多发生在舍卫城。这座印度中部的主要弘法和奇迹之地被描绘到那些中亚石窟的墙壁之上。因此，尽管舍卫城很远，但它形成了隐含的背景。

作为众多重要弘法和佛陀生活中最著名奇迹的明确发生地，舍卫城对佛教的神圣地理至关重要。作为印度的一处朝圣地，它是一个纪念那些弘法和奇迹，向创造这一切的佛陀致敬的地方。但是，每当一部经典的开头把它作为一处地点

157

提到时，它在声音上也会被复制。每当奇迹被绘画或石刻描绘时，它在外形上也会被复制。因此，这座圣城在佛教世界中不断"繁衍"和传布。如果没有一个特定的图像，那么舍卫城反而是含蓄的，因此可以采取多种形式：它是帕鲁德浮雕中的神龛；它是佛陀众多分身显现的天空；它是克孜尔壁画中布道场景背后的留白。

因此，在慧超去了舍卫城之后，他会在归家的旅程中一次又一次地与它重逢，无论是经过龟兹，前往敦煌、长安的路上，还是最终在多年以后前往五台山。他是一位少有的真正参拜了舍卫城的朝圣者，我们可以想象，在黑暗的洞窟里，这些生动的壁画会像在梦中一样，把他带回舍卫城，一次把他带到佛陀面前的穿越时空的旅程。

## 延伸阅读

Vidya Dehejia, *Discourse in Early Buddhist Art: Visual Narratives of India* ( New Delhi: Munshiram Manoharlal, 1997).

Miki Morita, "The Kizil Paintings in the Metropolitan Museum," *Metropolitan Museum Journal* 50, No. 1(2015) : 114 – 135.

Giuseppe Vignato, "Archaeological Survey of Kizil: Its Groups of Caves, Districts, Chronology and Buddhist Schools," *East and West* 56, No. 4( December 2006) : 359 – 416.

# 九 僧伽施

## 佛陀从天而降

　　四，三道宝阶塔，在中天王住城西七日程，在两恒河间。佛当从刀利天变成三道宝阶，下阎浮提地处。左金右银，中吠琉璃，佛于中道，梵王左路，帝释右阶，侍佛下来。即于此处置塔，见有寺有僧。[67]

　　从曲女城出发——在印度北方邦，现在叫卡瑙杰（Kan-nauj）——慧超行走了七天后来到僧伽施，这里有佛陀生活中最戏剧化的场景之一，被称为"众神降临"。

## 故　事

　　佛陀的母亲摩耶夫人在他降生七日后离世。根据某些记载，她诞下如此奇妙的孩子，喜极而亡；根据另一些记载，因为她的儿子背弃世俗并将在29年后离开皇宫，她心碎而死；还有记载说，她死去是因为曾经容纳菩萨的子宫永远不能被别人占据。由于她诞下未来佛陀这一伟大美德，她在兜率天重生为一位天神，她的儿子当初就是从兜率天降临到她的子宫里的。

　　开悟后的第七年，佛陀认为他的母亲应该从他的弘法中受益，因此开始寻找她。在僧侣们不允许出行的雨季静修期间，他登上了位于世界中心的高峰——须弥山之巅。它的四面都十分宽阔，每一面都是用不同的宝石制成，磨光到精美绝伦：北面是金的，东面是银的，南面是天青石的，西面是水晶的。太阳的光芒，照射在四个面上，使天空在每个主要方向上都呈现不同颜色。因为我们住在大山的南边，所以我们的天空是蓝色的。须弥山上很宽敞，山顶是三十三天切利天的所在地，三十三位天神和他们的随从居住在这里，被他们的王者因陀罗（佛教中也称为帝释天，Śakra）统治。

每天，佛陀都会使用他的法力，飞到三十三天切利天，在那里他会见到他的母亲——现在是一位男性神——他从兜率天降临于此聆听他的传法。佛陀并没有向他的母亲和三十三位天神阐明他的讲义中两个著名的部分：法或教义以及戒律或准则。他讲授了一些他以前没有宣讲过的东西——阿毗昙——一个很难翻译的词，可写作"更高的法"，这将成为佛教经典中最为精深的教义。

佛陀比众神高明，他的一个称号是天中天（devātideva），意为"众神之神"，但他也是一位僧人，受到他自己制定的僧侣律则的约束。因此，他每天都要回到地上乞求施舍。因为他把更高的教诲传授给神而不是人类是不恰当的，由于他每天正午都在吃饭，所以他的最聪慧的弟子舍利弗（Śāriputra）会来见他，佛陀也会重复他在须弥山巅的教诲。即便在 90 天的雨季静修中，这种情况每天也都在继续。

最后，当传法至尾声，雨季也行将结束时，佛陀回到人间的时候到了。为了庆祝这个吉祥的时刻，两位最强大的神——三十三天切利天之王帝释天和须弥山上空的梵界之王梵天——建造了一个奇妙的阶梯，实际上是三道阶梯：右边的一个为银制，中间的由七宝制成，左边的一个为金制。两位天神和众神之神一同降临：梵天自银梯下，帝释天自金梯

下，佛陀从七宝梯下。这座神圣天梯接触大地之处，即众神
降临人间之地，就是僧伽施。

在佛陀最终返回大地时，神圣天梯沉入地下，只剩七级
台阶。几个世纪后，当阿育王造访僧伽施时，他命令他的部
下深掘地面以使天梯显露出来。然而，不管他们挖得有多
深，他们都挖不到底。皇帝在七级台阶上建造了一座寺院，
上面有一尊佛像，高五十腕尺。[68]

因此，僧伽施成为朝圣之地，确实是"八塔"之一，非
常有名，以至于以另外一个名字天降塔（devāvatāra）而为
人们所知。法显和玄奘都到访过这里；慧超很可能知道他们
的记载。

## 解　说

佛陀在须弥山上的三十三天忉利天中逗留的故事有几个
目的。第一个也是最明显的是，它让佛陀履行他的孝道。如
果未来的佛陀从兜率天俯瞰世界，在人间所有的女性中选择
摩耶夫人做他的母亲，然后在他出生后的 7 天让她死去，拒
绝让她得到佛法的益处，这似乎是不妥当的。她动身去了她
儿子 10 个月前下凡的忉利天。因此，在他觉悟 7 年之后，
他登上世界之巅，向她传授佛法。

他教她的佛法是阿毗昙——还可翻译为"更高的法"和
"附属于法"——是佛教正典集成的大藏经（tripiṭaka）中的
第三种。大藏经有三个类别：经，或佛陀的论述；律，或
"戒律"，关于僧侣准则的总汇；阿毗昙，包括可以称为
"哲学"的著作，分析外部世界和意识功能的各种构成部分。
然而，没有历史证据表明佛陀曾讲授阿毗昙。它似乎是在他
死后演变而来的，佛陀的追随者们试图将佛陀 45 年间对他
们的教诲和启示体系化，形成一个连贯的整体。不过，如果

165

阿毗昙可以算作大藏经的组成部分，那么它一定是佛陀的话。我们的故事解决了这个难题。没有证据表明佛陀传授阿毗昙，因为他没有在人间传授，而是在天上传授。在雨季里，当他向三十三位天神传法的时候，他每天下来乞讨他的日常饮食时，只把一些梗概讲授给他最聪明的弟子舍利弗。守护着阿毗昙的正是舍利弗，以及他的弟子即学者僧侣们这一脉。佛陀造访忉利天的故事还有一个重要的目的，它在东亚变得尤为重要。这个故事包括一个小片段，慧超肯定知道它。

没有历史证据表明佛像是在佛陀死后几个世纪才制作的；考古记录中没有可以追溯到公元前 1 世纪——也就是他死后大约 3 个世纪——之前的造像。事实上，一个多世纪以来，佛像的起源一直是艺术史家争论不休的话题，一直持续到今天（见第六章）。然而，佛教的真实性和神圣性在很大程度上都源于世系，源于通过历史或神话追溯佛陀自身起源的能力。这种世系是一种感官的联系线索：从面对面瞻仰佛陀，到聆听到他的话，再到触摸他的舍利或包含这些舍利的圣骨匣。因此有很多关于佛像在佛陀有生之日就已制作出来的故事，佛陀为佛教世界一些最著名的形象摆姿势的故事，其中包括缅甸的大金佛和拉萨大昭寺的佛像。有这样的故事：佛陀摆好姿势，艺术家们画他的倒影，因为当他们直视他时，会被他的光辉所蒙蔽。

一个故事首次出现在公元前 4 世纪晚期的汉文译本中，并在后来的汉文作品中被详细阐述，它解释了所谓的第一个佛像的起源。憍赏弥国王优填王（Udayana），是佛陀的虔诚信徒，他如此虔诚以至于无法忍受在雨季见不到佛陀，于是他在须弥山上度过雨季。因此，国王找到了僧侣目犍连（Maudgalyāyana），他是舍利弗的密友。正如舍利弗的智慧冠绝所有僧人，目犍连的法力也超越所有僧人。国王让他

施法把一块 5 英尺高的牛头旃檀（一种特殊的芳香而珍贵的
檀香木）和 32 位艺术家送到三十三天忉利天。艺术家们将
雕刻一尊佛像，每个人负责描绘刻画装饰佛身大士三十二相
之一。完成后的雕像被送回人间，并呈献给优填王。这尊佛
像，显然是坐姿，当佛陀返回僧伽施时，它就摆放在天梯脚
下。佛像在佛陀降临时站起身来，变成立姿。根据玄奘的说
法，佛陀问佛像："教化劳耶？开导末世，实此为冀！"[69] 根
据另外一些记载，佛陀轻轻拍了拍佛像的头，预言佛陀涅槃
1000 年后，佛像就会在中国，为诸神和人类带来恩惠。

　　玄奘在印度的行记说，他看到了这尊佛像。值得注意的
是，法显并未看见，这表明这尊佛像可能是在法显 412 年离
开之后、玄奘 630 年到达之前的某个时间制作的。玄奘在憍
赏弥国的一座寺院里观看到后来被称为优填王大佛的佛像，
并说："灵相间起，神光时照。"[70] 他说，许多国王曾试图将
它运回自己的国家，但一直未能做到。此外，玄奘还记载
说，他在中亚绿洲王国于阗国看到了一尊 20 英尺高的檀木
佛像。人们告诉他，这就是优填王下令制作的原始雕像，并
且雕像是从印度飞来的。[71] 有许多关于这尊佛像或其复制品
的故事，其中就有伟大的翻译家鸠摩罗什把它带到了中国的
故事。作为在中国受到学术训练的朝鲜僧人和伟大朝圣者的
后继者，慧超无疑知晓这些关于优填王大佛的故事。

167

　　日本朝圣者奝然（938—1016）在中国旅行期间，在开
封看到了据称是印度原始雕像的复制品。他雇用工匠来复制
这个复制品，然后在 986 年把它带回了日本。在后来的故事
版本中，不仅复制品实际上是印度雕像的原件，而且在奝然
的复制品制作完成之后，复制品和原件神奇地换位，使得原
来的优填王大佛不在印度或中国，而是在日本。这尊雕像今
天供奉在清凉寺，因此被称为清凉寺佛。

　　这个故事显示出佛教世界的一些关键要素。首先，也是

最明显的，是佛像的重要性。而其次，是需要一个与佛陀本人有直接关系的形象。在这种情况下，佛陀在须弥山逗留期间为他的造像摆好姿势。此外，佛陀的真像要传遍佛教流布的每个地方，这一点也很重要，我们经常说"佛教的传播"，其实我们指的是远行的个别僧人。他们往往携带两样物品：经文和佛像，佛陀的话语和佛陀的真身。这对朝圣有着至关重要的意涵；佛陀来到你面前而不是你去佛陀那里，佛像供奉在你自己的土地上的寺院里；遥远的佛陀回来了。

# 艺 术

第一件（图十八）是一尊立佛，一件杰作，尽管它的头不见了。它来自笈多王朝（公元 320 年至公元 485 年），那是印度佛教艺术的黄金时代。秣菟罗是南北和东西商路交叉口上的一个主要贸易枢纽，它的财富使其成为佛教供养和艺术生产的中心。这座雕塑是由该地区特有的上等砂岩制成，这也为其艺术中心的声誉做出了贡献。它有 53 英寸高，说明整座雕像是真人大小的。

尤其值得注意的是长袍上面雅致的褶皱；事实上，这位艺术家准确地描绘了一位佛教僧侣的服饰，他穿着一件低长袍，系着一条腰带，外面裹着一件完整的罩袍；腰带和低长袍都可以看得见。佛陀正用左手提起袍子的下摆，右手抬起，很可能是与愿印。在佛陀双足的侧面，可以看到两个人的腿，他们跪在地上向佛陀礼拜。

168     这件作品展示了笈多时期秣菟罗的艺术创作所特有的本土创新风格与传统风尚的融汇。尽管笈多艺术家试图放弃他们的贵霜前辈占有主要地位的传统，但犍陀罗（见第十章）的作品以其优美的线条，与秣菟罗地区早期作品一起形成的持续影响，在独具特色的笈多风格的发展中显而易见。因此，这尊佛像两肩都覆盖衣物，这是典型的犍陀罗，并且特别注意佛陀肉体的丰满特质，这是典型的秣菟罗。然而，身体比例的拉长和罩袍匀称的褶皱之精美，显然是与过去的艺术决裂并转向了一种新的艺术认同，这些褶皱被描绘成了涟漪状的线条。

人们可以想象，这座雕塑的头部被一个光背环绕，精心雕刻上万道金光或大莲花瓣，围绕着浓密的旋涡状的叶子和植物图案。这张脸本来会有平衡和对称的特征，由一双大而眼皮重垂的眼睛固定，他的双目向下凝视，表情内敛。在它们上面，弓形的眉毛会与新月的形状相呼应，新月是佛陀拥有的大士"八十随好"之一。此外，规定的"三无碍"，在英文中被翻译成三条同心皮肤褶皱。这些表征由佛经命名，在印度的图像文献中被列出，前几代艺术家曾对其做出诠释，但在笈多时期，它们被更系统地使用，使佛像具有所描绘人物的强力特性。尽管这尊佛像的身体毫无疑问是理想化的——逸尘超凡——但他右膝的略微弯曲赋予了雕塑一种自然主义的感觉。好像他就要迈步向前了，吉祥的右足先行。[72]

随着印度弘法僧和来自亚洲各地的朝圣者将雕塑从秣菟罗带到佛教世界的诸多角落，笈多艺术家的艺术理念和创新也随之流传。于是，一种国际风格，出现在斯里兰卡、泰国、中国藏地、尼泊尔和中国汉地的艺术传统中。每一种文化都以自己的方式借鉴笈多的模范，发展出受秣菟罗原则（principles）启发的独特风格。因此，慧超在印度会看到笈多的艺术，并且在他整个旅程中见到这种雕像影响的余波。这种普遍存在的笈多造像和理念横贯亚洲，与他们众所周知的印度起源一道，可能是笈多式立佛的可辨认的来源，就像这一尊，与优填王大佛一样，特别是在中国。正是中国，优填王故事第一次出现在佛教经典中的地方，据说原始的檀香雕像就在那里，在那里优填王大佛的形象最为著名，也被复

169

制得最多。

第二件作品（图十九）是一幅藏画，描绘的是佛陀从三十三天仞利天下凡。这是一幅藏式卷轴画，又称唐卡，在画布上作画，然后装裱在锦缎上。一块缝制在画作下面锦缎上的衬板充当了画的"门"，引导观者进入神圣的场景。在顶部和底部放置榫钉，可将画作卷起，便于运输或保存。在这样做之前，这幅画的表面会被一层丝绸覆盖物保护起来，当它被展示时，丝绸覆盖物会卷起至唐卡的顶部。这幅来自西藏中部的绘画可以追溯到 18 世纪末或 19 世纪初，很可能是描绘佛陀生活场景的一组作品中的一幅。它的幅面相当大；包括锦缎表衬，高 59 英寸、宽 34 英寸；画本身有 26 英寸高、17.5 英寸宽。

这幅画是根据藏东的德格镇著名印刷作坊的木版画改编的。这家印刷作坊主要以印制经文产品而闻名，它还制作木刻画，用帆布印刷，以颜料着色，然后装裱成唐卡。在西藏艺术的经典中，有几幅著名的绘画是在德格镇创作、剪裁和印刷的作品基础上完成的。其中一幅描绘了佛陀生活中的八大事件，这幅画作正属于这一组画。虽然所有基于这些木刻画的绘画在风格上是相互关联的，但它们因艺术家的选择而有所不同，他们用颜料和图案填充线条。

和其他许多藏画一样，这幅作品运用了连续的叙事手法，多次描绘佛陀，至少描绘了他在故事中的三个瞬间。在右上角，佛陀坐于须弥山巅，山的底部在右侧向下延伸。在佛教宇宙学中，须弥山有四个宽敞的面，每一面都有许多层，居住着不同的半神和众神，可以看到它们的宫殿。如前所述，须弥山的每一面是由不同的珍贵材质组成：金、银、水晶以及天青石。面向我们大陆的那一面由天青石制成。当太阳（在山的第三层前面可见的金盘）照耀在须弥山的天青石坡面上时，一道蓝色的光芒照亮了苍穹，因此我们的天空是蓝色的。这幅画描绘了须弥山蓝色的南面。

据说中央的山峰被七条山脉环绕，每条山脉之间都由大海隔开。这些也可以在画中看到。太阳和月亮围绕着须弥山运行。在天梯下面，在圆形光圈中有一只兔子。这是月亮；在印度神话中，月亮上有一只兔子（而不是一个人）。在须弥山敞亮的巅峰之上，佛陀坐着讲授阿毗昙；他右边紧挨着的神很可能是他的母亲。一位僧侣在附近的天空中飞翔，可能是以超能力闻名的目犍连，他为艺术家们运送用来雕刻的檀香木材。

在底部右下角，佛陀一边向一位僧人讲法，一边接受一钵盂乞食。这可能是舍利弗。根据这个故事，在须弥山度过的雨季里，佛陀每天都会下凡乞讨，并向舍利弗复述一遍他对众神的讲法。他坐在佛塔的底部，佛塔上绘有一位与顶髻有关的女神——顶髻尊胜佛母（Uṣṇīṣavijayā），顶髻有时被称为"乌瑟腻沙"（uṣṇīṣa），位于佛陀头顶。顶髻是大士三十二相之一，也是佛教文献中的一个重要注释内容。顶髻尊胜佛母在第十二章的故事中扮演着重要的角色。在这里，她唤起了佛陀的冠形隆起，被描绘在佛塔的穹顶内，并与佛陀的智慧联系在一起，进而与所有佛陀联系在一起。在西藏，她与度母（Tārā，多罗菩萨）、无量寿佛即阿弥陀佛一起被奉为长寿神，顶髻尊胜佛母将阿弥陀佛的长寿花瓶抱在膝上，将阿弥陀佛像托在右手上。因此，她在这幅画中所处的位置，是在佛陀向舍利弗讲法处，似乎暗示或预示着佛陀的智慧结晶阿毗昙的长寿，以及画作供养人更为平淡无奇的长寿。

中心场景是佛陀凯旋般地从三道天梯上降临。他即将抵达尘世，在他的长袍下可以看到他的双脚，他所穿着的是僧人的百衲衣。他的左手作说法印，右手作与愿印。两位建造天梯的神分立两翼。四张面孔的梵天（看不见他的后脸）站

立其右，因陀罗手拿一柄精致阳伞站立其左，他们各有一位
随侍。两名僧侣站在他的脚下，可能是舍利弗和目犍连；他
们身后面部白净的人可能是女尼优陂洹（Utpalavarṇā，莲华
色），她发愿要成为第一个迎接佛陀返回人间的人。在上方
的天空中，神施降彩虹，降下雨露和各种祥瑞来庆祝这一奇
迹事件。

在天梯的底部，五位女神向佛陀供施。代表五感，她们
献上的是可看、可听、可闻、可尝、可摸的美好事物。在左
下角，国王（根据故事的不同，可以是波斯匿王，也可以是
优填王）前来迎迓佛陀。他从宫廷的白象身上下来，背着无
敌君主转轮王的金轮。人们可以想象，慧超参访了佛陀踏上
三道天梯的重要地点，向这座壮丽天梯的简约版奉上了供品。

## 延伸阅读

Eva Allinger, "The Descent of the Buddha from the Heaven
of the Trāyastriṃśa Gods—One of the Eight Great Events in the
Life of the Buddha," in *From Turfan to Ajanta: Festschrift for
Dieter Schlingloff on the Occasion of his Eightieth Birthday*, Vol. 1
edited by Eli Franco and Monika Zin( Lumbini, Nepal: Lumbini
International Research Institute, 2010), pp. 3 – 13.

John S. Strong, "The Triple Ladder at Sāṃkāśya: Traditions
about the Buddha's Descent from Trāyastriṃśa Heaven," in *From
Turfan to Ajanta: Festschrift for Dieter Schlingloff on the Occasion
of his Eightieth Birthday*, Vol. 2 edited by Eli Franco and Monika
Zin ( Lumbini, Nepal: Lumbini International Research Institute,
2010), pp. 967 – 978.

Joanna Gottfried Williams, *The Art of Gupta India: Empire
and Province* ( Princeton, NJ: Princeton University Press, 1982).

# 十　犍陀罗

佛陀的前生往世

　　从克什米尔向西北方向走了一个月，慧超抵达犍陀罗，
这里长期以来是一个佛教修行的伟大中心（如"导语"所
述）。他提供了一段主要关于该地区及其人民的颇长的描述。
然而，在他叙述的最后，他几乎是顺便提到"又此城东南□
里，即是佛过去为尸毗王救鸽处。见有寺有僧。又佛过去舍
头舍眼喂五夜叉等处，并在此国中。在此城东南山里，各有
寺有僧，见今供养。此国大小乘俱行"。[73]他正确地假设读
者会知道这些故事。这是一个关于佛陀如何舍出头颅的
故事。[74]

## 故　事

　　在回答僧侣们的问题时，佛陀讲述了一位名叫月光
（Candraprabha，月光童子，月光菩萨）的国王的故事。
　　很久以前，当人类的寿命是 44000 年时，在这个北方国
家有一个城市叫贤石城（Bhadraśilā），那是一个长 12 里、宽
12 里，居住着 72 亿人的巨大城市。清香的微风，带着芦荟、
檀香和芳香花朵的芬芳，飘过街道。那里有清凉的荷塘和满
是异国珍禽的花园。统治这座城市的是一位睿智虔诚的国

王，名叫月光。他晚上走在城里的街道上，既不需要灯烛，也不需要火把，因为他的身体像月亮一样发光。他以仁慈和宽大统治，从不征敛赋税。在该城四座城门之外，他的士兵会敲打铜鼓，召唤人民，向所有人分发食物、饮料、药品、灯具、车辆、牲畜和最好的衣服。很快，这座城市和南赡部洲 68000 座城市的所有居民都非常富有，已经没有人徒步旅行，他们都骑着大象或是驾着四匹马拉的镀银镀金的大车。但这还不够。国王宣布："愿所有南赡部洲的善良人民，在我有生之年，都能享受国王们的欢乐。"于是他舍弃了各种各样的皇冠、珠宝和皇家服饰，很快，南赡部洲的所有人都穿着像国王一样的服饰，空气中回响着各种美妙音乐。月光王深受所有人民的爱戴；他的 12500 名大臣不断地劝诫人民修行十善业。

178 一天晚上，国王的两位首辅大臣中的一位，梦见浑身烟雾颜色的恶魔偷走了国王的王冠。当他醒来时，他害怕会有一个乞丐来要国王的首级。月光王是如此慷慨，他肯定不会拒绝。他没有把自己的噩梦告诉国王，而是让一位珠宝商用珠宝做了许多头像，放在金库里。任何索要国王首级的人都一定更喜欢珠宝头像。另一位首辅大臣梦见国王的船被毁了，而船上有许多珠宝。他叫来一位占卜师来解释这个梦。那人解释说很快就会有人来城里索求国王的首级。大臣心想："月光王天性仁善，富有同情心，对众生充满慈爱，然而现在，他突然受到无常之力的威胁。"当他讲到这些梦时，国王把它当作幻想而不予理睬。

在山上住着一个邪恶的婆罗门巫师，名叫劳德拉克沙（Raudrarakṣa），他听说国王慷慨大方，决定试一试，看看他是否愿意把他身体最重要的部分——他的头颅——给别人。知道了他的意图，当地的神灵们变得惊慌失措，天穹一片黑暗，流星划过天际。平时响彻全城的鼓声停息了。强风把果树连根拔起。人们都吓坏了。

当保护这座城市的女神看到劳德拉克沙接近城门时，她疾驰到国王那里，警告他要保护好自己。然而国王现在已经听说劳德拉克沙会来要他的头，指示首辅大臣护送他进殿。然而大臣没有这样做，而是指示司库把珠宝头像堆在国王的宫门前，并交给劳德拉克沙。他们问他："你要用陛下充满骨髓、黏液和脂肪的头颅做什么？"婆罗门说他对珠宝头像不感兴趣。

他被带到御前，说："请求您将头颅赐予我，怀着极大的怜悯心，把它给我。请今天满足我的愿望。"国王毫不迟疑地回答说："即使像我的独生子一样珍惜，也请拿走我的这颗头吧。愿你的愿望结出硕果。并且，凭借我的头颅做礼物，让我速速获得觉悟吧。"国王摘下王冠，准备割下头颅。就在那一刻，贤石城所有人头上戴的王冠都掉到了地上。国王的两位首辅大臣不忍目睹，于是抱住国王的腿，死去了，后来他们在天上复活。这时，成千上万民众聚集在宫殿的门口。由于不想在他们面前斩下国王的首级，劳德拉克沙要求国王带他去一座私密的花园。国王在鼓励人民行善之后，按照他要求的做了。

花园的门在他们身后紧闭，国王指示婆罗门砍下他的头。但是，婆罗门无法做到，于是要求国王亲自完成。当他举起刀时，花园的女神冲上前去，恳求他停下来。国王向她解释说，就在这个花园里，他在前世曾无数次献出自己的头颅。女神试图阻止他是不对的。

国王说："我舍弃自己的头不是为了王权，不是为了升天，不是为了财富，不是为了成为帝释天，不是为了成为婆罗门，不是为了一位普世皇帝的胜利，也不是为了其他任何事情。但是，在获得彻底和完美的觉醒之后，我将驯服那些狂野的人，安抚那些狂暴的人，拯救那些处于危难中的人，

179

解脱那些没有解脱的人，安慰那些不安的人，并将那些没有达到涅槃的人度入涅槃。依靠这些诚实的言辞，也许这一努力会结出果实。并且，当我涅槃时，也许会有芥子果实一般大小的舍利。在这座大威德摩尼（Maṇiratnagarbha）乐园的中央，希望有一座伟大的佛塔，会比其他任何佛塔都要壮美。愿那些沐浴净身前往伟大的圣地敬拜佛塔的人，看到佛塔时能感到安心，这座佛塔盛满舍利，比所有浮屠都要壮美。当我涅槃时，愿成群结队的人来到我的圣地，进行礼拜，并注定要升天或获得解脱。"然后他砍下自己的头，把它交给婆罗门，然后死去，在一个叫作"遍净天"（Śubhakṛtsna）的天国里重生为神。大地颤抖，天空坠满花雨，响彻天国音乐。劳德拉克沙捧着国王的头从花园里走出来。有人垂泪哭泣，有人坐下沉思，当场死去，后来在诸天重生。

国王的尸体被放在一堆芳香木上火葬，他的舍利被收集到一个金瓮里，埋葬在十字路口的一座佛塔里。那些建造浮屠的人在天国重生为神。那些崇拜浮屠的人受到鼓舞，寻求在天国重生或从轮回中超脱。

佛陀讲完这个故事后解释说，古代的贤石城现在叫塔克西拉。佛陀本人就是月光王。他的两位首辅大臣是他的首席弟子——舍利弗和目犍连。他恶毒的表兄提婆达多是劳德拉克沙。

# 解　说

这个故事是被称为佛本生（字面意思是"出生"）的大型作品集的一部分，这是佛陀前世的故事。它是佛教文学中最受欢迎、最重要的体裁之一。

180 　　根据佛教教义，当悉达多王子在 29 岁离开皇宫时，佛陀的开悟之路尚未开始，菩提树下成佛是在 6 年之后。这条道路始于数十亿年前。根据佛教教义，无论是主流教派还是大乘教派，成佛之路都是漫长的。它始于有人发愿要成佛之时。从发愿那天起（关于如何许愿和由谁许愿有具体的规定），这个人就变成了菩萨，这是一个不确定来源并且是直译的术语，但这意味着一个人有达到菩提（bodhi，大彻大悟）、开悟以及在这种情况下成佛的觉悟。由于种种原因，成佛的状态被视为远高于罗汉，罗汉是一个根据佛陀的教义实现涅槃的人；在经典中有许多这样的人在其一生中达成解脱之路的故事。

发愿成为菩萨的人，在过去的佛陀面前许下这一诺言，据说他有能力在那一世按照佛陀的教导修成罗汉。然而，他决定放弃立即的解脱，以便在以后世界上没有佛的时候成为佛。这个决定是经常被误解的菩萨"推迟开悟"说法的来源。事实并非如此。菩萨决定放弃一种较为小众的觉悟方式，即罗汉的解脱，以实现一种更为广大、更为重要的觉悟，即成佛。因为佛的伟大的教化力量，也因为他在世界上没有佛的时候成佛，菩萨的道路需要历经劫难。在随后的数十亿年中，菩萨积累了功德，这种业力（karmic power）将驱使他渡过劫毁，使他成佛。这种功德是通过展现具体的美德而获得的，称为"圆满"（pāramitā，波罗蜜），这些美德可分为六种（布施、道德、忍耐、精进、决意和智慧）或十种（布施、道德、舍弃、智慧、精进、忍耐、诚实、决意、慈爱和平静）。

值得注意的是，在菩萨投胎为悉达多王子之前的上一世中（如第七章所述，紧挨着他此生的前一世中，他是兜率天之神），菩萨所修行的圆满是慷慨，那是佛教俗家弟子最重要的美德。他是一位名叫毗输安多罗（Vessantara，须大拏）的王子，他在布施时如此无私——或许是佛教文学史上最令人心碎的一幕——他把自己的孩子们献给了一位邪恶的婆罗

181　门。后来他把妻子也给了别人（故事有个圆满的结局：一家人团聚了）。

佛陀的神力之一是他能够记住他所有的前世，以及一切众生的前世。据说，在觉悟之夜，他看到了自己所有的前世。按照传统，他经常会讲述过去的生活，解释在往世中——时而为人，时而为畜——他是如何修行六大或十大圆满之一。他对这些前生的回忆将被收集成为佛本生故事。它们倾向于遵循一个简单的模式。有人会问佛陀一个问题。然后，他将用一个故事来回答这个问题，故事往往很长，内容是关于遥远的过去。在故事的结尾，他将解释故事中的人对应现今的谁。在几乎所有的情况下，他都是主角，是救人的英雄，常常牺牲自己的生命。故事中的同伴往往是他的密友，尤其是舍利弗和目犍连；如果有贞洁的女性角色，她们往往是佛陀的妻子和母亲。如果有一个恶棍，通常是佛陀恶毒的表兄提婆达多，他因为三次企图暗杀佛陀而臭名昭著。然而，值得注意的是，过去的恶棍并不总是未来的恶棍。例如，慧超提到了五夜叉（在这个例子中，是一种恶魔）吃掉菩萨身体的故事。这五个魔鬼最终以"五比丘"的身份重生，这五位苦行僧与悉达多王子一起进行了各种形式的自虐，并在他觉悟后接受了他的第一次讲法。这次关于中道和四谛的传法是在鹿野苑进行的，那里是慧超参访过的"八塔"之一。在这里，他们享用的不是菩萨的肉身，而是佛法本身。

佛本生作品仍然是佛教文学最重要的体裁之一，其中一些故事，特别是那些菩萨托生为畜的故事，在现代被翻译成儿童连环画和漫画书。在许多情况下，它们是旨在道德教化的娱乐故事，很容易讲述和复述，基本上没有教义，或者实际上没有任何特别的佛教内容。直到最后，当佛陀揭示了主人公的身份时，这些故事才以某种方式成为"佛教故事"。事实上，研究表明，这些故事中的许多都是在古代印度自由传播的民间故事——类似于《伊索寓言》——是佛教作家为达到目的而改编的。他们的目的是什么？

第一点也是最明显的一点是，佛本生故事提供了一种向世俗大众传达简单的道德教训的方式。在现代人的想象中，与佛教联系最密切的教义——四谛、十二因缘、涅槃、无常、无我——在表述和词汇上往往是学术性的。这属于僧尼的范畴，甚至在那里，还有更为学者化的僧尼。在修行领域，佛教徒传统上并不修行冥思。取而代之的是，他们在三宝（佛、法、僧）中寻求庇护，他们寻求有道德的生活（通常是立誓不杀、不偷、不淫、不诳，或不饮），他们行慈悲，首先是针对寺院僧众。这些美德并没有立即导致从轮回中超脱并实现涅槃，但这很少是佛教俗世的救世学（soterio-logical）目标。相反，他们在轮回中寻求幸福，做一个出身良好的人，或者更好的是，在一个佛教天国做一位长生不老的神。他们在轮回中试图避免托生到畜生、饿鬼和地狱住民这些次等领域。佛教因果报应理论认为，行善使人托生为人，布施使人托生为神。

行善的教训和布施的荣耀都是通过佛本生故事来传达的，这些故事可以在公共场合和家庭中被反复讲述，而无须阅读就可以倾听和学习。因此，远不止是涅槃的概念，佛本生故事还为佛教徒提供了佛法的内容，传授了在下一世托生为一位富人或天神所需学习的课程。

其实，佛本生故事为佛教俗众提供了他们自己对这三宝的理解。在学术文献中，有很多关于避难的讨论。对于那些寻求免受轮回之苦的人们而言，佛、法、僧是什么？佛陀，并不是一个尘世的肉身，它已经老了、死了、烧成灰了，而是佛陀思想的超然品质。佛法，不是佛陀所说的话，而是遭受困苦和轮回的休止状态，称为涅槃。佛僧，不是世俗行善布施所支持的当地僧尼寺院，而是"高僧大德"，即那些已经达到觉悟的四个层次之一的人。三宝的经院版本，无论是在概念上还是在物质上，都与几个世纪以来大多数佛教徒保持着距离，虽然佛教徒曾背诵："我向佛陀寻求庇护。我向佛法寻求庇护。我向僧人寻求庇护。"

183　　佛本生故事提供了一个更为丰富且内蕴深厚的选择。佛陀是一位王子，他离开家庭，在菩提树下获得觉悟。同样重要或有时更重要的是，他是许多故事的主角，每个故事都有一段情节、一位英雄、一个恶棍以及一个欢乐（或至少鼓舞人心）的结局。在佛教世界的某些地方（人们会立刻想到泰国），毗输安多罗王子的故事在许多方面比悉达多王子的故事更受欢迎。第二宝佛法，被民主化了，变成并非涅槃而是行善美德带来下一世的幸福。第三宝僧，变成了和尚和尼姑，他们每天带着乞讨钵盂出现在门口。

　　但是，佛本生故事并不是简单地传授简单的美德；它们发挥着更微妙的功能，这可被称为想象的成佛（Buddhafication）。如上所述，许多故事似乎已经出现在印度民间传说的庞大宝库中。这些故事可以通过加上标准的本生故事框架而很容易地"佛教化"：佛陀在开始时介绍故事，最后他用佛教人物——最重要的是他自己——来标识人物，从而将一个关于猴或鹿的简单民间故事转化为佛陀自己前世生活的叙述。睡前故事成为神圣经文。这些故事不仅用语言讲述，还被铭刻在石碑上。佛陀生活中很少有场景可以在没有解说的情况下艺术地表现出来。事实上，在描绘佛陀生活的西藏绘画中，各个片段都需要榜文来标注。尽管佛陀死后几个世纪开始出现他的传记，施加种种美化，但它们在受众范围和受欢迎程度上永远无法与佛本生故事相媲美。因此，例如，在帕鲁德的窣堵波建筑群中，人们发现对佛本生故事的描绘次数远远超过了对佛陀（最后一世）场景的描绘次数，44∶17。

　　佛本生故事作品也使佛陀的生命在时间和空间上得以延

伸。古印度是一个富于创新的地方——至少在宗教领域如此——人们对此持怀疑态度。一位苦行僧声称，他突然发现了一个新的真理，如果没有传统的认可，那就没有什么分量了。因此，印度教的神圣经文——吠陀被理解为永恒的，作为声音永远存在，及时出现在圣贤们的耳边。佛教徒要求有相似的世系。这是通过声称释迦牟尼只是一长串佛中离现在最近的一位，可以追溯到数千劫以前的这种方式获得的。然而，至少在早期的传统中，涅槃是绝灭（annihilation）。当佛陀进入涅槃时，他不再以重要的方式存在；他不像耶稣那样，永远坐在上帝的右手边。因此，佛陀不能坚持到未来，除非以他的话语和舍利的形式。然而，有了这些故事，他的生命可以在久邈的时间里延续到遥远的过去。

慧超在他进入犍陀罗时提到了佛本生故事，这表明它们在延长佛陀在空间上的生命方面的重要性。虽然佛陀在觉悟以后传法 45 年，但其地理范围仅限于印度东北部一个相对较小的地区。因此，这里是最早的朝圣地。佛本生故事使这一地理范围大大扩展；随着故事的地点遍布次大陆，更广阔的景观本身也变成了供养佛陀的地方。因此，在今天的阿富汗，犍陀罗被纳入佛教的神圣地理，成为朝圣之地。朝圣作为一种修行和一个网络，变得普遍化和地方化：朝圣者的路线扩展到佛陀在其最后一世的活动领域之外，为那些无法长途跋涉到佛陀诞生、开悟、初次传法以及涅槃之地的人提供了更多的朝圣场所，从而积累功德。西北遥远的犍陀罗成为一处圣地，一处朝圣场所，因为很久以前，菩萨就在那里献出了他的头颅。

## 艺　术

正如"导语"中所讨论的，犍陀罗本身就成为佛教文化

184

的一个主要中心，在艺术、建筑和教义方面有重大贡献的地方。如第六章所述，一些学者认为它是佛教造像的发祥地。鉴于慧超提到了佛本生故事，我们的两件作品是佛陀和菩萨就显得恰如其分。这两尊造像都是头部，随着时间的推移，头部与身体断裂了（或是被人为切开）。

185

佛首（图二十）可追溯至 2 世纪，当时犍陀罗是贵霜帝国的一部分，并且很可能是在迦腻色伽一世的统治之下，他在佛教传说中被认为是佛法的伟大守护者（与阿育王的情况一样，考古学和钱币学证据表明，那些被视为虔诚的佛教君主的人更有可能是他们治下的几种宗教的一视同仁的守护者）。它是由一种名叫结晶岩、通常是灰色的石头制成的。然而，为了使金箔能够黏附，在岩石表面涂上了一层棕色的材料。这座雕塑上有曾经覆有金箔的痕迹，在佛陀的头发凹槽、嘴唇曲线，特别是他的眼睛上都很明显。

这件作品是典型的犍陀罗风格，佛陀具有阿波罗的特征，很可能是盛行希腊—罗马艺术理念的结果。这尊佛首曾经安放的身躯上毋庸置疑穿着的是僧侣的长袍，但其风格更可能是罗马的宽大长袍，而不是印度僧侣的长袍。因为这尊佛首超过 12 英寸高，所以完整的佛像可能比真人的尺寸还要大，赫然矗立在人们面前。这件作品背面的损坏之处表明，一个早已断裂掉的光背曾经与佛首连在一起以作为其框架。鉴于其巨大的尺寸和坚固的材料，整座雕像可能是一座寺院神殿的崇拜对象。对于佛像发展而言，特别令人感兴趣的是他的头发，在他的头顶上拢聚为一个发髻，并且没有后期那种风格化的紧密卷发。艺术史家推测，这个简单的圆髻随着时间的推移演变成肉髻（甚至骨髻）"顶髻"（音译乌瑟腻沙，又译为肉髻相、佛顶等），成为装饰佛陀法身的大士三十二相之一。这些标志性特征中的另一个是金色皮肤，在这里是以金箔施加于面部，可以想象整座雕像应该也是如此。

第二件（图二十一）是菩萨首，可以追溯到公元 4 世纪。虽然艺术史家对这件作品的制作有很多话要说，但很难确定它表现的是谁，因为头部的一部分和整个身体都不见了。即使没有长发和它可能戴着的头巾，菩萨首也有差不多 21 英寸高，这表明它是来自一座巨大的雕像，它或者是一组造像的一部分（也许旁边有一座更大的佛像），或者本身是一座寺院或浮屠的中心装饰品，被安置在一座寺庙的大殿里。雕造者不可能从结晶岩中雕刻出如此巨大尺寸的佛像。因此，他们会用灰泥（灰泥是石灰、沙子和水的混合物，有时用植物或动物纤维加固）制作佛像身躯的原型。

他们首先用编好的稻草和麻绳做一个骨架，然后用黏土和灰泥的混合物覆盖。他们会用更结实的灰泥单独雕刻头部，并用木钉将其固定在身体上。这就是这件作品的创作过程。因为头部比身体更坚牢，所以头部往往在躯干不能经久的时候保留下来。因此，这个头部很可能是由于岁月的侵蚀而失去了它的身体，而不是由于某种亵渎行为（这种行为在佛教世界已经发生了）。颜料的痕迹表明，这尊菩萨像，就像希腊庙宇中的众神一样，曾经是彩色的。

可悲的是，关于菩萨的身份，我们几乎无话可说。有很多可能性。根据上面关于佛本生故事的讨论，这尊佛像可能是未来的佛陀，那些年在皇宫里作为王子，或者在前生往世里作为王子。也有可能是下一位出现在我们世界里的佛——弥勒，现在是一位菩萨，正在兜率天等待着他最后一次轮回（就像一切的佛一样）。弥勒经常出现在大乘经典中，例如《法华经》，并发展了自己的信徒崇拜，他们希望在遥远的将来当他成佛时托生成他的随从。或者也可能是《法华经》中同样提到的观音菩萨；尽管犍陀罗以一个盛行菩萨的主流佛教或小乘佛教寺院制度的中心而闻名，但在可见的记载中，

186

大乘佛教的影响也是有目共睹的。尽管这些佛像在慧超造访
犍陀罗之前的几个世纪之前早已雕刻出来，但他会在这一地
区的寺庙中见到屹立着的这类雕像，这些寺庙在 8 世纪仍然
是佛教的阵地。

## 延伸阅读

Kurt Behrendt and Pia Brancaccio, eds. , *Gandhāran Buddhism: Archaeology, Art, Texts* ( Vancouver: University of British Columbia Press, 2006) .

Robert DeCaroli, *Image Problems: The Origin and Development of the Buddha's Image in Early South Asia* ( Seattle: University of Washington Press, 2015) .

Rhi Ju-Hyung. "From Bodhisattva to Buddha: The Beginning of Iconic Representation in Buddhist Art, " *Artibus Asiae* 54, Nos. 3 – 4 ( 1994) : 207 – 225.

Wladimir Zwalf, *A Catalogue of the Gandhāra Sculpture in the British Museum*, 2 Vols. ( London: British Museum Press, 1996) .

## 十一 大食

佛教遇见伊斯兰教

吃食无问贵贱，共同一盆而食，手亦把匙箸取。见
极恶：云自手杀而食，得福无量。国人爱杀事天，不识
佛法。国法无有跪拜法也。[75]

如果慧超确实向西走到了阿拉伯半岛[76]，那他可能是
第一位在伊斯兰教发祥地遇见伊斯兰教的僧人。然而，他很
少谈论阿拉伯人的宗教，只是说"国人爱杀事天，不识佛
法"，佛法也就是佛陀的教义。他对此理解可能有误，因为
在 8 世纪时——如果不是 8 世纪以前——佛陀的故事，或至
少是故事中一些最著名的元素，已经出现在阿拉伯文著作
（可能是从波斯文版翻译的，而波斯文版业已失传）*Kitāb
Bilawhar wa Būdāsf*（*The Book of Bilawhar and Būdāsf*，《比劳
哈尔与布达萨夫之书》）中。故事的主人公是一位王子，名
叫 Būdāsf（布达萨夫），源自梵文 *bodhisattva*（菩萨）。这是
一个篇幅较长而略显繁复的故事，其中充满了寓言。我们在
这里只能提供情节梗概。

## 故　事

贾纳萨尔（Ğunaysar）王在他的都城萨维拉巴特（Šawi-

lābatt）统治印度，这个地名可能来自佛陀的出生地迦毗罗
（慧超亦曾到访）。国王是一位偶像崇拜者，他迫害那些实行
一种禁欲主义的"教民"（阿拉伯语中的 dīn）。他膝下荒
凉，一直渴望有个儿子。

一天晚上，他的妻子做了一个梦，她将生下一个儿子，
名叫布达萨夫。当国王命令宫廷占星家预测他儿子的命运
时，除了一个人之外，所有人都说王子将获得荣誉和财富。
一位占星家预言王子将成为苦行僧的领袖，在来世获得荣
耀。由于害怕这种命运，国王建造了一座宫殿，王子将被美
好的事物包围，并免受人世的悲伤。

当布达萨夫是一个年轻人时，他要求贾纳萨尔允许他冒
险进入都城。国王同意了，但那是在下令从王子经行路线上
清除一切痛苦的迹象之后。尽管采取了这种预防措施，布达
萨夫还是遇到了两个乞丐，一个生着病，另一个已失明。在
另一次远足中，他遇到了一位老人，得知了死亡的必然性。
他因俗世的享乐而灰心，并寻求一种禁欲的生活。

在塞兰迪布岛（Sarandīb，今斯里兰卡），一个名叫比劳
哈尔（Bilawhar）的苦行僧听说了王子的事迹，决定前往印
度教他，传授他"宗教"，抛弃此世，准备来世。比劳哈尔
最终离开了，让王子秘密地修习宗教。

布达萨夫和他的父亲随后进行了一系列辩论。两人都声
称是阿尔布（al-Budd，即"佛陀"的阿拉伯文变形）教义
的信奉者，他生前把上帝的旨意带到了印度。根据国王的说
法，阿尔布教导仁慈和美德，但不放弃世界。根据布达萨夫
的说法，阿尔布教导抛弃俗世和禁欲修习。他指责他的父亲
嘴上尊崇阿尔布，但行为上背叛了他，特别是对苦行僧的迫
害。国王踌躇不定，几乎被他的儿子说服，但最终提议由禁
欲主义者的代表和御用哲学家展开一场公开辩论。国王和王
子同意，失败者将皈依胜利者的宗教。当苦行僧获胜时，贾

纳萨尔虽没有皈依宗教，但他放弃了使王子皈依偶像崇拜的努力。

然而，在一位崇拜偶像的术士建言下，国王试图用一种不同的策略将他的儿子与人世联结起来。贾纳萨尔把所有的男用人从布达萨夫的宫殿里赶走，取而代之的是 4000 个漂亮的女人，指使她们去勾引他的儿子。她们穿着挑逗性的衣裳，为他唱歌，对他甜言蜜语，和他辩论宗教。布达萨夫被一位特别美丽的公主吸引，她告诉他，如果他能做一年她的情郎，她就会皈依他的宗教，过上贞洁的生活。王子拒绝了，公主提议一个月或只要一个晚上。布达萨夫屈服了，与她共度一夜春宵，在这期间他有了一个儿子，第二天他对自己的懦弱后悔不已。

国王听到怀孕的消息，大喜过望，认为父亲的身份可以说服王子继承王位。如果他拒绝，孙子将确保王室血脉。女人们留在宫殿里，王子继续被这些美人折磨，花了很长时间祈祷不要见到她们。一天晚上，他看到了比劳哈尔把他带到天国的景象，揭示出那里有等待他的奇迹，使世界和女人厌弃他的奇迹。当布达萨夫告诉他的父亲这一异象时，国王贾纳萨尔皈依了这一宗教并放弃了他的偶像。他的孙子出生了，占星家预言他将得享长寿并且子孙众多，从而延续王室血脉。

一位上帝的天使出现在布达萨夫面前，指示他放弃此世，寻求永恒王国。布达萨夫没有告诉任何人天使的来访，准备在黑暗的掩护下骑马离开宫殿。有一个仆人追赶他，求他不要离开；百姓一直等候他登基。布达萨夫下了马，告诉他把马带回父母身边。仆人担心王子会选择过艰苦的生活。布达萨夫的马向王子跪伏并开口说话，恳求布达萨夫不要离开他。王子心意已决，把他的衮袍、珠宝和宝马交给了仆人。他向北而行，直到抵达一个大平原，那里有一棵落满了鸟的树。他和四位天使一道升天，他们向他揭开了秘密。王子随后返回故土，向人民宣讲宗教。贾纳萨尔国王也接受了教诲，平静地逝去。

王子按照苦行僧的习俗安葬国王。他使百姓皈依，毁坏了偶像，把他们的祠庙变成神殿。3 万人成为苦行僧，居住在旷野中。布达萨夫任命他的叔叔萨姆塔（Samtā）代替他统治，然后在印度各地漫游，传授宗教。

当他到达克什米尔时，他知道自己离死不远了。他对克什米尔人民说："我教导、保护并培育了教众，我把那些我的先驱之灯安放在那里，我把我被派遣之地分散的伊斯兰教徒重新聚集起来。现在，我将离开这个世界，我的灵魂将从它的身体中解放出来。遵守你们的诫命，不要偏离真理，要过苦行的生活！让阿巴比第（Abābīd）做你们的领袖！"

然后布达萨夫命令他的弟子阿巴比第在地上平整出一块地方。他侧卧着，头朝北方，溘然逝去。

萨姆塔接替他成为萨维拉巴特土地的统治者。在他死后，布达萨夫的儿子萨米尔（Šāmil）按照他父亲的宗教的正道（Right Path）统治着这片土地。

## 解　说

比劳哈尔和布达萨夫的故事由波斯文翻译成阿拉伯文，然后由基督教僧侣翻译成格鲁吉亚语，他们把王子变成了基督徒（他的父亲仍然是偶像崇拜者）。它从格鲁吉亚语翻译成希腊语，然后又翻译成拉丁语。从拉丁语，它又被翻译成中世纪欧洲的许多方言，成为中世纪最著名的圣徒故事之一，被后人称为巴拉姆（Barlaam）和约瑟法特（Josaphat）。它与佛陀生活的联系直到 19 世纪中叶才被学者们认识。[77]

然而，这种联系很清晰，因为我们看到一位王子被他的国王父亲保护起来，免受人世的苦难。然后王子乘车出城，在那里他看到了衰老、疾病和死亡。他的父亲试图用美人扰乱他的追求，但王子出发前去寻求启示，最终在一棵树下证得了它，然后他回去让他的父亲皈依。所有这些元素都存在于佛陀生活的不同版本中。他们缺少的是老师的形象——阿拉伯故事中的比劳哈尔，即欧洲的巴拉姆——他听说了王子，并前往王国传授他正道。佛陀在他最后一世，是出了名的不依赖老师。

公元 1300 年前后，佛教基本上从印度次大陆消失了，它的消失一直是世界各地的佛教徒们哀叹的原因。其消亡的原因一直是学术界研究和争论的话题。然而，几乎所有的解释都把责任归于伊斯兰教。伊斯兰教确实发挥了作用，但也必须指出，有时升级到谴责伊斯兰教的程度，必须理解为西方的一个更大规模的妖魔化伊斯兰教和神圣化佛教的一部分：战争宗教摧毁和平宗教。当然，这是一种粗劣的丑化。佛教与伊斯兰教的关系是长期而复杂的。

在 609 年得到关于《古兰经》的启示之后，穆罕默德耗尽一生在阿拉伯半岛西部的麦加和麦地那他自己的古莱什（Quraysh）部落建立了他的全新教群。然而，在他于 632 年去世后，他的运动迅速蔓延；到了 650 年代，穆斯林在整个地区的影响力从南部的也门扩展到北部的亚美尼亚，从西部的埃及扩展到东部的伊朗。这一地带恰好被西方和东方两大帝国包围，一个是西面以君士坦丁堡为首都的基督教拜占庭帝国，另一个是东面以塞琉西亚为首都的琐罗亚斯德教萨珊波斯帝国。这两个帝国长久以来互相抗衡，几个世纪以来经常彼此交战。穆罕默德去世时，两大帝国都很虚弱。穆斯林军队占领了拜占庭帝国的东部地区；由第三任哈里发奥斯曼（Uthman）指挥的军队推翻了萨珊帝国，使波斯在 651 年前被穆斯林控制。正是在前波斯帝国的东部疆域，穆斯林才有可能与佛教徒初次邂逅。

　　学者们一直在争论穆斯林的快速征服在多大程度上是
"宗教性的"，但似乎皈依并不是一个直接的目标。早期教群
所了解的宗教，是在先知和波斯人琐罗亚斯德时期在阿拉伯
半岛传播的犹太教和基督教。随着伊斯兰教向东扩展到中亚
和今天的阿富汗，穆斯林遇到了佛教僧众。711 年，穆斯林军
队在倭玛亚哈里发穆罕默德·伊本·卡西姆的指挥下，攻陷
了信德省首府阿罗尔（今罗赫里）。慧超，在他对"西天
竺"——很可能是今天巴基斯坦南部的信德地区——的描述
中写道："见今被大食来侵，半国已损。"后来，他在对"新
头故罗"（信德—古吉拉特）的描述中写道："见今大食侵，
半国损也。"然而，值得注意的是，在每个案例中，他都说国
王和他的臣民皆崇敬三宝，而且这一地区有许多寺院和僧侣。

　　这表明，军事控制以及随之而来的经济利益是穆斯林的
主要动机。对于中亚的一些佛教地区来说，军事控制是条约
而非战争的结果。至少在伊斯兰教的最初几个世纪，它的信
奉者似乎满足于脱离当地的统治者和他们的宗教。事实上，
关于教群早期的一个争议是如何将非阿拉伯人（non-Arabs）
纳入穆斯林教群。即使这件事解决了，佛教对穆斯林来说还
是很神秘的。因为他们似乎没有构成特别的威胁，佛教徒最
终获得了"顺民"（*dhimmi*）的称号，该词义为"被保护
民"，用于那些被允许保持自己的宗教和习俗，但被要求缴
纳人头税（*jizya*）的教群（最初是犹太人和基督徒）。同时，
《欧迈尔契约》（Pact of Umar）——一份来历不明的文件，
最终成为穆斯林律法的一部分——禁止基督徒和犹太人修建
新的基督教堂和犹太教会堂，并禁止他们修复那些已经毁坏
的教堂和会堂。目前尚不清楚这些规则在多大程度上适用于
遥远东方的印度教徒和佛教徒。

　　一个著名的——同时也是声名狼藉的——阿拉伯术语的

使用，显然进一步证明了佛教徒未屈从皈依。在慧超前往犍陀罗地区期间，他曾逗留于罽宾国——今天是阿富汗东北部的一个省。他描述了一个虔诚的佛教国王和一群充满活力的佛教僧众，那里有大殿和寺院，其中一座藏有佛陀的遗物。在穆斯林统治下，这些地区被称为卡菲里斯坦（Kafristan）——偶像崇拜者的土地，这既是因为佛像的存在，也是因为卡菲（*kafir*）听起来像罽宾国（Kāpiśī）。佛教也可能以其他方式进入穆斯林词汇。波斯语的 *butkada*（宝塔）一词的词源是"佛塔"，字面意思是"偶像之屋"，"*but*"（偶像）源自"佛陀"。

慧超通过了几年前穆斯林所控制的一些地区。倭玛亚哈里发统治者向伊朗东北部的大夏发动了一系列战役。在 705 年到 713 年间，现代的乌兹别克斯坦地区——包括慧超所描述的六个"胡国"——被并入倭玛亚帝国。因此，不可否认的是，佛教占主导地位的广大地区最终成为穆斯林，佛教徒要么皈依，要么离开。但事情发生得很缓慢。直到 11 世纪，佛教一直活跃在阿富汗著名佛像的所在地巴米扬。一些回鹘族群在 16 世纪之前一直信奉佛教。

在随后的几个世纪里，穆斯林军队进入印度本土，首先进入现代巴基斯坦的印度河流域，然后向东进入恒河平原。在这方面，他们的动机似乎主要是经济方面的。在今天的阿富汗已经被穆斯林控制之后，军队每年都在等待封锁开伯尔山口（Khyber Pass）的积雪被清除，以便能够突袭印度西北部。佛教僧侣和印度教祭司被杀害，寺院和殿宇被洗劫，不是因为他们是偶像崇拜者，而是因为这些偶像是由黄金制成的。1011 年，加兹尼的马哈茂德（Mahmud of Ghazni）在白沙瓦之战中——白沙瓦以梵文名布路沙布逻为人所知，它是虔诚的佛教国王迦腻色伽的首都——击败了印度教国王查亚普拉（Jayapāla）。

# 艺 术

　　如果慧超前往波斯和阿拉伯半岛，他一定是处在倭玛亚王朝的末期，他进入了一个处于形成期的伊斯兰世界，在那里，萨珊的、拜占庭的和新的穆斯林因素全都有迹可循。在视觉文化方面尤其如此，因为一种独特的伊斯兰表现风格还没有完全绽放。慧超似乎没有越过阿拉伯统治下的东部边界。在这里，这种文化要素的兼收并蓄可能会更加明显。如果这片土地上还没有清真寺，甚至是倭玛亚时期的清真寺，那么他所遇见的波斯，尤其是在他还没经过训练的眼睛看来，可能就无法与最近波斯人统治大食人时的情况相区别。事实上，除了注意到最近统治者的变化外，他对波斯和阿拉伯半岛的描述非常相似，他还注意到二者都"事天"。这里呈现的两幅作品提供了某种"前后"的含义。

199　　第一件（图二十二）是一种规格很大的银身镀金的水罐或水壶，可追溯到 6 世纪或 7 世纪的波斯。它高约 13 英寸、宽约 6 英寸、深约 5 英寸，装饰有三位女性形象，她们身穿近乎透明的长袍。每个人都拿着一对供品。完全看得见的人，手擎一朵花和一只鸟；右边部分可见的人，手捧一只孔雀和一个圆柱形盒（罗马盘，*pyxis*）；背面的第三个人，手托一个婴孩和一碗水果。关于女人的身份，众说纷纭。一些学者推测他们与古代琐罗亚斯德丰饶多产的女神阿娜希塔（Anahita）有关；这些人物可能代表了阿娜希塔本人或她崇拜的女祭司。这些人物也可能与对酒神狄俄尼索斯（Dionysus）崇拜有关，在这种情况下，它们可能代表了狂欢者（*maenads*），即放纵感官之神的女性侍从。女人也可以代表妲厄娜（*daena*），她是琐罗亚斯德教的女性形象，引导灵魂前往来世；一些学者推测是渊源于妲厄娜的伊斯兰教的天堂女神（houris）——一位甘愿忠于天堂的处女。

在萨珊王朝时期，这种水壶通常用于精雅的宴饮仪式。不应认为这种做法立即随着阿拉伯的征服而结束；大众想象中与伊斯兰教有关的审美禁欲主义，只是许多误解之一。萨珊主题被伊斯兰工匠袭用或成为其灵感；萨珊时期的一些盘子和碗可能代表了萨珊晚期和伊斯兰伊朗早期的饮宴（bazm）仪式：在宫廷盛宴期间饮酒和听音乐的仪式。其实，倭玛亚的统治者——征服了西方的拜占庭人和东方的萨珊人的人——开始把自己看作这些高级文化的继承者，保持着从古典时代晚期一直到 9 世纪的形式和图案。[78]

如果第一件作品代表了过去的影响，那么第二件作品则暗示了伊斯兰教新的宗教和政治秩序的影响，通过具有自身视觉特征的艺术和建筑等手段使之合法化。尽管倭玛亚人继续允许在世俗艺术中使用人物图案，但他们消除了宗教建筑和《古兰经》手抄本中对人物形象的描绘，如第二件作品所示。

这是《古兰经》中的一页（图二十三）。《古兰经》是上帝对先知穆罕默德的启示。天使加百列在他面前显现，吩咐他背诵他所揭示的天启。穆罕默德在 20 年的时间里收到了这些不同长度的启示，并口头向他的门徒传递了天使所说的信息。因此，《古兰经》从一开始就注定要被人听到和大声说出来；它的神谕包含在它独特的和谐声音之中，并嵌入在它的名字中，这个名字源于 qara'a（"阅读或背诵"）一词。直到公元 632 年穆罕默德离世之后，他收到的这些信息才被记录下来。651 年，第三任哈里发奥斯曼指示一批学者编纂标准版的《古兰经》，把它分成 114 章或苏拉（suras）。《古兰经》的抄写，就像第五章提到的佛教徒誊抄《法华经》一样，既是一种虔诚的行为，也是一种艺术创作。实际上，《古兰经》文本的标准化不仅导致了文本的激增，也导

200

致了阿拉伯书法作为一种艺术形式的发展。然而，这些形式并非凭空出现；最早的《古兰经》羊皮纸手抄本与叙利亚语、希伯来语和希腊语版的《圣经》显示出相似之处。

这里的纸张是羊皮纸，宽约 13 英寸、高约 9.5 英寸，上面有深色墨水的字母、红色的元音标记，还有金色叶子作为装饰。它可以追溯到 8 世纪或 9 世纪，在北非或近东制作。它来自建立于 750 年的阿拔斯王朝时期，他们的新哈里发把首都从大马士革东迁到巴格达。

就像第五章中的《法华经》经卷一样，这一页标志着一章的结束和下一章的开始，但拥有更加美丽和雅致的界限。在黄金装饰的上方是名为"萨德"（Sad）的第三十八章的最后一段经文，它是阿拉伯语字母表中的第十八个字母。它讲述了上帝从前的使者——包括大卫、所罗门和约伯——的故事，讲述了那些听从他们的人的善报和那些不听从他们的人所遭受的惩罚。最后一段经文指出，《古兰经》只是提醒世界上的人类和精灵（jinn）；它的真相将很快被知晓。第三十九章的标题被不同地翻译为"队伍"、"大众"和"人群"，源于本章末尾的一段话，在这段话中，不忠的人将被拖进地狱，忠诚的人将被带入天堂。前两节出现在页面上。他们读作："奉至仁至慈的真主之名！这本经典是从万能的、至睿的真主降示的。我降示你这本包含真理的经典，你当崇拜真主，而且诚笃地顺服他。"[79]

一些现存的古兰经的最早版本是用一个名为"库法体"（kufic）的字体写成的，以现代伊拉克库法市（Kufa）的名字命名。这件作品中的字体，以用芦苇笔画出的粗线条和轮廓而著称。库法体的另一个特点是垂直笔画短，水平笔画长，元音标红，字母间距大，以及用小金球堆积在金字塔中作为分节。在这页纸上，左边带一片叶子图案的一条金色长条，将第三十八章和第三十九章隔开。在饰条内用白色镂空来勾出章节标题的轮廓。[80]

当慧超开始踏上东归中国的漫长旅途时，他会一而再再而三地遇到穆斯林（用他的话说是"大食"），他们带来的不仅是一种新的宗教，还有旨在表达这种宗教的艺术和建筑的新形式，这些形式大量借鉴了过去的传统，创造了一种新的视觉特征。

## 延伸阅读

Jamal J. Elias, *Aisha's Cushion: Religious Art, Perception, and Practice in Islam* ( Cambridge, MA: Harvard University Press, 2012).

Johan Elverskog, *Buddhism and Islam on the Silk Road* ( Philadelphia: University of Pennsylvania Press, 2010).

Helen C. Evans and Brandie Ratliff, eds. *Byzantium and Islam: Age of Transition, 7th – 9th Century* ( New York: Metropolitan Museum of Art, 2012).

Massumeh Farhad and Simon Rettig, eds. , *The Art of the Qur'an: Treasures from the Museum of Turkish and Islamic Arts* ( Washington, DC: Smithsonian Institution Press, 2016).

Kate Masia-Radford, "Luxury Silver Vessels of the Sasanian Period," in *The Oxford Handbook of Ancient Iran*, ed. D. T. Potts ( Oxford: Oxford University Press, 2013), pp. 920 – 942.

# 十二　五台山

## 朝圣者圆寂

　　正如"导语"中所指出的，我们关于慧超从印度朝圣返回中国后的生活，主要的资料来源是《千臂千钵曼殊室利经》译本的序言。序言中说，780年（农历）五月，慧超大概80岁了，离开唐朝的京城长安，前往五台山，数年后在那里辞世。

　　在无数的菩萨之中，最著名的两位是慈悲菩萨观音菩萨（见第二章）和大智菩萨文殊菩萨——慧超是文殊的信奉者。在梵语中，文殊之名意为"温文荣光"，在一些大乘佛经和许多怛特罗（tantras，密教经典）中扮演着重要的角色。他以多种面貌出现。他最常见的是打扮成一位王子，坐在莲花座上。他的右手高举着智慧之剑，用它切断无知的束缚。他左手拈着一朵莲花的茎，他的左肩上绽放着莲花。莲花之上有一段经文，尤称得上是智慧的完美之作。

　　文殊菩萨在佛教朝圣中发挥着重要的作用。佛教文献中最著名的朝圣活动发生在《华严经》（Avataṃsaka Sūtra）的最后一品《入法界品》中。在那里，年轻的善财出发去寻找一位老师，最终遇到了52人，其中包括观音菩萨、未来佛弥勒，以及佛陀的母亲摩耶夫人。正是文殊菩萨使其开始了他的探索。

《华严经》第一次被译成中文是在 5 世纪，其中包括以下段落："东北方有菩萨住处名清凉山，过去诸菩萨常于中住，彼现有菩萨名文殊师利，有一万菩萨眷属，常为说法。"

随着北魏（386—534）佛教的发展，传说中的清凉山，大智菩萨文殊的人间居所，被认为是五台山，位于中国山西北部的五座山峰组成的山脉。随着唐朝（618—907）华严宗的兴起（华严宗将《华严经》视为佛陀的最高教诲），五台山成为多处圣地和诸多寺院的所在地以及重要的朝圣目的地。

在大乘佛教中，有佛陀或菩萨的神圣领地的概念（中文称为"道场"，梵文为 bodhimaṇḍa），那里是他的居所，他活动的地方。这些处所大多与佛陀有关，在这种情况下，此地被称为"净土"（buddhakṣetra，佛国、佛土）；其中最著名的是阿弥陀佛的"西天"（western paradise）——极乐世界（Sukhāvatī），中国、日本以及慧超的祖国朝鲜对阿弥陀佛的信仰特别虔诚。文殊的道场据说是五台山，一个并非在天国而在人间的神圣居所，因此在今生今世更容易接近。

由此，一位印度菩萨的住所，被说成是在中国。朝圣者不仅来自中国汉地，而且来自朝鲜、日本，后来还有西藏，他们都希望一睹文殊显圣，这些幻象往往与经常出现在山上的超凡脱俗的彩虹、祥云和超自然的光相呼应。有许多关于到山上朝圣和朝圣者到达时所经历的幻觉的记载。甚至还有来自印度的僧侣离开佛教的发祥地（以及讲述文殊的经文），前往中国朝圣寻找大智菩萨的故事。最著名的故事是关于一个叫佛陀波利（Buddhapālita，佛护、觉护）的和尚的。

208

## 故　事

据说佛陀波利在 676 年登上五台山。他面向群山，俯下身来，以头触地顶礼，说道：

　　如来灭后，众圣潜灵，唯有大士文殊师利，于此山中汲引苍生，教诸菩萨。波利所恨，生逢八难［一生为地狱，二为饿鬼魂，三为畜生，四为长生之神，五生为夷狄，六为感能有损，七为持有误见，八为生于无佛出世之世界］，不睹圣容，远涉流沙，故来敬谒。伏愿大慈大悲普覆，令见尊仪。

　　他祷告已毕，眼泪顺着脸颊流下来，他又一次以头触地顶礼。

209 　　他抬起头，看见一位老人从山上走出。当他靠近佛陀波利时，他所说的不是汉语，而是梵语。他说道："法师情存慕道，追访圣踪，不惮劬劳，远寻遗迹。然汉地众生，多造罪业，出家之辈，亦多犯戒律。唯有《佛顶尊胜陀罗尼经》，能灭除恶业，未知法师赍将此经来否？"和尚回答道："贫道直来礼谒，不将经来。"老人说："若不赍经，徒来何益？纵见文殊，亦何能识？师可还西国，取彼经来，流传此土，即是遍奉众圣，广利群生，拯接幽冥，报诸佛恩也。师取经来至，弟子当示文殊居处。"

　　听到这些，佛陀波利满心欢喜。他忍住眼泪，全心全意地鞠躬。当他抬起头时，老人不见了。他西返回国，获得了《佛顶尊胜陀罗尼经》（*Dhāraṇī of the Buddha's Victorious Crown*）。

　　683 年，他回到中国的首都长安，向高宗皇帝（649—683 年在位）报告了这些事情。当佛陀波利把经文呈给皇帝时，皇帝赏赐他 30 匹绢帛作为回报，并命令僧侣们把经文译成汉文。佛陀波利痛哭着向陛下请愿，说道："贫道捐躯委命，远取经来。情望普济群生，救拔苦难。不以财宝为念，不以名利关怀。请还经本流行，庶望含灵同益。"

　　皇帝留下译文，却把梵文本还给了高僧。佛陀波利把它带到西明寺，在那里经过询问之后，他遇到了精通梵文的汉人高僧顺贞。他们请求皇帝陛下允许他们一道翻译佛经，皇帝予以批准。当他们第二次翻译完成后，佛陀波利带着梵文本前往五台山，进入山林，不知所终。[81]

## 解　说

　　五台山成为中国最有磁力的佛教朝圣地之一，吸引着来　　210
自世界各地的朝圣者以及历代统治者的光顾，从女皇帝武曌
（690—705 年在位）到 1000 年后的乾隆皇帝。下面讨论的
是五台山上一幅著名的关于清朝皇帝的画作，他乔装为文殊
菩萨。事实上，有很多关于各种亚洲统治者被神化为各种佛
教天神的说法。

　　然而，在这里我们将解说故事的另一个元素，圣地之外
的圣地活动。一如我们所见，在他去世时的最后指示中，佛
陀建议去印度北部四处与他的生活相关的地方朝圣。然而，
随着佛教在亚洲的传播，这些对许多印度人来说如此接近的
地方变得越来越遥远。旅行是危险的，有许多朝圣者丧生。
如何才能使圣地和对这些圣地的朝觐的恩惠变得更容易呢？
在基督教中，解决这个问题最常见的方法之一是"圣物移
位"，即将圣物运送到另一处地点，例如，在欧洲各地的教
堂中都可以找到真十字架的碎片。

　　基督徒的这种做法晚于佛教徒。据说仰光著名的大金塔
中有佛陀送给跋梨迦和帝梨富沙两位商人的头发，这两位商
人在他开悟后供施给他第一餐饭。佛陀逝世之后，据说阿育
王打开了十座内有佛陀遗物的浮屠，把它们进一步分给在他
整个治下建造的八万四千座浮屠，根据一些传说，甚至还扩
展到了中国。而且，正如我们将在下面看到的，还有其他方
法来建造浮屠。

　　然而，五台山的神圣化是由一种与之不同的将圣物带回

故乡的策略达成的。《华严经》是在中国最有影响力的佛经之一。它曾是中国华严宗（日文 Kegon，華厳；韩文 Hwaeom，화엄）的奠基性文本，但是中国、朝鲜和日本的佛教传统，都对其进行研究和注解。据说这是佛陀在开悟两周后的第一次讲道（因此是在鹿野苑讲道之前），它是以巴洛克风格[82]创作的大量文本，一部关于开悟本质的百科全书。虽然它的一些章节在印度是独立成篇的作品，但没有全文的梵文写本，甚至没有提到它的标题；一些学者推测它源自中亚（特别是于阗）。如上所述，收藏经文的文殊菩萨居所，并不在一片净土上，而是在东北的清凉山上。因此，此山之存在，以及文殊存在于此，是得到众多大乘经典中最有影响力的一部经典承认的。清凉山一旦与五台山联系起来，就成为一处朝圣之地。在这项事业中，尤其重要的是不空，他本人可能是于阗人，这位密宗大师和他自己的老师金刚智一道，被认为是将密教带到中国的功臣。不空后来成为慧超的灌顶师父，他是文殊菩萨的忠实信徒，在推动五台山成为文殊道场上发挥了重要作用。但是，必须指出的是，在不空到达中国时，文殊菩萨与五台山已经建立起良好的联系。女皇帝武曌的家族来自该地区，她有一个以自己为模特的玉雕佛像，703 年时她把它送到五台山敬献给菩萨。[83]

　　如"导语"所述，不空在为佑护皇帝和他的帝国唐廷所举行的各种密教仪式中发挥着中心作用。在 759 年，他举行了一次神圣的仪式，把皇帝变成一位转轮王——一位"普世君主"，他通过弘扬佛法来合法统治。通过不空的努力，五台山与帝王崇拜有着密切的联系，这种联系延续到下一个千年，这一点在本章的第二件艺术作品中就有说明。

　　然而，除了《华严经》之外，另一部经文在提升五台山地位上也有重要的作用。这就是《佛顶尊胜陀罗尼经》（梵文为 Uṣṇīṣavijayadhāraṇī），即文殊让佛陀波利从印度取回的那部经。与许多其他大乘佛教作品一样，该经建议通过誊写来传播自己的作品。它特别建议把经文镌刻在墙壁、山崖和柱子上，并说站在这样一幅铭刻阴影下的任何人都将被灭除恶业。[84]因此，这部由文殊亲自召唤到五台山的经文，成为在整个王国广为宣扬圣地的一种手段。

然而，对圣地还有更大规模的复制（duplications）。在636年前后，也就是慧超前往印度旅行的前一个世纪，新罗僧人慈藏（在第二章中提到）来到五台山。甫一抵达，他即瞻礼文殊菩萨像七日。一晚，他做了一个梦，梦中，菩萨在他面前现身，吟诵了四句梵偈，梵语是慈藏听不懂的语言。但他还是记住了这首梵偈。翌日，一位老和尚走过来，手里拿着一件金光闪闪的锦袍、一个佛陀的乞讨钵盂，还有一个佛陀头骨舍利。应慈藏的要求，他翻译了文殊所说的梵偈："了知一切法，自性无所有。如是解法性，即见卢舍那。"

和尚随后把锦袍、钵盂和释迦牟尼舍利交给慈藏，并告诉他，在他的祖国新罗的东北方有一座山，名叫五台山（"五台山"在韩语中是오대산，Odaesan），那里住着一万文殊菩萨。和尚命令慈藏前往那里。慈藏后来从一条龙那里得知，老和尚就是文殊菩萨本尊。和中国的五台山一样，韩国的五台山也有五座山峰。和五台山一样，这里也是菩萨居住之所。在东峰之上，有一万观音菩萨；在南峰之上，有一万地藏菩萨；在西峰之上，有一万大势至菩萨；在北峰之上，有五百罗汉；在中峰之上，有一万文殊菩萨。[85]

无论师从文殊菩萨本尊还是金刚智和不空，慧超都被吸引到了五台山，那是大智菩萨的居所。

## 艺　术

文殊菩萨的一个称号是童贞（*kumārabhūta*），意思是

"永远年轻"和"永远的王子"。这是在镰仓时代（1185—1333）的一幅日本卷轴（图二十四）中对他的描绘。镰仓时代是日本佛教史上最为重要的时代之一。这是禅宗大师道元、净土宗大师亲鸾和《法华经》的狂热拥护者日莲的时代。在这里，这位年轻的王子很容易被人辨识出来他的标准装备。他坐在一头凶猛的狮子顶上，它的两只爪子下面各盛开着一朵莲花。王子右手握着智慧之剑，不是高举着随时准备砍下——就像印度艺术中经常描绘的那样——而是放在他的身边。他用左手拈着莲花的茎，莲花在他的左肩上绽放。在这朵莲花的顶部是一部《法华经》，它不是以出现在中国和日本的卷轴的形式，而是以出现在印度的活页写经的形式。事实上，文殊菩萨的袒胸露臂，他精致的珠宝，还有他图案装饰的长裤，都是想把他描绘成一位印度王子。

据说，这幅关于文殊菩萨的特别图像源自中国人对菩萨的看法，而慧超可能知道这一点。公元 710 年，一位名叫法云的僧人委托刻匠安生制作了一尊文殊菩萨雕像。然而，他制作的所有雕像都裂开了。最后，法云向菩萨求援，此时，文殊菩萨的七十二种化身似乎帮助了他。这幅画像被认为是对这一化身的完美模拟。这幅画中描绘了文殊菩萨身着菩萨服饰，坐在狮子背上的莲花座上，旁边是一位驯狮人或男仆（男仆不在画中）。狮子被描绘得很有力量：比例比文殊大得多，它咆哮着，头转向一侧。[86]

收藏这幅画像的寺庙，后来被称为真容院，成为朝圣的主要场所。事实上，在敦煌的《五台山图》上，寺庙常常占据构图的中心。

从 13 世纪晚期开始，这幅挂在卷轴上的画，被画在一块高 51 英寸、宽约 22 英寸的绢帛垫板上。委托创作这幅卷轴之日，恰逢中世日本戒律复兴运动（真言律宗）的主要人物——僧人睿尊（1201—1290）提倡将文殊信仰奉为犯罪、乞丐和其他社会弃儿的保护者的时期。由于睿尊是奈良西大寺的住持，他的活动以西大寺流（Saidaiji Order）著称；它是日本镰仓时代和南北朝时代最重要的宗教组织之一。

据说，在 1245 年，睿尊有一个幻象，文殊菩萨坐在宝莲之上，骑着一头金狮，出现在天空中。菩萨宣布，他为了那些在末法时代修习密教教义的人，而授予睿尊密教咒誓（samaya，三昧耶）的手印和咒语。这一异象被记录在一份日期为 1269 年的文书中，当时睿尊本人正将戒律传授给他的弟子。

值得注意的是，除了这幅画之外，睿尊住持的西大寺还委托制作了两尊镰仓时代的真人大小的文殊菩萨雕像：一尊于 1302 年在西大寺完成，另一尊（已不存）于 1267 年在般若寺完成——这是西大寺的一个分寺，也位于奈良。经常为大众举行与这些图像相关的仪式，他们被鼓励与图像建立个人联系（一种被称为"结缘"的做法）。这些雕像仿佛再现了睿尊的幻象，常常被描述为文殊菩萨的肉身，里面装满了各种各样的圣物，包括佛经、舍利、佛画、图册、文殊菩萨小型雕像以及僧众制作的祈祷文。[87] 尽管与佛利尔美术馆这幅绘画有关的具体仪式尚未确定，但它与西大寺流的文殊崇拜的关系已经很好地确立起来。

214

第二件（图二十五）——虽然来自慧超之后的很长时间——表明他的旅程中所见证的国际化的佛教仍将延续千年。这是一幅关于一位满族皇帝的藏式风格的中国画。有证据表明，1644 年征服中国的满族人为了与文殊菩萨联系在一起，把他们的族名从女真改为满洲。[88] 1661—1722 年在位的康熙皇帝曾五次驻跸五台山，他自称是文殊菩萨。我们这幅画作描绘的是他的孙子乾隆皇帝。和之前的唐朝皇帝一样，他也被一位非汉人高僧奉为转轮王，这位高僧是一位名叫章嘉·若必多吉（Jangkya Rolpé Dorjé，1717—1786）的藏族人。[89]

　　这幅作品是一幅大型藏式唐卡，也叫卷轴画，高约 55
英寸、宽约 25 英寸。它符合一种特殊的样式，皇帝通常坐
在宝座上居于画面中央，宝座上有一朵从湖中伸出的莲花，
前面的御案上摆着供品。他被 108 个人物簇拥着。在画面的
底部是各种怒目而视的神灵，提供着保护。顶部是诸佛和诸
菩萨。围绕着中心人物的是不同血统的法师，祖师坐在中心
人物的头顶正上方。这幅画中的山地背景表明，菩萨坐在五
台山五峰之间的道场中。

　　这幅画显示皇帝穿着僧人袈裟。他的身份是文殊菩萨，
标志是一柄火红的剑直立在他右肩的莲花上，一卷《法华
经》经卷置于他左肩的莲花上。他把每一根花茎都握在手
里。他也是一位转轮王——一位"转动法轮"的皇帝，这从
他左手直立的金轮可以明显看出。两种身份都由在他所坐的
大莲花正上方的藏文题记证实。上面写着：

> 大智文殊，
> 佛法之王，
> 君临天下之主。
> 伏愿永安坐于金刚宝座。
> 伏愿一切宏愿自然实现。

　　他的正上方是他的国师章嘉·若必多吉。其他的形象包
括历史人物和藏传佛教精致的万神殿（pantheon）中的各种
超凡存在；每一位人物的名字都用金字写在各自的宝座上。
因此，蓝色的密宗佛金刚持（Vajradhara）在顶部的圆圈中，
周围是密宗瑜伽士。圆圈的下面，右边是十位菩萨，上面是
文殊菩萨，旁边是一位蓝色的金刚手菩萨（Vajrapāṇi）和一
位白色的观音菩萨。环绕着乾隆的是藏传佛教史上的重要人
物，包括密勒日巴尊者（Milarepa）和几位达赖喇嘛、班禅

喇嘛。乾隆的正上方是宗喀巴（Tsong kha pa）。仔细观察各种人物形象的面容，显然皇帝的面容与其他人截然不同，他看起来比其他人的程式化的面庞更为自然。这幅画是清廷藏族艺术家（或受过藏式风格训练的汉族艺术家）的作品；皇帝在中正殿建立了一座藏传佛教绘画机构[90]。然而，皇帝的御容留给了他的欧洲宫廷画家——耶稣会士郎世宁（Jesuit Giuseppe Castiglione，1688—1766）来画。在他漫长的统治过程中，乾隆自己被描绘成许多神话和历史上的人物，其中包括著名的居士菩萨维摩诘（Vimalakīrti）。然而，他似乎认为将自己描绘成文殊菩萨是特别重要的，他曾多次以这种乔装入画；有八幅这样的画留存于世。

像他之前的许多皇帝一样，乾隆把自己理解为一位转轮王，并通过艺术、建筑和文学形式塑造自己。乾隆受命为"万国之君"，并非来自像不空那样的神圣化，而是出自清朝第一位君主统治时期五世达赖喇嘛的公开预言。乾隆在神圣的佛教统治者留下的历史悠久的遗产中，自然而然地确立了他在文殊菩萨和五台山的帝王崇拜中的地位，帝王们占据的这一地位可以上溯至慧超的时代。

## 延伸阅读

Patricia Berger, *Empire of Emptiness: Buddhist Art and Political Authority in Qing China* ( Honolulu: University of Hawaii Press, 2002).

Chou Wen-shing, "Imperial Apparitions: Manchu Buddhism and the Cult of Mañjuśrī," *Archives of Asian Art* 65, No. 1 (2015): 139 – 179.

Karl Debreczeny, "Wutai shan: Pilgrimage to Five-Peak Mountain," *Journal of the International Association of Tibetan*

Studies 6 (2011): 1 – 133.

Lin Wei-Cheng, *Building a Sacred Mountain: The Buddhist Architecture of China's Mount Wutai* (Seattle: University of Washington Press, 2014).

Wu Pei-Jung, "Wooden Statues as Living Bodies: Deciphering the Meanings of the Deposits within Two Mañjuśrī Images of the Saidaiji Order," *Artibus Asiae* 74, No. 1 (2014): 75 – 93.

# 结　语

人们早就认识到佛教是一种旅行的宗教。佛陀在长期的教诲中（传统上说持续了45年），走过了今天印度东北部和尼泊尔南部的许多地区，在不同的城市驻停进行"雨季静修"（在一个例子中，在须弥山巅停留了33天）。在他最初的60位僧侣证悟之后，他向他们做出著名的教诲："为了多数人的恩惠，为了多数人的幸福，出于对世界的同情，为了诸神和众生的福祉、恩惠和幸福，去云游吧。不要让两个人去往同一方向。"

他们似乎一直遵从他的教诲，在过去的几十年和几百年里，佛教遍及印度次大陆；南至斯里兰卡，最终到达东南亚的大部分地区，包括现在的印度尼西亚；西至今天的巴基斯坦、阿富汗和伊朗；北至中国、朝鲜、日本、蒙古，以及几个俄罗斯共和国；在19世纪来到了"西方"，抵达欧洲和北美。

然而，像"佛教"这样的抽象名词是无法旅行的。旅行的是人们和事物；在佛教中，最常见的是僧侣和商人，以及在他们的思想和行囊中的东西：经文、舍利和造像。在现代以前，这种旅行是靠双足步行、在动物背上或是在舟帆上进行的。许多旅行者声名远播，在他们带去了佛法的地方被尊为圣人和英雄。

与此同时，各种各样更神奇的旅行发生了。据说，在晚上，当他的僧众正在熟睡之时，佛陀会用他的"心造之身"去遥远的印度地区传授佛法。最终，人们讲述了佛陀去往遥远之地进行奇幻旅行的故事，经常在石头上留下脚印以纪念他曾到场。其中一部最著名的大乘佛经名叫《楞伽经》（*Laṅkāvatāra/Descent into Laṅkā*），它描述了佛陀在斯里兰卡的教导。佛法的领域随着佛本生故事的创作而进一步扩大，这些故事讲述了佛陀的前世生活，它们发生在佛陀和他的第一个门徒所走过的道路以外的地区和世界。

为了理解佛法，它需要翻译，这个词本身就唤起了旅行；它字面上的意思是"从一边向另一边搬运"。翻译的过程——对佛教在世界各地的传播至关重要——似乎很早就开始了。据说佛陀禁止两个婆罗门皈依者将他的教义翻译成正式的经文来诵读，并警告说这样做会违反寺院的戒律。每个弟子都应该用自己的方言来讲授佛陀的话。但是佛教时期的印度有很多方言，使得来自一个地区的僧侣很难与来自另一个地区的僧侣交流。最后，为了促进交流，人们发明了一种新的白话（vernacular），将来自印度不同地区的元素结合在一起。这种语言，被称为巴利语（Pāli），它被认为可能是第一种人工语言。不过，就印度方言进行谈判是一回事，将印地语（Indic）书籍翻译成汉语是另一回事。因此，另一类佛教圣人和英雄是翻译家，他们在许多情况下，到外国旅行，用诸如汉语和藏语等语言创造了全新的词汇，使新地区的人们能够接触到佛法。

另一种翻译形式出现在艺术领域。在这里，介绍了一种崭新的并且在许多方面都是不可思议的神——佛陀，根据传统，他的身体装饰具有大士三十二相和八十随好。佛陀不仅有一具需要以吸引新观众的方式来描绘的身体，还带来了一整座由天神、圣人、鬼魂和魔鬼组成的万神殿（以及大量关于它们的故事文库），可以在卷轴上绘画，用石头或木头雕刻，用青铜铸造。

这一翻译过程——将身体、书籍、佛像空间转移，将文字和图像变为新的风格——被证明是非常成功的。事实上，当"世界宗教"一词最早在 19 世纪出现时，最初的名单上只有两个——基督教和佛教——因为它们的地理范围。然而，佛教离开其起源地的运动激发了一种反向的运动，因为来自遥远国度的佛教徒经常踏上危险的旅程前往佛陀的诞生地。许多人朝觐圣地，有时来自佛教世界最遥远的地方。许多人没能回家。

这本书是其中一位旅行者的故事，他是一位僧人，因其如此平凡，而又如此卓越。正如前面已经指出的，他不是一位伟大的学者，他不是一位伟大的翻译家，他不是一位伟大的艺术家。他旅行的时候还很年轻。然而，由于我们不知道的原因，他受到鼓舞，开启了一次伟大旅程，与在他之前和之后出发的许多人都不同，他回来之后讲述了他的故事。这个故事只有残卷保存下来，幸存的片段让读者想要知道更多。因为慧超很少述说他在沿着危险的道路前进时的所思所想，所以我们只能靠想象。这本书试图向人们展示慧超可能拥有的思想和经历，他从一处圣地到另一处圣地，开始于他的祖国新罗，终结于他在神秘的五台山的生命完结之日。

知晓佛教的故事——就像他肯定如此——当他看到一座浮屠或一尊佛像时，会唤起记忆中佛陀生活中的哪些场景，哪座浮屠的轮廓？慧超没有在印度停留足够长的时间来学习梵文或者是可能的当地方言。因此，他与佛陀的相遇将发生在他的脑海里和眼睛里，这是由一处地点催生的思想，由一个图像激发的故事。

这本书试图讲述慧超会知道的这些故事，并提供他会看见的这些图像，这些将慧超与他所栖居和穿越的更广大的佛教世界以及他之前和之后的佛教世界联结起来。诚然，这本

223

书是推测性的；我们真正要继续做的全部，就是慧超的地图。这张地图是从慧超行记的残卷中复原出来的，它提供了一幅关于佛教超越国家和宗派界限的图景，提供了一个机会让我们重新思考自己关于人、物和思想在那一世界流动的概念地图。因此，我们似乎应该向这位我们所知甚少的年轻僧人、这位远行的年轻僧人致敬。

# 致　谢

　　如果没有许多人的物质和精神支持，这本书是不可能完成的。对于给予资助者，我们要感谢密歇根大学的人文合作和 MCubed 项目。这个项目由著名的密歇根大学亚洲图书馆发起，由道恩·劳森（Dawn Lawson）主持。亚洲语言和文化系的一些同事慷慨地奉献了他们的时间和专业知识，他们包括迈卡·奥尔贝克（Micah Auerback）、威廉·巴克斯特（William Baxter）和本杰明·布罗斯（Benjamin Brose）。文学、科学和艺术学院的信息技术办公室的彼得·诺普（Peter Knoop）和雷切尔·特鲁德尔（Rachel Trudell）为本书的地图制作提供了必要的帮助。在密歇根大学之外，我们要感谢罗伯特·布斯韦尔（Robert Buswell）、查尔斯·奥泽奇（Charles Orzech）、郑炳三（Jung Byung-sam）和芝加哥大学出版社匿名审稿人的见解。出版社的编辑主任艾伦·托马斯（Alan Tomas）做出了非凡的努力，在华盛顿佛利尔 | 赛克勒美术馆（Feer | Sackler Gallery）的佛教艺术展开幕之前及时出版了这本书。对于佛利尔 | 赛克勒美术馆，我们要感谢董事朱丽安·拉比（Julian Raby）、策展人黛布拉·戴蒙德（Debra Diamond）、罗伯特·德卡罗利（Robert DeCaroli）、斯蒂芬·阿莱（Stephen Allee）、珍·斯图亚特（Jan Stuart）以及摄影师尼尔·格林特里（Neil Greentree）。佛利尔 | 赛克勒美术馆非常慷慨地免费提供了这本书中出现的艺术作品的图像。深深感激所有这些朋友和同事的协作精神。

# 注　释

[1] "中国佛教"，汉语中也称汉传佛教；"小乘佛教"（Theravāda Buddhism），又译上座部佛教。——译者注

[2] 从敦煌本辑出的慧超《往五天竺国传》残本（可参阅慧超原著，张毅笺释《往五天竺国传笺释》，中华书局，2000；或本书附录）写作"建驮罗"，本书统译作较为通行的"犍陀罗"。本书所引慧超原文，详见附录所收慧超《往五天竺国传》残卷校录本。——译者注

[3] 本书英文原著称旅行日志（travel journal），指后来定名的《往五天竺国传》残卷，通译为"行记"。——译者注

[4] 意大利作家卡尔维诺的《看不见的城市》是一部中篇小说，以马可·波罗向忽必烈大汗讲述的形式，叙述了关于 55 座城市的故事。——译者注

[5] *Last Days of the Buddha：The Mahāparinibbāna Sutta*，translated from Pāli by Sister Vajirā and Francis Story，rev. ed.（Kandy，Sri Lanka：Buddhist Publication Society，1998），pp. 62 – 63.（即《大般涅槃经》。——译者注）

[6] 伯希和用贬抑的词语描绘了慧超的文辞和诗句，他在 1908 年写道："此取经僧文才不逮法显，而叙述之详赡，又不及玄奘，吾于乌鲁木齐识一华人，搜集僧侣诗甚富，而慧超不预焉。文字平直，书中存留篇什不多，然亦幸其未多

留耳，记载虽亦微嫌简质，然究有可取者，是书既为中古人著作，据此可证当时状况之一斑。"Paul Pelliot，"Une bibliothèque médiévale retrouvée au Kan-sou，"*Bulletin de l'Ecole française d'Extrême Orient（BEFEO）*8（1908）：512.（译文据伯希和著，陆翔译《敦煌石室访书记》，《国立北平图书馆馆刊》第 9 卷第 5 期，1935 年，第 11 页。——译者注）

对于慧超的语言更为彻底的评价，参阅桑山正进『慧超往五天竺国传研究』临川书店、1998、204 - 206 页。

[7] 关于义净著作的译本，参阅 Latika Lahiri，*Chinese Monks in India*（Delhi：Motilal Banarsidass，2015）。关于稍晚时段中国朝圣者到印度，参阅 Sam van Schaik and Imre Galambos，*Manuscripts and Travellers：The Sino-Tibetan Documents of a Tenth-Century Buddhist Pilgrim*（Berlin：De Gruyter，2011）。

[8] 传统译为"我皈依佛，我皈依法，我皈依僧"。——译者注

[9] 贵格会（Quaker），正式名称为教友派、公谊会，17 世纪在英国和北美兴起的基督新教派，无成文信经、教义、圣礼、节日，直接靠圣灵启示。信徒集中在美国。得名来源，一说是公谊会建立之初聚会时常有人激动得颤抖；一说是其建立者乔治·福克斯在一次宗教裁判时，警告法官将在上帝面前颤抖。——译者注

[10] 震颤派（Shaker），正式名称为基督复临信徒联合会，18 世纪在英国成立的基督新教派，此后流行于美国。震颤派有意识地同世俗世界隔离，崇尚简约俭朴、自给自足，倡导独身和农作等。宗教仪式中伴以歌舞，由四肢颤动而全身摆动，故而得名。——译者注

[11]（唐）义净著，王邦维校注《南海寄归内法传校注》卷一，中华书局，1995，第 20 页。——译者注

[12] 有关东亚佛教中 tantra 和 esoteric 两个术语变迁的有

益讨论，请参阅 Robert H. Sharf，*Coming to Terms with Chinese Buddhism：A Reading of the "Treasure Store Treatise"*（Honolulu：University of Hawai'i Press，2002），pp. 263 – 278。

[13] 参阅 "Open Road to the World：Memoirs of a Pilgrimage to the Five Indian Kingdoms," ed. Roderick Whitfield, trans. Matty Wegehaupt, in *Collected Works of Korean Buddhism*, Vol. 10, *Korean Buddhist Culture：Accounts of a Pilgrimage, Monuments, and Eminent Monks*（Seoul：Jogye Order of Korean Buddhism，2012），p. 8。

[14] Ibid. , p. 8 and p. 9, n. 7. 请注意，虽然 "Open Road to the World" 一文说这一时期有 15 名朝鲜僧侣前往印度，但其第 9 页注释 7 的僧侣名单上只有 14 个名字。

[15] 这里出现的这首诗以及慧超的其他诗作是由陈春娃和凯文·卡尔英译，并得到本杰明·布罗斯、威廉·巴克斯特的襄助。（参阅慧超原著，张毅笺释《往五天竺国传笺释》"四大灵塔"条，第 22 页。——译者注）

[16] *A Record of the Buddhist Religion as Practised in India and the Malay Archipelago（A. D. 671 – 695）by I-Tsing*, trans. Junjiro Takakusu（Oxford，Clarendon Press，1896），p. xxxii.

[17] "Open Road to the World：Memoirs of a Pilgrimage to the Five Indian Kingdoms," ed. Roderick Whitfield, trans. Matty Wegehaupt, in *Collected Works of Korean Buddhism*, Vol. 10, *Korean Buddhist Culture：Accounts of a Pilgrimage, Monuments, and Eminent Monks*（Seoul：Jogye Order of Korean Buddhism，2012），p. 88.

[18]《高僧传》（T. 2059：322c4 – 423a19）等著作中出现了"八塔"一词，但没有具体说明。曾前往印度的中国朝圣者悟空（卒于 812 年）提供了一份名单，包括迦毗罗、摩诃菩提、鹿野苑、灵鹫山（因为《法华经》在那里讲

授)、吠舍离、僧伽施、舍卫城(因为《大般若波罗蜜多经》在那里讲授)和拘尸那。在藏传佛教中,还有另外一组8个:蓝毗尼、摩诃菩提、鹿野苑、舍卫城、僧伽施、王舍城的给孤独园(纪念佛陀恢复提婆达多造成的分裂)、吠舍离附近的遮婆罗塔(纪念佛陀将寿命延长8个月),以及拘尸那。

[19] *The Lotus Sūtra*, trans. Tsugunari Kubo and Akira Yuyama, rev. 2nd ed., BDK English Tripiṭaka Series (Berkeley, CA: Numata Center for Buddhist Translation and Research, 2007), p. 238.

[20] *The Life of Hiuen-Tsiang by the Shaman Hwui Li*, trans. Samuel Beal (London: Kegan Paul/Trench, Trübner, 1914), p. 105. [(唐)慧立、(唐)彦悰:《大慈恩寺三藏法师传》卷三《起阿瑜陀国　终伊烂拏国》,中华书局,2000,第66页。——译者注]

[21] 参阅 James Huntley Grayson, *Early Buddhism and Christianity in Korea: A Study in the Emplantation of Religion* (Leiden: E. J. Brill, 1997), pp. 34 – 35。

[22] 参阅本书附录《往五天竺国传》残卷校录。此处引文在英文原著中为间接引语。——译者注

[23] 指慧超记载的:"多爱吃虱,为着毛褐,甚饶虮虱,捉得便抛口里,终不弃也。"——译者注

[24] *The Great Tang Dynasty Record of the Western Regions*, trans. Li Rongxi, BDK English Tripiṭaka 79 (Berkeley, CA: Numata Center for Buddhist Translation and Research, 1996), p. 83. [(唐)玄奘、(唐)辩机原著,季羡林等校注《大唐西域记校注》卷三《乌仗那国》,中华书局,2000,第270页。——译者注]

[25] 原文为间接引语。参阅 (唐)玄奘、(唐)辩机

原著，季羡林等校注《大唐西域记校注》卷一《迦毕试国》，第 136 页。——译者注

[26] 原文为"塔里木盆地"（Tarim Basin），疑误。——译者注

[27] 吐火罗语 A 也称为 A 方言，实为焉耆语；吐火罗语 B 也称为 B 方言，实为龟兹语。参阅季羡林《吐火罗文研究》，《季羡林文集》第十二卷，江西教育出版社，1996，第 7—24 页。——译者注

[28] 关于金刚智，参阅 Charles D. Orzech, "Vajrabodhi (671 – 741)," in *Esoteric Buddhism and the Tantras in East Asia*, ed. Charles Orzech, Henrik Sorensen, and Richard Payne (Leiden: Brill, 2011), pp. 345 – 350。

[29] 参阅 Jeffrey Sundberg and Rolf Giebel, "The Life of the Tang Court Monk Vajrabodhi as Chronicled by Lü Xiang (吕向): South Indian and Śrī Laṅkān Antecedents to the Arrival of Buddhist Vajrayāna in Eighth-Century Java and China," *Pacific World*, 3rd series, 13 (Fall 2011): 129 – 222。

[30] 参阅 Charles D. Orzech, "Vajrabodhi (671 – 741)," in *Esoteric Buddhism and the Tantras in East Asia*, ed. Charles Orzech, Henrik Sorensen, and Richard Payne (Leiden: Brill, 2011), p. 347。

[31] 在这里，把汉文名字"金刚"翻译成"Amoghavajra（不空，不空金刚、不空智）"是推测性的。金刚，Vajra（或金刚大师）是金刚智名字的标准汉译。然而，在 742 年，金刚智已经死了，众所周知，不空当时已返回印度，如后所述。另一种可能是把"金刚"读作金刚智，并认为序言作者弄错了其死亡日期；金刚智死于开元十五年八月二十九日，即公元 741 年 9 月 29 日。在这种情况下，这段经文应理解为不是金刚智自己把经文带回印度，而是他指示其他人这

样做。

[32]《大乘瑜伽金刚性海曼殊室利千臂千钵大教王经》
（T. 1177A：724b6 – 775c26）分为十卷。经卷之首发现有序
言（T. 1177A：724b8 – c05），但不确定它最初是否为翻译
的一部分。

汉文的英译由陈春娃和凯文·卡尔在查阅 *The Hye Ch'o
Diary*：*Memoir of the Pilgrimage to the Five Regions of India*,
trans. and ed. Han-sung Yang, Yün-hua Jan, Shotaro Iida,
and Laurence W. Preston（Berkeley：Asian Humanities Press,
1984），pp. 15 – 18 之后完成，他们还查阅了 Max Deeg, "Has
Huichao Been Back to India? On a Chinese Inscription on the
Back of a Pāla Bronze and the Chronology of Indian Esoteric Bud-
dhism," in *From Turfan to Ajanta*：*Festschrift for Dieter Schlin-
gloff on the Occasion of His Eightieth Birthday*, ed. Eli Franco
and Monika Zin, Vol. 1（Kathmandu：Lumbini International Re-
search Institute, 2010），pp. 207 – 208 中的序言译文。

［引文中括号夹注为英文作者所加；标点则为译者酌加。
文字据《全唐文补编》之《全唐文又再补》卷四慧超《大
乘瑜伽金刚性海曼殊室利千臂千钵大教王经序》，陈尚君自
《大日本佛教全书》辑校，中华书局，2005，第2290页。另
见（清）董诰等编《全唐文》卷九〇六《大乘瑜伽金刚性
海曼殊室利千臂千钵大教王经序》，题为不空撰，中华书局，
1983，第9539页。英文原书所录并非完整序言。——译者注］

[33] 参阅 Max Deeg, "Has Huichao Been Back to India?
On a Chinese Inscription on the Back of a Pāla Bronze and the
Chronology of Indian Esoteric Buddhism," in *From Turfan to
Ajanta*：*Festschrift for Dieter Schlingloff on the Occasion of His
Eightieth Birthday*, ed. Eli Franco and Monika Zin, Vol. 1
（Kathmandu：Lumbini International Research Institute, 2010），

pp. 197 – 213。

[34] 参阅 "Open Road to the World: Memoirs of a Pilgrimage to the Five Indian Kingdoms," ed. Roderick Whitfield, trans. Matty Wegehaupt, in *Collected Works of Korean Buddhism*, Vol. 10, *Korean Buddhist Culture: Accounts of a Pilgrimage, Monuments, and Eminent Monks* (Seoul: Jogye Order of Korean Buddhism, 2012), pp. 10 – 11。

[35] 参阅 Han-sung Yang, Yün-hua Jan, Shotaro Iida, and Laurence W. Preston, trans. and eds. , *The Hye Ch'o Diary: A Memoir of the Pilgrimage to the Five Regions of India* (Berkeley, CA: Asian Humanities Press, 1984), p. 18。

[36] 英文中有"乞讨就不能挑肥拣瘦"(beggars can't be choosers) 习语, 意指"给什么就得要什么""没有选择余地"等, 这里化而用之, 微含揶揄。——译者注

[37] *The Mahayana Mahaparinirvana-Sutra: A Complete Translation from the Classical Chinese Language in 3 Volumes*, trans. Kōshō Yamamoto, 3 Vols. (Oyama, Japan: Karin Bunkō, 1975), Vol. 3, p. 469.

[38] 关于地藏的故事, 参阅 William Powell, "Mt. Jiuhua: The Nine-Florate Realm of Dicang [sic] Pusa," *Asian Cultural Studies* 16 (November 1987): 55 – 69; 以及 Richard D. McBride II, "Silla Buddhism and the Hwarang segi Manuscripts," *Korean Studies* 31, No. 1 (2007): 30 – 31。

[39] 所谓语言书写系统, 即新罗"吏读"(或称"吏札"等), 指的是借用汉字音、义标记新罗语言的特殊的文字形式。——译者注

[40] 历史上的新罗确实曾与唐朝发生冲突, 这就是所谓唐罗战争。目前关于这一战争的研究存在较大分歧, 其中一种说法是这场战争并没有真正意义上的胜利者。值得注意

的是，短暂的冲突和冷淡期之后，唐与新罗双方迅速调整外交关系，形成了东亚史上典范式的朝贡—册封关系。安史之乱中，新罗遣唐使甚至前往玄宗所在的蜀地朝贡。——译者注

［41］ *Garland of the Buddha's Past Lives by Āryaśūra*, trans. Justin Meiland, Vol. 1（New York：New York University Press, 2009）, p. 345.

［42］关于这一著名故事的版本，参阅 Todd T. Lewis, ed.,"Story of Siṃhala, the Caravan Leader," in *Buddhism in Practice*, ed. Donald S. Lopez（Princeton, NJ：Princeton University Press, 1995）, pp. 151 – 169。

［43］关于富楼那的故事，参阅 *Divine Stories：Divyāvadāna*, trans. Andy Rotman, part 1（Boston：Wisdom, 2008）, pp. 71 – 117。

［44］ *The Lotus Sūtra*, trans. Tsugunari Kubo and Akira Yuyama, rev. 2nd ed., *English Tripiṭaka Series*（Berkeley, CA：Numata Center for Buddhist Translation and Research, 2007）, p. 309.

［45］徐荣、刘澄故事，文字据董志翘译注《观世音应验记三种译注》，江苏古籍出版社，2002，第21—24、69—71页，"观世音"，原文作"光世音"。徐荣故事另见《法苑珠林》，文字略有出入。——译者注

［46］参阅 Pierre-Yves Manguin,"Early Coastal States of Southeast Asia：Funan and Śrīvijaya," in John Guy, ed., *Lost Kingdoms：Hindu-Buddhist Sculpture of Early Southeast Asia*（New York：Metropolitan Museum of Art, 2014）, p. 114。

［47］参阅 Michel Jacq-Hergoualc'h, *The Malay Peninsula：Crossroads of the Maritime Silk Road*（100*BC* – 1300 *AD*）（Leiden：Brill, 2002）, p. 238。他引用的是沙畹（Chavannes）

的 1894 年法文译本，第 119 页。[此据王邦维《义净与〈南海寄归内法传〉》，载（唐）义净著，王邦维校注《南海寄归内法传校注》校注代前言，第 9 页。——译者注]

[48] 此据义净《南海寄归内法传》卷四《灌沐尊仪》，据王邦维校注《南海寄归内法传校注》，第 174 页。——译者注

[49] "Open Road to the World: Memoirs of a Pilgrimage to the Five Indian Kingdoms," ed. Roderick Whitfield, trans. Matty Wegehaupt, in *Collected Works of Korean Buddhism*, Vol. 10, *Korean Buddhist Culture: Accounts of a Pilgrimage, Monuments, and Eminent Monks* (Seoul: Jogye Order of Korean Buddhism, 2012), pp. 73 – 74.

[50] "斗争世"，据徐梵澄《释时》所译名，是印度神话中对人类第四个世代的称谓，为时一千年。参阅《徐梵澄文集》第八卷，上海三联书店，2006，第 183—185 页。——译者注

[51] 关于古代印度葬礼习俗的有益研究，参阅 Giuseppe De Marco, "The Stūpa as a Funerary Monument: New Iconographical Evidence," *East and West* 37, Nos. 1 – 4 (December 1987): 191 – 246。

[52] Louis de la Vallée Poussin, French trans., *Abhidharmakośabhāṣyam*, Vol. 2, English trans. by Leo M. Pruden (Berkeley, CA: Asian Humanities Press, 1988), p. 382.

[53] 关于禁止毁坏该塔的讨论，参阅 Peter Skilling, "Ideology and Law: The Three Seals Code on Crimes Related to Relics, Images, and Bodhi-trees," *Buddhism, Law, and Society* 1 (2015 – 2016): 69 – 103。

[54] *The Lotus Sūtra*, trans. Tsugunari Kubo and Akira Yuyama, rev. 2nd ed., English Tripiṭaka Series (Berkeley,

CA： Numata Center for Buddhist Translation and Research，2007），p. 238.

［55］"方便"为大乘术语，指度脱众生采取的各种灵活方法。英文原著为"skillful method"。——译者注

［56］"飞升奇观"，原文为 aerodynamics，直译即"空气动力学"，此据意译。——译者注

［57］"亲信女张民乐"，原书拼作"Zhang Pengle"，当误。——译者注

［58］G. P. Malalasekhara，*Dictionary of Pāli Proper Names*，2 vols.（Delhi： Munshiram Manoharlal，1998），Vol. 1，pp. 294 – 305.

［59］关于这段文字的讨论，参阅 Robert DeCaroli，*Image Problems： The Origin and Development of the Buddha's Image in Early South Asia*（Seattle： University of Washington Press，2015），pp. 31 – 34，173 – 174。

［60］"Open Road to the World： Memoirs of a Pilgrimage to the Five Indian Kingdoms，" ed. Roderick Whitfield，trans. Matty Wegehaupt，in *Collected Works of Korean Buddhism*，Vol. 10，*Korean Buddhist Culture： Accounts of a Pilgrimage*，*Monuments，and Eminent Monks*（Seoul： Jogye Order of Korean Buddhism，2012），pp. 94 – 95.

［61］*A Record of the Buddhist Religion as Practised in India and the Malay Archipelago*（A. D. 671 – 695）*by I-Tsing*，trans. Junjirō Takakusu（Oxford： Clarendon Press，1896），pp. 147 – 148.［此据王邦维校注《南海寄归内法传校注》卷四《灌沐尊仪》，第 172 页。——译者注］

［62］Julia K. Murray，"The Evolution of Pictorial Hagiography in Chinese Art： Common Themes and Forms，" *Arts Asiatiques* 55，No. 1（2000）： 84.

[63] 关于舍卫城奇迹，引自 *Prātiharya Sūtra of the Divyāvadāna*。关于其英译文，参阅 *Divine Stories：Divyāvadāna*, trans. Andy Rotman（Boston：Wisdom，2008），part 1，pp. 252 – 287。

[64] Louis de la Vallée Poussin, French trans. , *Abhidharmakośabhāṣyam*, English trans. by Leo M. Pruden, Vol. 4（Berkeley，CA：Asian Humanities Press，1988），p. 1167.

[65] Eugène Burnouf, *Introduction to the History of Indian Buddhism*, trans. Katia Buffetrille and Donald S. Lopez Jr.（Chicago：University of Chicago Press，2009），p. 191.

[66] 我们感谢基思·威尔逊（Keith Wilson）与我们分享了他对长期出借给佛利尔与赛克勒美术馆的克孜尔残片作品的研究，特别是他复原第 224 号窟残片位置的工作。

[67] "Open Road to the World：Memoirs of a Pilgrimage to the Five Indian Kingdoms," ed. Roderick Whitfield, trans. Matty Wegehaupt, in *Collected Works of Korean Buddhism*, Vol. 10, *Korean Buddhist Culture：Accounts of a Pilgrimage, Monuments, and Eminent Monks*（Seoul：Jogye Order of Korean Buddhism，2012），pp. 95 – 96.

[68] 腕尺在古代的埃及、希腊、罗马等国使用，各地实际长度略有不同，罗马腕尺相当于 44 厘米多。——译者注

[69]（唐）玄奘、（唐）辩机原著，季羡林等校注《大唐西域记校注》卷五《憍赏弥国》，第 469 页。——译者注

[70] *The Great Tang Dynasty Record of the Western Regions*, trans. Li Rongxi, BDK English Tripiṭaka 79（Berkeley，CA：Numata Center for Buddhist Translation and Research，1996），p. 160. [（唐）玄奘、（唐）辩机原著，季羡林等校注《大唐西域记校注》卷五《憍赏弥国》，第 468 页。——

译者注 ]

　　[ 71 ] Ibid. , p. 386.

　　[ 72 ] 关于笈多风格，参阅 Joanna Gottfried Williams，*The Art of Gupta India*：*Empire and Province*（Princeton，NJ：Princeton University Press，1982）。

　　[ 73 ] "Open Road to the World：Memoirs of a Pilgrimage to the Five Indian Kingdoms，" ed. Roderick Whitfield，trans. Matty Wegehaupt，in *Collected Works of Korean Buddhism*，Vol. 10，*Korean Buddhist Culture*：*Accounts of a Pilgrimage*，*Monuments*，*and Eminent Monks*（Seoul：Jogye Order of Korean Buddhism，2012），pp. 129 – 131.

　　[ 74 ] Candraprabhāvadāna，*Divyāvadāna* 22，trans. Reiko Ohnuma from *The Divyāvadāna*：*A Collection of Early Buddhist Legends*，ed. Edward B. Cowell and Robert A. Neil（Amsterdam：Oriental Press，1970；orig. pub. Cambridge，1886），pp. 314 – 328，in *Buddhist Scriptures*，ed. Donald S. Lopez Jr.（New York：Penguin Classics，2004），pp. 142 – 158.

　　[ 75 ] "Open Road to the World：Memoirs of a Pilgrimage to the Five Indian Kingdoms，" ed. Roderick Whitfield，trans. Matty Wegehaupt，in *Collected Works of Korean Buddhism*，Vol. 10，*Korean Buddhist Culture*：*Accounts of a Pilgrimage*，*Monuments*，*and Eminent Monks*（Seoul：Jogye Order of Korean Buddhism，2012），p. 148.

　　[ 76 ] 本章标题为 Arabia，原意为阿拉伯半岛，兹据文意和全书章题行用古称的统一性，译作"大食"（慧超行记作"大寔"）；正文根据英文仍译为"阿拉伯半岛"。——译者注

　　[ 77 ] 关于巴拉姆和约瑟法特的研究（包括更完整的阿拉伯故事版本），参阅 Donald S. Lopez Jr. and Peggy Mc-

Cracken, *In Search of the Christian Buddha: How an Asian Sage Became a Medieval Saint* (New York: W. W. Norton, 2014)。

[78] 关于萨珊水罐的信息，引自马苏梅·法尔哈德（Massumeh Farhad）编写的佛利尔与赛克勒美术馆的物品资料页以及 Kate Masia-Radford, "Luxury Silver Vessels of the Sasanian Period," in *The Oxford Handbook of Ancient Iran*, e-d. D. T. Potts (Oxford: Oxford University Press, 2013), pp. 920 – 942.

[79] *The Koran*, trans. N. J. Dawood (New York: Penguin Classics, 2000), p. 457. （中译文参阅 https://www.xyy-uedu.com/wgmz/gulanjingquanwen/84532.html。——译者注）

[80] 关于《古兰经》其中一页的信息，引自马苏梅·法尔哈德编写的佛利尔与赛克勒美术馆的物品资料页；Maryam D. Ekhtiar, "Art of the Early Caliphates (7th to 10th Centuries)," in *Masterpieces from the Department of Islamic Art in the Metropolitan Museum of Art*, ed. Maryam D. Ekhtiar, Priscilla P. Soucek, Sheila R. Canby, and Navina Najat Haidar (New York: Metropolitan Museum of Art, 2011), pp. 20 – 52；以及 Massumeh Farhad, *introduction to The Art of the Qur'an: Treasures from the Museum of Turkish and Islamic Arts*, ed. Massumeh Farhad and Simon Rettig (Washington, DC: The Freer Gallery of Art and the Arthur M. Sackler Gallery of Art, 2016), pp. 19 – 39。

[81] 这个故事的叙述是在《佛顶尊胜陀罗尼经序》序言中，沙门志静撰（T. 967: 349b3 – 349c7）。序文的英译，参阅 Paul Copp, "Voice, Dust, Shadow, Stone: The Makings of Spells in Medieval Chinese Buddhism" (PhD diss. , Princeton University, 2005), pp. 45 – 47。佛陀波利的记载，又见于《宋高僧传》（T. 2061: 717c15 – 718b7）和《广清凉传》（T. 2099: 1111a19 – b23）。[《佛顶尊胜陀罗尼经序》，此据

（清）董诰等编《全唐文》卷九一二，第 9509 页。个别字略有调改。——译者注]

[82]"巴洛克"是 17 世纪至 18 世纪中叶欧洲盛行的一种艺术风格。巴洛克艺术有一个特点是强调艺术形式的综合手段，本书此处指的是综合性、多元性。——译者注

[83] Antonino Forte, *Political Propaganda and Ideology in China at the End of the Seventh* Century, 2nd ed. (Kyoto: Scuola Italiana di Studi sull' Asia Orientale, 2005), p. 134.

[84] T. H. Barrett, "Stūpa, Sūtra, and Śarīra in China, c. 656 – 706 CE," in *Buddhism: Critical Concepts in Religious Studies*, Vol. 8, *Buddhism in China, East Asia, and Japan*, ed. Paul Williams (London: Routledge, 2005), p. 26.

[85] 参阅 Robert E. Buswell Jr., "Korean Buddhist Journeys to Lands Worldly and Other worldly," *Journal of Asian Studies* 68, No. 4 (November 2009): 1067 – 1068。

[86] 参阅 Lin Wei-Cheng, *Building a Sacred Mountain: The Buddhist Architecture of China's Mount Wutai* (Seattle: University of Washington Press, 2014), pp. 96 – 97。

[87] Wu Pei-Jung, "Wooden Statues as Living Bodies: Deciphering the Meanings of the Deposits within Two Mañjuśrī Images of the Saidaiji Order," *Artibus Asiae* 74, No. 1 (2014): 76.

[88] 文殊（Mañjuśrī）又译为"文殊师利""曼殊室利""满祖室哩"，与"满洲"（Manju）音近。——译者注

[89] 关于藏传佛教在五台山发挥的各种作用的有益研究，参阅 Karl Debreczeny, "Wutai shan: Pilgrimage to Five-Peak Mountain," *Journal of the International Association of Tibetan Studies* 6 (2011): 9 – 43。

[90] 即中正殿画佛处。——译者注

# 参考文献

1906—1909 年，著名的东方学家伯希和（Paul Pelliot，1878—1945）从喀什来到西安。1908 年 2 月至 5 月，他的团队在中国敦煌莫高窟停留。在他从第十七号洞窟（藏经洞）取走的众多物品中，有一件举世无双，它是现存的慧超作品的抄本。文本已经残破，是残存有 227 行 5893 个汉字的写本，高 28.8 厘米、长 358.6 厘米。现藏于法国国家图书馆（Bibliothèque Nationale de France）。整部抄本的详细照片可以通过搜索 "Pelliot chinois 3532"，在国际敦煌项目（International Dunhuang Project）网站（http：//idp. bl. uk/）上找到。虽然学者们普遍认为文本不是出自慧超亲手誊写，但伯希和在其报告 ["Une bibliothèque médiévale retrouvée au Kansou," *Bulletin de l'Ecole française d'Extrême-Orient*（*BEFEO*）8（1908）：501 – 529] 中，率先确定慧超是文本的作者。这本行记本身并没有出现在《大正藏》（Taishō canon）中，而是作为《游方记抄》（T 2089）的一部分编撰而成。

伟大的敦煌学者罗振玉（1866—1940）在《敦煌石室遗书》（北京，1909）一书中首次用中文发表了慧超的文本《五天竺国记》（*The record of the countries of the five Indian kingdoms*）。罗振玉基于与后世著作（慧琳《一切经音义》，T 2128）内容的比较，认为现存写本是分作三卷的原作的一部分。日本的敦煌研究也始于 1909 年。正是在这个时候，罗振玉给京都大学教授内藤湖南（Naitō Torajirō，1866—1934）写了一封信，描述了伯希和带到北京的敦煌写本。1910 年，在北京大学工作的藤田丰八（Fujita Toyohachi，1869—1929）在北京发表了一项关于“慧超”传记的研究，这是日本学者对敦煌写本的第一部专论。1915 年，日本学者高楠顺次郎（Takakusu Junjirō，1866—1945）认定慧超是来自新罗王国的一名僧侣。见 Takakusu Junjirō，“Echō ‘Ō go Tenjikukoku den’ ni tsuite’”［Concerning Hyecho’s “Memoirs of a pilgrimage to the five Indian kingdoms”］，*Shūkyōkai* 11，No. 7（July 1915）（高楠順次郎「慧超徃五天竺國傳に就て」『宗教界』第 11 卷第 7 冊、1915）。

　　1938 年，德国语言学家福克司（Walter Fuchs，1902—1979）完成了对慧超文本的第一次西文翻译：“Huei-ch’ao’s Pilgerreise durch Nordwest-Indien und Zentral-Asien um 726，” in *Sitzungsberichten der Preußischen Akademie der Wissenschaften*，*Philosophisch-historische Klasse* 30（Berlin：Verlag der Akademie der Wissenschaften，1939），426 – 469。英译本主要有两种：*The Hye Ch’o Diary：Memoir of the Pilgrimage to the Five Regions of India*，ed. Laurence Preston，trans. Yang Han-Sung，Jan Yun-hua，and Iida Shotaro（Berkeley，CA：Asian Humanities Press，1984）；以及 “Open Road to the World：Memoirs of a Pilgrimage to the Five Indian Kingdoms，” ed. Roderick Whitfield，trans. Matty Wegehaupt，in *Collected Works of Korean Buddhism*，Vol. 10，*Korean Buddhist Culture：Accounts of a Pilgrimage，Monuments，and Eminent Monks*（Seoul：Jogye Order of Korean Buddhism，2012），pp. 5 – 174。两者都提供了有价值的学术分析，后者包括中文原文，并大量吸收了韩国和日本的学术成果。在韩文方面，Jeong Suil 的 *Hyecho ui Wang o Cheonchukguk jeon*［Hyecho’s “*Memoirs of a pilgrimage to the*

*five Indian kingdoms"*] （Seoul：Hakgojae，2004）（정수일：
《혜초의 왕오천축국전》，학고재，2004）是一部关于慧超行
记的大型译注，特别是对于慧超在他的行记中提到的地方的
分析和可用于这些地区的历史资料。它还包括与以往东亚朝
圣者记录的比较分析。在日文方面，最有用和权威的版本是
桑山正进（Kuwayama Shōshin）的 *Echō Ō go Tenjikukoku-den
kenkyū* [*Study of Hyecho's "Memoirs of a pilgrimage to the five In-
dian kingdoms'*]，rev. 2nd ed.（Kyōto：Rinsen Shoten，1998）
（桑山正進『慧超往五天竺国伝研究』臨川書店、1998）。
此外还有中文本和意大利文译本：张毅笺释《往五天竺国传
笺释》，中华书局，2000；Hyecho，*Pellegrinaggio alle cinque
regioni dell'India*（Milan：O Barra O，2010）。

关于慧超研究的最好的一篇英文评论是高柄翊（Koh
Byong-ik）的"Historiographical Contributions by Hyecho, the
8th Century Korean Pilgrim to India,"*Altorientalische Forschun-
gen* 19，No. 1（January 1，1992）：127 – 132。正如人们所
料，慧超研究以来自韩国的学者为主。在众多的研究中，值
得注意的是 Jeong Suil, "Hyecho ui seoyeok gihaeng gua
'Wang oCheonchukguk jeon'"[Hyecho's travel to the western
regions and the memoir of the pilgrimage to the five regions of In-
dia]，*Hanguk munhak yeongu* 27（2004）：26 – 50（정수일：
《혜초의 서역기행과『왕오천축국전』》，《한국문학연구》27,
2004）；Yi Yongjae，"'Daedang seoyeokgi'wa'Wang o Cheon-
chukguk jeon'ui munhakjeok bigyo yeongu"[A comparative liter-
ature study of the record of travels to western lands and the Hye
Cho diary：Memoir of the pilgrimage to the five regions of Indi-
a]，*Jungguk eo munhak non jip* 56（2009）：369 – 407（李容
宰：《『大唐西域記』와『往五天竺國傳』의 文學的比較研
究》，《중국어문학논집》56，2009）；Yi Jeongsu，"Milgyoseung

Hyecho ui jaegochal" [The Esoteric Buddhist monk Hyecho reconsidered], *Bulgyo Hakbo* 55 (2010): 315 – 334 (이정수:《밀교승 혜초의재고찰》,《佛教學報》55, 2010); 以及 Nam Dongshin, "Hyecho 'Wang o Cheonchukguk jeon' ui balgyeon gwa pal daetap" [The discovery of Hye-cho's "Memoirs of a pilgrimage to the five Indian kingdoms" and the eight great stupas], *Dongyangsahak Yeongu* 111 (2010): 1 – 32 (南東信:《慧超『往五天竺國傳』의 발견과 8 대탑》,《동양사학 회학술대회 발표논문집》, 2010)。

从 1960 年代到 1980 年代，Yang Han-sung 用英语发表了最多的关于慧超的文章，始于 "Eighth Century Asia and Hyech'o's Travel Account," *Korea Journal* 9, No. 9 (September 1969): 35 – 39。近年来，学术界似乎重新燃起了对慧超的兴趣，并取得了重大进展，研究包括 Robert E. Buswell, "Korean Buddhist Journeys to Lands Worldly and Otherworldly," *Journal of Asian Studies* 68, No. 4 (November 2009): 1055 – 1075; Max Deeg, "Has Huichao Been Back to India? On a Chinese Inscription on the Back of a Pāla Bronze and the Chronology of Indian Esoteric Buddhism," in *From Turfan to Ajanta: Festschrift for Dieter Schlingloff on the Occasion of His Eightieth Birthday*, ed. Eli Franco and Monika Zin, Vol. 1 (Kathmandu: Lumbini International Research Institute, 2010), pp. 197 – 213。

从藤田丰八的著作开始，一个多世纪以来，用日文写作的学者们（包括韩国籍学者）一直在发表关于慧超及其背景的文章。除了桑山的论著以外，还有在文学和宗教史方面的两项研究是这项工作成果的典范：Ogasawara Senshū, "Nyūjiku-sō Echō no shisō" [The poetic thought of Hyecho who entered India], in *Bukkyō bungaku kenkyū*, ed. Bukkyō bungaku kenkyūkai, Vol. 3 (Kyōto: Hōzōkan, 1965), pp. 7 – 24

(小笠原宣秀「入竺僧慧超の詩想」『仏教文学研究』法蔵館、1965）；以及 Yi Jeongsu, "Mikkyōsō Echō no saikōsatsu" [A reassessment of the esoteric monk Hyecho], *Indogaku Bukkyōgaku kenkyū* 48, No. 1 (December 1999): 242 – 329 (李廷秀「密教僧慧超の再考察」『印度学仏教学研究』第 48 卷第 1 号、1999、242—244 頁或 331—329 頁）。

　　最后，慧超很少被以艺术史和物质文化的角度来研究，但韩国国立中央博物馆（National Museum of Korea, 국립중앙박물관）组织的展览目录是一个很好的起点：*Silkeurodeu wa Dunhwang* '*Hyecho wa hamgge ha'neun seoyeok gihaeng* [Silk Road and Dunhuang: Journey to the western regions with Hyecho] (Seoul: Gungnip Jungang Bakmulgwan, 2010) （국립중앙박물관：《실크로드와 둔황 （혜초와 함께하는 서역기행） 》, 동아일보사, 2010）。

# 附　录

## 慧超《往五天竺国传》残卷校录

说明：为了便于读者了解慧超行记残卷的全貌，兹据前人录文重新点校、分节。慧超行记或许并非全然为亲行亲见，加之其本身又是残卷，因此我们对于行记的分节和标题与学界有异，旨在提示地理内容。同时，将"仏""煞""喰"等不少敦煌俗字径改为"佛""杀""食"等现行标准简体字，还吸收了中外学者对于抄本别字、漏字、衍字的意见，总的目标是为读者提供一份简明可查的参考文本。

［　］表示校正文字，着重号为被校改文字；□为缺字，方框内文字为学界拟释读文字。

### 一　吠舍离国

（上缺）宝，赤足裸形，外道不着（下缺）
辶食即吃，亦不斋也。地皆平（下缺）
有奴婢将卖人罪。与杀人罪不殊（下缺）

### 二　拘尸那国

一月至拘尸那国，佛入涅槃处。其城荒废，无人住也。佛入涅槃处置塔，有禅师在彼扫洒。每年八月八日，僧尼道俗，就彼大设供养。于其空中有幡现，不知其数，众人同见。当此之日，发心非一。

此塔西有一河，伊罗钵底水，南流二千里外方入恒河。

彼塔四绝无人住也。极荒林木。往彼礼拜者，□犀牛大虫所损也。此塔东南卅里，有一寺，名娑般檀寺有 卅余之 村庄三五所 ，常供养彼禅师衣食，令在塔所供养（下缺）

### 三　波罗疵斯国

（上缺）日，至彼［波］罗疵斯国。此国亦废，无王，即□（下缺）

彼五俱轮。见素形像在于塔中（下缺）

上有师子，彼幢极丽，五人合抱，文里细（下缺）

塔时，并造此幢。寺名达磨斫葛罗，僧（下缺）

外道不着衣服，身上涂灰，事于大天（下缺）

### 四　摩揭陀国

此寺中有一金铜像，五百□□□，是摩揭陀国。旧有一王名尸罗粟底，造此像也；兼造一金铜□□辐团圆正寸卅余步。此城俯临恒河北岸置也。

### 五　四大灵塔

即此鹿野苑、拘尸那、［王］舍城、摩诃菩提等四大灵塔。在摩揭陀国王界。

此国大小乘俱行，□□得达摩诃菩提寺，称其本愿，非常欢喜。略题述其愚志。

五言

不虑菩提远，焉将鹿苑遥。

只愁悬路险，非意业风飘。

八塔难诚见，参者经劫烧。

何其人愿满，目睹在今朝。

## 六　中天竺国葛那及

又即从此彼［波］罗疨斯国西行□月至中天竺国王住城，名葛那及。

自此中天王境，界极宽。百姓繁闲。王有九百头象，余大首领各有三二百头。其王每自领兵马斗战，常与余四天战也，天中王常胜。彼国法，自知象少兵少，即请和，每年输税，不交阵相杀也。

## 七　五天竺风俗

衣着言音，人风法用，五天相似。唯南天村草百姓，语□差别。仕□之类，中天不殊。

五天国法，无有枷棒牢狱。有罪之者，据轻重罚钱，亦无刑戮。上至国王，下及黎庶，不见游猎、放鹰、走犬等事。道路虽有足贼，取物即放，亦不殇杀；如若吝物，即有损也。

土地甚暖，百卉恒青，无有霜雪。食唯粳粮饼糗酥乳酪等，无酱有盐，总用土锅煮饭而食，无铁釜等也。百姓无别庸税，但抽田子一石与王。王自遣人运将，田主□不为送也。彼土百姓，贫多富少。王官屋里，及富有者，着氎一双，自□一只，贫者半片，女人亦然。

其王每坐衙处，首领百姓，总来绕王四面而坐，各诤道理，诉讼纷纭，非常乱闹。王听不嗔，缓缓报云，汝是汝不是。彼百姓等，取王一口语为定，更不再言。其王首领等，甚敬信三宝。若对师僧前，王及首领等，在地而坐不肯坐床。王及首领，行坐来去处，自将床子随身，到处即坐，他床不坐。寺及王宅，并皆三重作楼，从下第一重作库，上二重人住。诸大首领等亦然。屋皆平头，砖木所造，自外□并皆草屋。似于漠屋雨下作也，又是一重。

土地所出，唯有氎布、象、马等物。当土不出金银，并从外国来也。亦不养驼、骡、驴、猪等畜。其牛总白，万头之内，希有一头赤黑之者。羊马全少。唯王有三二百口六七十匹。自外首领百姓，总不养畜，唯爱养牛，取乳酪酥也。土地人善，不多爱杀，□市店间，不见有屠行卖肉之处。

## 八　中天竺四大塔

此中天大小乘俱行。即此中天界内有四大塔。

恒河在北岸有三大塔：一，舍卫国给孤 [独] 园中，见有寺有僧；二，毗耶离城庵罗园中，有塔见在，其寺荒废无僧；三，迦毗耶罗国，即佛本生城。无忧树见在，彼城已废，有塔无僧，亦无百姓。此城最居比 [北]，林木荒多，道路足贼。往彼礼拜者，甚难方迷。

四，三道宝阶塔，在中天王住城西七日程，在两恒河间。佛当从刀利天变成三道宝阶，下阎浮提地处。左金右银，中吠琉璃，佛于中道，梵王左路，帝释右阶，侍佛下来。即于此处置塔，见有寺有僧。

## 九　南天竺国

即从中天国南行三个余月，至南天竺国王所住。王有八百头象。境土极宽，南至南海，东至东海，西至西海，北至中天、西天、东天等国接界。

衣着饮食人风，与中天相似，唯言音稍别，土地热于中天。土地所出，氎布、象、水牛、黄牛，亦少有羊，无驼、骡、驴等。有稻田，无黍粟等。至于绵绢之属，五天总无。

王及领首百姓等，极敬三宝，足寺足僧，大小乘俱行。于彼山中，有一大寺，是龙树菩萨便 [使] 夜叉神造，非人所作。并凿山为柱，三重作楼，四面方圆三百余步。龙树在日，寺有三千僧，独供养以十五石米，每日供三千僧，其米不竭。取却还生，元不减少。然今此寺废，无僧也。龙树寿年七百，方始亡也。

于时在南天路，为言曰：

五言

月夜瞻乡路，浮云飒飒归。

减书忝去便，风急不听回。

我国天岸北，他邦地角西。

日南无有雁，谁为向林飞？

## 十　西天竺国

又从南天北行两月，至西天国王住城。此西天王亦五六百头象。土地所出氍布及银、象、马、羊、牛，多出大小二麦及诸豆等，稻谷全少。食多饼糗乳酪酥油，市买用银钱氍布之属。王及首领百姓等，极敬信三宝，足寺足僧，大小乘俱行。土地甚宽，西至西海。国人多善唱歌。余四天国不如此国。又无枷棒、牢狱、刑戮等事。见今被大食来侵，半国已损。又五天法，出外去者，不将粮食，到处即便乞得食也。唯王首领等出自赍粮，不食百姓袛拟。

## 十一　阇兰达罗国

又从西天北行三个余月，至北天国也，名阇兰达罗国。王有三百头象，依山作城而住。从兹已北，渐渐有山。为国狭小，兵马不多，常被中天及迦叶弥罗国屡屡所吞，所以依山而住。人风、衣着、言音，与中天不殊，土地稍冷于中天等也。亦无霜雪，但有风冷。土地所有，出象、氍布、稻、麦、驴、骡少有。其王有马百匹，首领三五匹，百姓并无。西是平川，东近雪山。国内足寺足僧，大小乘俱行。

## 十二　苏跋那具怛罗国

又一月程过雪山，东有一小国，名苏跋那具怛罗，属土〔吐〕蕃国所管。衣着与北天相似，言音即别。土地极寒也。

## 十三　吒社国

又从此阇兰达罗国西行，经一月，至一社吒〔吒社〕国。言音稍别，大分相似。衣着人风，土地所出，节气寒暖，与北天相似。亦足寺足僧，大小乘俱行。王及首领百姓等，大敬信三宝。

## 十四　新头故罗国

又从此吒〔社〕国西行一月，至新头故罗国。衣着风俗，节气寒暖，与北天相似，言音稍别。此国极足骆驼，国人取乳酪吃也。王及百姓等，大敬三宝，足寺足僧。即造《顺正理论》众贤论师，是此国人也。此国大小乘俱行。见今大食侵，半国损也，即从此国乃至五天。不多饮酒，遍历五天，不见有醉人相打之者，纵有饮者，得色得力而已；不见有歌舞、作剧、饮宴之者。

又从北天国。有一寺，名多摩三磨娜。佛在之日，来此说法，广度人天。此寺东涧里，于泉水边有一塔，而佛所剃头及剪爪甲，在此塔中。此见有三百余僧。寺有大辟支佛牙及骨舍利等。更有七八所寺，各五六百人，大好住持。王及百姓等，非常敬信。

又山中有一寺，名那揭罗驮娜。有一汉僧，于此寺身亡。彼大德说，从中天来，明闲三藏圣教，将欲还乡，忽然违和，便即化矣。于时闻说，莫不伤心，便题四韵，以悲冥路。

五言

故里灯无主，他方宝树摧。

神灵去何处，玉貌已成灰。

忆想哀情切，悲君愿不随。

孰知乡国路，空见白云归。

## 十五　迦叶弥罗国

又从此北行十五日，入山至迦［叶弥］罗国。此迦［叶］弥罗，亦是北天数。此国稍大。王有三百头象，住在山中。道路险恶，不被外国所侵。人民极众，贫多富少。王及首领诸富有者，衣着与中天不殊，自外百姓，悉被毛毯，覆其形丑。

土地出铜铁、氎布、毛毯、牛羊，有象，少马、粳米、蒲桃之类。土地极寒，不同已前诸国。秋霜冬雪，夏足霜［霖］雨，百卉恒青，［经秋］叶雕，冬草悉枯。

川谷狭小，南北五日程，东西一日行，土地即尽，余并荫山。屋并板木覆，亦不用草瓦。王及首领百姓等，甚敬三宝。国内有一龙池，彼龙王每日供养罗汉僧不一。虽无人见彼圣僧食，亦过斋已，即见饼饭从水下纷纷乱上，以此得知。迄今供养不绝。

王及大首领出外乘象，小官乘马，百姓并皆途［徒］步。国内足寺足僧，大小乘俱行。五天国法，上至国王，至国王王妃王子，下至首领及妻，随其力能各自造寺也。还别作，不共修营。彼云：各自功德，何须共造？此既如然。余王子等亦尔。

凡造寺供养，即施村庄百姓，供养三宝，无有空造寺不施百姓者。为外国法，王及妃姤，各别村庄百姓。王子首领，各有百姓，布施自由不王也。造寺亦然，须造即造，亦不问王，王亦不敢遮，怕招罪也。若富有百姓，虽无村庄布施，亦励力造寺，以自经纪，得物供养三宝。为五天不卖人，无有奴婢，要须布施百姓村园也。

## 十六　吐蕃三属国

又迦叶弥罗国东北，隔山十五日程，即是大勃律国、杨同国、娑播慈国。此三国并属吐蕃所管，衣着、言音、人风并别。着皮裘、氎衫、靴裤等也。地狭小，山川极险。亦有寺有僧，敬信三宝。若是已东吐蕃，总无寺舍，不识佛法，当土是胡，所以信也。

## 十七　吐蕃国

已东吐蕃国。纯住冰山雪山川谷之间，以毡帐而居，无有城郭屋舍。处所与突厥相似，随逐水草。其王虽在一处，亦无城，但依毡帐，以为居业。土地出羊、马、猫、牛、毯褐之类。衣着毛褐、皮裘，女人亦尔。土地极寒，不同余国。家常食糗，少有饼饭。国王百姓等，总不识佛法，无有寺舍。国人悉皆穿地作抗〔炕〕而卧，无有床席。人民极黑，白者全希，言音与诸国不同。多爱吃虱，为着毛褐，甚饶虮虱，捉得便抛口里，终不弃也。

## 十八　小勃律国

又迦叶弥罗国西北，隔山七日程，至小勃律国。此属汉国所管。衣着、人风、饮食、言音，与大勃律相似。着氎衫及靴，剪其须发。头上缠叠布一条，女人在发。贫多富少。山川狭小，田种不多。其山憔杌，元无树木及于诸草。其大勃律，元是小勃律王所住之处，为吐蕃来逼，走入小勃律国坐。首领百姓，在彼大勃律不来。

## 十九　建驮罗国

又从迦叶弥罗国西北，隔山一月程，至建驮罗。此王及兵马，总是突厥，土人是胡，兼有婆罗门。此国旧是罽宾王王化，为此突厥王阿耶领一部落兵马，投彼罽宾王。于后突厥兵盛，便杀彼罽宾王，自为国主，因兹国境。突厥霸王此国已北，并住 [山] 中。其山，并燋无草及树。衣着、人风、言音、节气并别。衣是皮毯 [裘]、氎衫、靴裤之类。土地宜大麦、小麦，全无黍、粟及稻。人多食糗及饼。

唯除迦叶弥罗、大勃、小勃、杨同等国，即此建驮罗国，乃至五天昆仑等国，总无蒲 [桃]，[唯有] 甘蔗。

此突厥王，象有五 [百/千？] 头，羊、马无数，驼、骡、驴等甚多。汉地与胡 战，而地不归东 回不过。向南为道路险恶，多足劫贼。从兹已北，西 [恶] 业者多市店之间，极多屠杀。

此王虽是突厥，甚敬信三宝。王、王妃、王子、首领等，各各造寺，供养三宝。此王每年两回设无遮大斋。但是缘身所受用之物、妻及象马等，并皆舍施。唯妻及象，令僧断价，王还自赎。自余驼马、金银、衣物、家具，听僧货卖，自分利养。此王不同余已北突厥也。儿女亦然，各各造寺，设斋舍施。

此城俯临辛 [新] 头大河北岸而置。此城西三日程，有一大寺，即是天亲菩萨、无著菩萨所住之寺。此寺名葛诺歌。有一大塔，每常放光。此寺及塔，旧时葛诺歌王造，从王立寺名也。

又此城东南□里，即是佛过去为尸毗王救鸽处。见有寺有僧。又佛过去舍头舍眼喂五夜叉等处，并在此国中。在此城东南山里，各有寺有僧，见今供养。此国大小乘俱行。

## 二十　乌长国

又从此建驮罗国，正北入山三日程，至乌长国，彼自云郁地引那。此王大敬三宝，百姓、村庄，多分施入寺家供养，少分自留以供养衣食。设斋供养，每日是常。足寺足僧，僧稍多于俗人也。专行大乘法也。衣着、饮食、人风，与建驮罗国相似，言音不同。土地足驼、骡、羊、马、氍布之类。节气甚冷。

## 二十一　拘卫国

又从乌长国，东北入山十五日程，至拘卫国，彼自呼云奢摩褐罗阇国。此王亦敬信三宝，有寺有僧。衣着、言音，与乌长国相似。着氍衫裤等。亦有羊马等也。

## 二十二　览波国

又从此建驮罗国，西行入山七日，至览波国。此国无王，有大首领，亦属建驮罗国所管。衣着、言音，与建驮罗国相似。亦有寺有僧，敬信三宝，行大乘法。

## 二十三　罽宾国

又从此览波国西行入山，经于八日程，至罽宾国。此国亦是建驮罗王所管。此王夏在罽宾，逐凉而坐，冬往建驮罗，趁暖而住。彼即无雪，暖而不寒。其罽宾国，冬天积雪，为此冷也。

此国土人是胡，王及兵马突厥。衣着、言音、食饮，与吐火罗国大同少异。无问男之与女，并皆着氍布衫裤及靴。男女衣服无有差别。男人并剪须发，女人发在。土地出驼、骡、羊、马、驴、牛、氍布、蒲桃、大小二麦、郁金香等。

国人大敬信三宝，足寺足僧。百姓家各并造寺，供养三宝。大城中有一寺，名沙糸寺，寺中见佛螺髻、骨舍利见在，王官百姓每日供养。此国行小乘。亦住山里，山头无有草木，恰似火烧山也。

## 二十四　谢颺国

又从此罽宾国，西行七日至谢颺国，彼自呼云社护罗萨他那。土人是胡，王及兵马，即是突厥。其王即是罽宾王侄儿，自把部落兵马住此于国，不属余国，亦不属阿叔。此王及首领，虽是突厥，极敬三宝，足寺足僧，行大乘法。有一大突厥首领，名娑铎干，每年一回，设金银无数，多于彼王。衣着、人风，土地所出，与罽宾王相似。言音各别。

## 二十五　犯引国

又从谢颺国，北行七日，至犯引国。此王是胡，不属余国，兵马强多，诸国不敢来侵。衣着氎布衫、皮毬［裘］、毡衫等类。土地出羊、马、氎布之属，甚足蒲桃。土地有雪极寒，住多依山。王及首领百姓等，大敬三宝，足寺足僧，行大小乘法。此国及谢颺等，亦并剪于须发。人风大分与罽宾相似，别异处多。当土言音，不同余国。

## 二十六　吐火罗国

又从此犯引国，北行廿日，至吐火罗国。王住城，名为缚底耶。见今大食兵马，在彼镇押。其王被逼，走向东一月程，在蒲特山住，见属大食所管。言音与诸国别，共罽宾国少有相似，多分不同。衣着皮毬［裘］、氎布等，上至国王，下及黎庶，皆以皮毬［裘］为上服。土地足驼、骡、羊、马、氎布、蒲桃。食唯爱饼。土地寒冷，冬天霜雪也。国王首领及百姓等，甚敬三宝，足寺足僧，行小乘法。食内及葱韭等。不事外道。男人并剪须发，女人在发。土地足山。

## 二十七　波斯国

又从吐火罗国，西行一月，至波斯国。此王先管大食，大食是波斯王放驼户，于后叛，便杀彼王，自立为主。然今此国，却被大食所吞。衣旧着宽氎布衫，剪须发。食唯饼肉，纵然有米，亦磨作饼吃也。土地出驼、骡、羊、马，出高大驴、氎布、宝物。言音各别，不同余国。土地人性，受［爱］与易。常于西海泛舶，入南海，向师子国，取诸宝物。所以彼国云出宝物。亦向昆仑国取金，亦泛舶汉地，直至广州，取绫绢丝绵之类。土地出好细叠。国人爱杀生，事天，不识佛法。

## 二十八　大食国

又从波斯国，北行十日入山，至大食国。彼王不住本国，见向小拂临国住也。为打得彼国，复居山岛。处所极牢，为此就彼。土地出驼、骡、羊、马、叠布、毛毡，亦有宝物。衣着细叠宽衫，衫上又披一叠布，以为上服。王及百姓衣服，一种无别。女人亦着宽衫。男人剪发在须，女人在发。吃食无问贵贱，共同一盆而食，手亦把匙筯［箸］取。见极恶：云自手杀而食，得福无量。国人爱杀事天，不识佛法。国法无有跪拜法也。

## 二十九　大拂临国

又小拂临国傍海西北，即是大拂临国。此王兵马强多，不属余国。大食数回讨击不得，突厥侵亦不得。土地足宝物，甚足驼、骡、羊、马、叠布等物。衣着与波斯大食相似。言音各别不同。

## 三十　六胡国

又从大食国已东，并是胡国。即是安国、曹国、史国、石骡国、米国、康国等。虽各有王，并属大食所管。为国狭小，兵马不多，不能自护。土地出驼、骡、羊、马、叠布之类。衣着叠衫裤等及皮毬［裘］。言音不同诸国。

又此六国总事火祆，不识佛法。唯康国有一寺，有一僧，又不解敬也。此等胡国，并剪须发，爱着白氎帽子。极恶风俗：婚姻交杂，纳母及姊妹为妻。波斯国亦纳母为妻。其吐火罗国，乃至罽宾国、犯引国、谢𩵋国等，兄弟十人五人三人两人，共娶一妻，不许各娶一妇，恐破家计。

### 三十一　跋贺那国

又从康国已东，即跋贺那国。有两王。缚又［叉］大河当中西流。河南一王，属大食。河北一王，属突厥所管。土地亦出驼、骡、羊、马、叠布之类。衣着皮裘、叠布。食多饼麨。言音各别，不同余国。不识佛法，无有寺舍僧尼。

### 三十二　骨咄国

又跋贺那国东有一国，名骨咄国。此王元是突厥种族。当土百姓，半胡半突厥。土地出驼、骡、羊、马、牛、驴、蒲桃、叠布、毛毯之类。衣着叠布、皮裘。言音半吐火罗半突厥，半当土。王及首领百姓等，敬信三宝，有寺有僧，行小乘法。此国属大食所管，外国虽云道国，共汉地一个大州相似。此国男女［并］剪须发，女人在发。

### 三十三　突厥

又从此胡国已北，北至北海，西至西海，东至汉国，已北总是突厥所住境界。此等突厥，不识佛法，无寺无僧。衣着皮毬［裘］毡衫。以虫为食。亦无城郭住处，毡帐为屋，行住随身，随逐水草。男人并剪须发，女人在发。言音与诸国不同。国人爱杀，不识善恶。土地足驼、骡、羊、马之属。

### 三十四　胡蜜国

又从吐火罗国，东行七日，至胡蜜王住城。当来于吐火罗国，逢汉使入蕃，略题四韵取辞。

五言

君恨西蕃远，余嗟东路长。

道荒宏雪岭，险涧贼途倡。

鸟飞惊峭嶷，人去偏梁□。

虽平生不扪泪，今日洒千行。

冬日在吐火罗逢雪述怀

五言

冷雪牵冰合，寒风擘地烈。

巨海冻墁坛，江河凌崖啮。

龙门绝瀑布，井口盘蛇结。

伴火上嵮歌，焉能度播蜜？

此胡蜜王，兵马少弱，不能自护，见属大食所管，每年输税绢三千匹。住居山谷，处所狭小。百姓贫多。衣着皮裘毡衫，王着绫绢叠布。食唯饼糗。土地极寒，甚于余国。言音与诸国不同。所出羊牛，极小不大，亦有马骡。有僧有寺，行小乘法。王及首领百姓等，总事佛，不归外道，所以此国无外道。男并剪除须发，女人在发。住居山里，其山无有树水［木］及于百草。

## 三十五　九识匿国

又胡蜜国北山里，有九个识匿国。九个王各领兵马而住。有一个王，属胡蜜王，自外各并自住，不属余国。近有两窟［个］王，来投于汉国，使命安西，往来［不］绝。

唯王首领，衣着叠布、皮裘，自余百姓，唯是皮裘、毡衫。土地极寒，为居雪山，不同余国。亦有羊、马、牛、驴。言音各别，不同诸国。彼王常遣三二百人于大播蜜川，劫彼与胡及于使命，纵劫得绢，积在库中，听从坏烂，亦不解作衣着也。此识匿等国无有佛法也。

### 三十六　葱岭镇

又从胡蜜国东行十五日，过播蜜川，即至葱岭镇。此即属汉，兵马见今镇押。此即旧日王裴星国境，为王背叛，走投土〔吐〕蕃。然今国界无有百姓。外国人呼云渴饭檀国。汉名葱岭。

### 三十七　疏勒国

又从葱岭步入一月，至疏勒。外国自呼名伽师祇离国，此亦汉军马守捉。有寺有僧，行小乘法。吃肉及葱韭等。土人着叠布衣也。

### 三十八　龟兹国

又从疏勒东行一月，至龟兹国。即是安西大都护府，汉国兵马大都集处。此龟兹国，足寺足僧，行小乘法。食肉及葱韭等也。汉僧行大乘法。

### 三十九　于阗国

又安西南去于阗国二千里。亦足汉军马领押。足寺足僧，行大乘法。不食肉也。

从此以东，并是大唐境界，诸人共知，不言可悉。

### 四十　安西

开元十五年十一月上旬，至安西。于时，节度大使赵君且于安西。

有两所汉僧住持，行大乘法，不食肉也。大云寺主秀行，善能讲说，先是京中七宝台寺僧。大云寺都维那，名义超，善解律藏，旧是京中庄严寺僧也。大云寺上座，名明恽，大有行业，亦是京中僧。此等僧，大好住持，甚有道心，乐崇功德。龙兴寺主，名法海，虽是汉儿，生安西，学识人风，不殊华夏。

于阗有一汉寺，名龙兴寺。有一汉僧，名□□，是彼寺主，大好住持。彼僧是河北冀州人士。

疏勒亦有汉大云寺，有一汉僧住持，即是嶲州人士。

## 四十一　焉耆国

又从安西东行□□，至焉耆国。是汉军兵领押。有王，百姓是胡。足寺足僧，行小乘法。

□□□□□此即安西四镇名数，一安西，二于阗，三疏勒，四焉耆（下缺约二十字）

□□□□依汉法裹头着裙（下缺）

# 索 引

（名词后面的数字表示原书页码，即本书页边码）

A

## V

## W

# 译后记

2020 年 11 月 7 日，莫高窟的天空湛蓝而纯净，高大的白杨树笑盈盈地矗立着，清凉的微风在阳光下轻轻拂过。此时此刻，在敦煌藏经洞，我们和曾在这里驻足停留的慧超、伯希和终于相遇了。

新罗国的年轻和尚慧超，名不见经传，如果不是敦煌遗书中《往五天竺国传》抄本的重见天日，他和他的旅行故事一定会湮没在历史的风尘中。这是一段难得的缘分。伯希和，法国著名的汉学家、东方学家，因其超凡的多语言能力和渊博学识，在英国探险家斯坦因造访之后还能获取最有价值——学术价值和艺术价值兼备——的宝卷。他翻检并且带走了数千件文书。慧超的行记，也在其中。

后面的故事，从罗振玉、内藤湖南、藤田丰八开始，扩展到东亚、西欧、北美的诸多学者——包括本书的作者唐纳德·洛佩兹教授——他们无一不为慧超的旅行壮举着迷，按照慧超文字的引导，仿佛跟随着他的脚步和目光，一遍又一遍重新踏上他沿途所见的世界。从新罗到唐朝，从广州到南海，从五天竺到大食、拂菻，然后经西域陆上折返，经安西四镇东归长安，最终永远停在了五台山。

慧超一个人，完成了一次贯通东部欧亚陆海丝绸之路的旅行，更重要的是，他用朴实无华的汉文，将这一切传递给了千年以后的我们。不过，慧超的行记到大唐的安西就戛然而止了，而抄本首尾又是残缺的，再加上他有意无意的沉静内敛和惜墨如金，这使得他的旅行、他经行的世界甚至他本人都仍然充满了神秘感。作为一个研究中外交流史的人，从初次知道慧超的事迹、阅读慧超的诗文时起，就有一种天然的好感，这一定也是莫大的缘分。

2018 年，无意中读到唐纳德·洛佩兹教授这部作品，萌生了将这本书译介给中文读者的想法。翻译是一种特殊的阅读，一种学习式的写作。它始终是激动人心的，因为信息的传递过程令人喜悦。当然，正如钱锺书先生所说，翻译也是艰难的，它和只是"读懂"截然不同，翻译是一丝一毫都不能偷懒、取巧或蒙混过关的，因为它必须完整复现原文意境。或许，翻译还需要一些情怀，需要热爱和坚持。我的这个不自量力的想法，有幸得到社会科学文献出版社历史学分社的鼎力支持，他们很快拿下版权，给我充裕的时间完成译稿。星转汉移，寒暑三来，这本书终于要和中文读者见面了，欣喜之际不禁回忆起一些和翻译这本书有关的点点滴滴。

早在出版社工作期间，特别是在甲骨文工作室初创时，我的工作重心就是对照英文原著编辑译著。当然，这种对照和编审，与自己动手翻译完全不一样，主要在学习各位优秀译者的作品。比如吴玉贵先生，他翻译薛爱华的作品《撒马尔罕的金桃》，那种严谨到极致的学风，使译本胜过了原著。与其说是在编辑，不如说是在研读，常深感震撼，当编辑能遇上这样一部原作与译笔皆属一流之作的，那真是三生有幸。再如，陆大鹏兄，他在甲骨文出版的前十部译著，差不多都是我当责任编辑。我熟悉、喜欢他的文风，畅白无阻，了无痕迹。我曾向他讨教高产秘籍。现在看来，每个人都应该有一套适合自己的工作方式——他是极快地译出草稿，然后付出大量时间精心修订，我则似乎惯于慢腾腾地边欣赏原作边译成中文——但是我想，翻译的乐趣，大体相通。

其实，我最初是通过韩国语（即朝鲜语）尝试进行翻译的。同处汉字文化圈的韩国语和日本语，彼此有不少相像之处，他们都受汉语词汇的强烈影响，在字母外形上与汉字各有同异，在语法体系上属于与汉语截然不同的阿尔泰语系语言（也有学者认为其属于孤立语）。出于兴趣，我后来组织了一些年轻朋友翻译日、韩方面的佳作。包括在日本东洋大学任教的顾珊珊等几位，他们翻译了西嶋定生《秦汉帝国》、堀敏一《中国通史》等作品。从 2016 年起创刊的《中国与域外》集刊，也大量刊发译文，基本都是我们组稿翻译指定文章。2017 年到大学工作，拜根兴教授和我合编《古代东亚交流史译文集》，主要收录日、韩学者论文，包括我译的池内宏等前辈的文章。2018 年，葛玉梅老师和我合作完成的《武曌》（作者是美国的罗汉先生）也出版了。这些积累，旨在介绍海外研究，为学术建设服务。翻译和研究重叠，收获和乐趣也加倍。

《慧超的旅行》的翻译，更是一种修炼过程。没有想到的是，它是在磕磕绊绊中断断续续完成的。和许多人一样，2019 年也是我最奔波的一年，接下来的 2020 年却是最束缚的一年。在翻看工作记录时，当时的许多情景会浮现出来。比如导语和前两章，约占全书百分之四十的篇幅，是 2019 年 4 月从北京搬家以前翻译的。那是整个寒假加上学期之初没有课业的一整段连续时间，不满三岁的儿子在膝下陪伴，阳光从南窗和西窗轮流铺洒下来，加湿器悄没声儿地冒着水汽，就这么安静地一句一句译读开去。偶尔抱着小朋友一起遥望公交总站，高低长短各种车辆进进出出好不繁忙，育新花园和明园大学中间闲置多年的空地也多了好些工程车辆，是在紧张忙碌地修建绿地公园——周围的世界，静中有变，内心的世界，变中有静。

等到再动笔翻译（第三、四、五章），已经是半年以后的 9 月底，身在新疆的小城乌苏（原名为蒙古语，库尔喀拉乌苏）。走在校园和街道上，我喜欢看随处可见的山楂树、苹果树等各种果树，应有尽有，叫人欢喜，枝头上都是累累的红果子，不过熟透了落在地上也无人私采，习惯了淡泊和寂寞。时常见到汉、维吾尔、哈萨克、蒙古、回等族学生和民众，大家都讲着带各种口音的普通话，饮食风俗也是多姿多彩，"新疆是个好地方"。可惜，慧超的旅行没有经过这里，更可惜的是，这次我打算前往新疆多地考察的计划没能付诸行动。刚刚安静翻译出来几章文字，转眼就又被手忙脚乱、喘不过气的 2019 年穷追猛打、一路狂奔，哪有心境把剩余工作做完呢？

2020 年春节假期，暂停键被按下，新冠肺炎疫情席卷华夏大地。在暖意盎然的长安，我们都不必去教室上课，心绪平定以后唯有读书，不读书能做什么？何况本就是读书人。我一口气译读完毕第六章及之后的部分，还翻译完成另外一部很久想开动却一直没有整块时间翻译的书。2 月到 3 月中旬是每日在家里开工，3 月中旬以后每天午饭后，骑车到空旷无人的校园，在可以眺望终南山的工作室，一动不动翻译到晚饭时间。校园里但闻莺歌燕语，那些樱花、桃花、梅花烈焰般绽放，仍然寂寞无人看。春天早就来了，春天已经很深了。

关于慧超旅行的意义，本书的解读独特而有趣，这个议题值得继续下去。在 2020 年 6 月的九色鹿学术工作坊暨东部欧亚史工作坊上，我们聊到英文、日文学界正在讨论的"东部欧亚史"。我以《超克东亚》为题，援引了慧超的案例，还有更多的"联动"、"关系"或"网"、"圈"表明，从东亚到南亚、中亚、中原，从海洋到草原、大漠、山地，都有联系和交流，东部欧亚不是欧亚大陆的东部单纯的地理划分概念，而是历史中国和周边世界所有关系的总和。新罗慧超的跨越之旅，完全可以看作东部欧亚文化交流的一个注脚。

唐纳德·洛佩兹教授是美国密歇根大学著名学者，他的许多研究蜚声世界，尤其是 *Prisoners of Shangri-La：Tibetan Buddhism and the West*（University of Chicago Press，1998），沈卫荣教授称之为"美国后殖民主义文化批判的一部标杆性作品"，沈老师还提到洛佩兹《慧超的旅行》这本新书，说不知该归入这位"世界级或者现象级的超级学霸"的四个学术研究领域的哪一个（《回归语文学》，第 245—287 页）。其实，这正好表明了该书的某种独特性。非常荣幸能够翻译唐纳德·洛佩兹及其团队在 2017 年出版的这部英文著作。

一本好书，一段好时光，还有一些好人。感谢社会科学文献出版社郑庆寰兄及赵晨兄诸位好编辑，本书虽经曲折但最终能够出版，离不开他们的智慧和努力。感谢日本国际佛教学大学院大学的张美侨博士、新加坡佛学院的纪赟教授、南开大学外国语学院的云斗兄，他们热心解答若干译名，弥补了我的知识盲点。感谢上海大学美术学院的张长虹教授，欣然为封面题赠墨宝，添花增彩，足见深情厚谊。

面对浩瀚学海，译者是当仁不让的外行，译稿是名副其实的"拙译"，纰缪之处恐怕不少，敬请读者朋友们给予批评指正。

译者谨识

2021 年 11 月 20 日

图书在版编目（CIP）数据

慧超的旅行／（美）唐纳德·洛佩兹
（Donald S. Lopez Jr.）著；冯立君译. -- 北京：社
会科学文献出版社，2022.8
（九色鹿. 译唐译宋）
ISBN 978 - 7 - 5201 - 9305 - 4

Ⅰ.①慧⋯  Ⅱ.①唐⋯ ②冯⋯ Ⅲ.①游记 - 作品集
- 美国 - 现代  Ⅳ.①I712.65

中国版本图书馆 CIP 数据核字（2021）第 231703 号

九色鹿·译唐译宋
## 慧超的旅行

著　　者／〔美〕唐纳德·洛佩兹（Donald S. Lopez Jr.）
译　　者／冯立君

出 版 人／王利民
组稿编辑／郑庆寰
责任编辑／赵　晨
责任印制／王京美

出　　版／社会科学文献出版社·历史学分社（010）59367256
　　　　　　地址：北京市北三环中路甲 29 号院华龙大厦　邮编：100029
　　　　　　网址：www.ssap.com.cn
发　　行／社会科学文献出版社（010）59367028
印　　装／三河市东方印刷有限公司

规　　格／开　本：787mm×1092mm　1/16
　　　　　　印　张：18.5　插页：1.75　字　数：215 千字
版　　次／2022 年 8 月第 1 版　2022 年 8 月第 1 次印刷
书　　号／ISBN 978 - 7 - 5201 - 9305 - 4
著作权合同
登 记 号／图字 01 - 2019 - 1967 号
定　　价／68.80 元

读者服务电话：4008918866